Hermann Kinder · Mein Melaten

HERMANN KINDER

Mein Melaten

DER
METHUSALEM-
ROMAN

HAFFMANS VERLAG
BEI ZWEITAUSENDEINS

Erstausgabe
1. Auflage, Herbst 2006

Umschlagbild von Vittore Carpaccio, Ausschnitt aus
»Die Erscheinung des Heiligen Augustinus«, Venedig, um 1500.
Produktion und Gestaltung von Urs Jakob,
Werkstatt im Grünen Winkel, CH-8400 Winterthur.
Satz: Fotosatz Amann, Aichstetten.
Druck & Bindung: Ebner & Spiegel, Ulm.
Printed in Germany.

Dieses Buch gibt es nur bei Zweitausendeins im Versand,
Postfach, D-60381 Frankfurt am Main, Telefon 069-4208000,
Fax 069-415003. Internet www.Zweitausendeins.de,
E-Mail: info@Zweitausendeins.de. Oder in den Zweitausendeins-Läden
in Berlin, Düsseldorf, Frankfurt am Main, Freiburg, 2 x in Hamburg,
in Hannover, Köln, Mannheim, München,
Nürnberg und Stuttgart.

In der Schweiz über buch 2000, Postfach 89, CH-8910 Affoltern a. A.

ISBN-10: 3-86150-576-2
ISBN-13: 978-3-86150-576-1

Inhalt

I Die Forellsche Erkrankung · 7

II Abschied vom Amt · 39

III Im Rentner-Paradies · 99

IV Zum Glück · 149

V Fünf alte Männer · 171

VI Auerbachplatz · 197

VII Das Fest · 222

I

Die Forellsche Erkrankung

Ich hatte mit ihnen nicht viel zu tun gehabt. Herbert Forell war, bis er mit seinem vorgezogenen Erbe nach Südafrika umsiedelte, ein Kollege gewesen. Mittelnah, zwanzig gemeinsame Abteilungsjahre. Von seinen Eltern hatte ich nur gewusst, dass der Vater auch bei einer Behörde gewesen war und Porsche liebte, was im Amt nicht gern gesehen worden war. Und dass seine Mutter kochte wie fünf Sterne, wären damit nur nicht die harzigen Sonntagsbesuche verbunden gewesen. Herbert Forell, keine Kinder, keine feste Frau, hatte seine Eintagesbesuche zum Ersten Weihnachtstag in Konstanz absterben lassen. Er habe nichts mehr zu reden mit denen, die eiserne Familie schnappe zu mit tausend Kindheitsspießen, einfach nur unerträglich. Erst hatte er nicht mehr bei seinen Eltern übernachtet, sondern bei einer Person, die ihm eine seiner unfesten Konstanzer Frauen empfohlen hatte, dann den Besuch auf die Zeit nach dem Ersten Weihnachtsfestessen zwischen 14 und 17 Uhr strikt beschränkt, danach noch zweimal eine Christmas-Karte mit Goldflitter und O du fröhliche auf Afrikaans aus Südafrika geschickt.

Unsere Tochter Juliane lebte mit ihrem Mann und zwei Kindern in Leverkusen. Es war immer schon meine Frau, für unsere Tochter und die mir nahezu unbekannten Enkel jetzt die Oma, gewesen, die mich an die Namen unserer Enkel hatte erinnern müssen, die ich nie gesehen hatte, da nur meine Frau zu Besuch in Leverkusen-Morsbroich erwünscht war. Juliane, die ich, wenn ich mit ihr in immer häufigeren Selbstgesprächen redete, immer noch so nannte, obwohl sie mich seit ihren letzten Konstanzer Jahren nur noch beim Nachnamen nannte, war seit ihrer Leverkusener Zeit nie mehr nach Konstanz gekommen, wenn Gefahr bestanden hätte, sie würde mich treffen müssen. Im letzten Gespräch von Gesicht zu Gesicht, das ich mit ihr hatte, hatte sie mehr geflüstert als geschrien: So ein danebenes Leben wie dieser Miesepeter will ich nicht führen! Ich hatte eingewandt, dass ich nicht wisse, ob man ein Leben überhaupt führen könne, aber da hatte sie nur Hach geschrien und war gegangen, hatte die Tür zugezogen, ich hatte sie nie wieder gesehen. Auf einen Doppelnamen hatte sie bei ihrer Leverkusener Hochzeit, die auf einen Termin gelegt worden war, zu dem ich im Amt unabkömmlich gewesen war, verzichtet, sie nahm ohne zu zögern den Namen ihres Mannes an, obwohl ich fand, dass Breitkötter keine Verbesserung war. Unser Familienhäuschen war für uns hinterbliebene Eltern zu museumsweit geworden. Nur meine Frau konnte Juliane fragen, ob wir ihr Kinder- und Jugendzimmer auflösen dürften. Erwischte unsere Tochter am Telefon mich, den sie im Amt wähnte, aber ich hatte gerade den einmal jährlich gewährten Hausverfügungsfreitag, statt ihrer Mutter, stöhnte sie nur Hach oder legte sofort auf. Ich wusste nicht, was ich meiner Tochter angetan hatte. Aber es muss wider Willen etwas Schweres gewesen sein. Vielleicht meine Lebensunzuversicht. Unsere Tochter, die meine, weil sie sich ein glückliches Leben aufbauen wollte, nicht sein wollte, vereinbarte mit meiner Frau, dass sie die Erinnerungsstücke und das an ihre Kinder Weiterzugebende abholen werde. Das war geschehen, als ich auf einer Dienstreise gewesen war. Das leere Zimmer tat mir weh.

Das Einvernehmen über die Zimmerauflösung mit unserem Sohn Jakob herzustellen, der in Singen am Hohentwiel lebte oder vielmehr hauste, falls das letzte Appartement sein jetziges noch war, war deshalb schwer, weil er nur sein Anrufbeantworter war. Jakob hatte, um den Freundeskreis der Schule nicht zu verlieren, ein Studium der Germanistik in Konstanz begonnen, aber schon der obligatorische Einführungskurs hatte ihn maßlos enttäuscht, er hatte Betriebswirtschaft in Mannheim begonnen, war dann zu Mathematik in Freiburg gewechselt, hatte dann kurz vor dem Examen eine Informatikfirma mit Studienfreunden gegründet im konstanznahen Singen am Hohentwiel. Als ich ihn erreichte, wollte er von seinen Sachen nichts haben als das, was auf seiner Festplatte Platz habe. Jakobs einzige Bitte war, dass ich mich am kommenden Freitag um seinen Hund Fiffi kümmere. Ich fuhr mit dem Macintosh-Classic, Taucherbrille genannt, an dem unser Jakob hing, mit den Spiele-Disketten der 80er Jahre nach Singen am Hohentwiel. Jakobs Appartement war in einem der einzigen zwei Singener Hochhäuser, Romulus und Remus, im Remus. Im vierzehnten Stock. Ein rosafarbener Klebezettel an der Tür: Papa, bin in Karlsruhe, Schlüssel bei der Nachbarin. Alles Weitere später. Das Weitere war dann, dass Jakob wieder einen neuen Job, eine neue Stadt, eine neue Frau und eine Wohnung irgendwo suchte. Fiffi erkannte mich durch die Wohnungstür und scharrte an der Innenseite der Tür unseres Sohnes. Ja Fiffi, beruhigte ich Fiffi und fasste den an mir hoch springenden Hund am Kopf, um die Ohren, um den Bauch. Fiffi leckte mich ab, was mir nur teilangenehm war. Sind wir schon einmal in Singen am Hohentwiel, versprach ich Fiffi, gehen wir auf den Hohentwiel. Als wir ebenerdig an der Aach entlang gingen, pfiffen Fiffi und ich schon beschwerlich aus der Lunge. Die ersten steilen Biegungen des Hohentwielhöhenwegs kamen wir kaum noch hinauf. Erst war ich stark und redete Fiffi gut zu. Der machte schlapp und verweigerte. Ich konnte das, obwohl ich auch am liebsten umkehren wollte, nicht dulden. Ich trug Fiffi im Arm bis zum Gasthaus Hohentwiel und tat so, als ob ich nur seinetwegen an jeder Wegkehre stehen blieb, damit er die Aussicht genießen könne, die aber zugewachsen war. Fiffi lag warm auf meinem Arm, an meiner Brust und roch, aber nicht schlecht. Unsere Herzschläge überholten sich. Am Gasthaus Hohentwiel hielt es Fiffi nicht mehr. Er wand sich auf meinem Arm, schlug aus, knurrte, biss Probe, bis ich ihn vom Arm springen lassen musste. Kein Gedanke, den herauf gefahrenen Autogästen auf die letzten Aufstiegsetappen zur Festungsruine zu folgen. Fiffi, der sich immer lieber unter meine alterskrumme Hand auf seinem warmen Kopf schmiegte, bekam Wasser, ich Wein. Fiffi war ein kleiner, fast weißer, wolliger Kerl mit schwarzer Schnauze, aus der die rote Zunge hing, mit schwarzen Augen und lebhaft spitzen Ohren. Hätte mir damals schon meine Frau die Postkarte aus der Scuola degli Schiavoni in Venedig gezeigt gehabt, hätte ich ihn nicht Fiffi genannt, sondern, weil Fiffi eine Hündin war, Carpaccia. Nach diesem Hohentwielfiasko mit Erschöpfungsasthma und Umfall-Entleerungs-Ängsten nach einer Steigung, die ich früher, wäre sie noch dreimal so steil gewesen, weggepustet hätte, suchte ich, was meine Frau lange gefordert hatte, einen Lungenarzt auf. Seitdem pustete ich jeden Tag mehrmals in den Peak-Flow-Meter, um meine Lungenkapazität zu messen und mich zu freuen, falls ich mal 60% des Atemspitzenflusses meines Alters erreichte, was ich nur schaffte, wenn ich mit Backen wie ein Bachtrompeter blies.

Während wir das Familienreihenhäuschen mit der Erlaubnis unserer Kinder entkernten und kündigten, fand meine Frau in Köln wieder die Lebensstelle, die sie wegen mir und der Kinder oder andersherum aufgegeben hatte. Ein seltenes Glück für eine aus dem Arbeitsleben verabschiedete Frau. Bedingung war, dass meine Frau ihren Lebensschwerpunkt nach Köln verlagern würde, was meiner Frau umso weniger schwer fiel, als Juliane in Leverkusen nah war und ich mich bereit erklärte, nach meiner Zurruhestellung Konstanz am Bodensee den zumindest zeitweiligen Laufpass zu geben. Obwohl es ihr gehörte, ließ meine Frau das nicht angemackte Geschirr im handbemalten Hochzeitsschrank bei mir, weil ihr die Freude genüge, in Köln einen neuen Schrank kaufen und mit ganz allein ausgesuchtem Schrankpapier in aller Ruhe auslegen zu können. Wir hatten uns mit der Trennung, die keine war oder werden sollte, zu arrangieren. Weder der meiner Frau noch mein Beruf waren mobil. Wo man saß, da saß man fest.

Herbert Forell hatte mir eine Wohnung im Haus seiner Eltern im Konstanzer Paradies angeboten. Hohe Räume, Treppen und Schwellen aus alter Eiche und viel kleiner Verfall: marode Fenster mit Vorfenstern, bröckelnder Putz, auf dem noch die Luftschutzpfeile zu erkennen waren. Der Porsche des alten Forell war einem Opel Kadett gewichen. Aber ich hatte nicht viel mit den neuen Nachbarn zu tun. Waren sie verreist, sammelte ich für sie Zeitungen und Post, war ich in Köln, taten sie es für mich. Ihre Blumen, Christstern und Rosen, waren künstlich, eine Katze gab es auch nicht zu versorgen. Silvester und als Vater Forell 75 wurde, tranken wir ein

Glas Sekt in wannengroßen Ledersesseln. Ansonsten hörten wir unsere Wohnungstüren gehen. Seit Vater Forell beim Golfen bewusstlos zusammengebrochen war, beschränkte er sich auf Gemütlichkeiten auf der Terrasse des Vereinsheimes. Dann gab es einen Unfall, das Auto wurde abgeschafft, weil Frau Forell, die beteuerte, ihre Staroperationen gut überstanden zu haben, nicht fahren konnte, wollte oder durfte – ihre Auskünfte wurden auch darin zunehmend unklarer. Des alten Forells Achtzigsten feierten sie nicht, wie Herbert gewollt hatte, in Südafrika, aber immerhin in Baden-Baden.

Silvester darauf klingelten wir um Mitternacht das erste Mal vergebens an ihrer Tür. Sie hatten Kracher und Glocken verschlafen. Es ging bergab. Vater Forell behauptete, was nicht stimmte, suchte Läden, die es seit dem Krieg nicht mehr gab, verwechselte den Arzt mit dem Postamt, und als bei Frau Forell ein Überbein entfernt werden musste, arrangierte Herbert aus Südafrika eine Rundumpflege, Zivis und Damen mit hörbarem Schritt, die der in seinem Sessel mit hängendem Kopf sitzende alte Mann entweder ignorierte oder angriff. Und dann geschah, von dem wir uns gesagt hatten, dass es nicht geschehen dürfe: Nicht ihn, sondern Frau Forell ließ ein Schlaganfall unter den Frühstückstisch rutschen. Er begriff es nicht. Sie wurde erst von einer Cousine gefunden, mit der Frau Forell zum Backen verabredet gewesen war. Die Sanitäter mussten in den engen Kehren der Treppe, die sie sechzig Jahre lang gekehrt, gewischt, gebohnert und gewachst hatte, die Trage hochkant anheben. Frau Forell kam nicht wieder. An der Beerdigung teilzunehmen, hatte sich Vater Forell geweigert. Ins Heim wollte er nicht. Herbert arrangierte Essen auf Rädern und Hilfen, die täglich nach dem Rechten sahen. Herr Forell verließ das Haus kaum noch. Ich hatte mehr mit seinen Zugehfrauen zu tun als mit ihm. Zwei Jahre nach dem Tod seiner Frau fällte auch ihn ein Schlaganfall. Ob er noch wahrnahm, dass er auf einer Pflegestation lebte, ob er Herbert noch erkannte, war nicht sicher. Einmal aber riss er aus und klingelte bei sich solange, bis ich es merkte. Er erkannte mich nicht. Er stand in seiner Wohnung, besah sich, in der Mitte des Zimmers stehend und sich langsam auf der Stelle drehend, den Schrank mit den Ziertassen und Golfpokalen, das Hochzeitsfoto, das große Landschaftsbild, Postkutsche am San Bernardino, wischte, ohne etwas zu sagen, Staub vom künstlichen Christstern und ließ sich kampflos ins Heim zurückbringen. Dann kam ein Rollstuhl, völlige, aber fröhliche Altersabwesenheit. Obersoldat Forell kicherte mit den Schwestern und freute sich, wenn er in die Hosen machte.

Herbert bat mich, ein Auge auf die Wohnung zu haben, bis er Zeit fände, wieder nach Deutschland zu kommen und sie aufzulösen. Ich dürfe mich, wenn ich wolle, umschauen nach Dingen, die ich haben wolle oder für die ich Leute wisse, die sie würden haben wollen. Ich betrat die Forellsche Totenwohnung nicht gern.

Und wenn ich sie betrat, wenn ich mit hohen Füßen durch den aufwirbelnden Staub auf den Forellschen Zimmerböden stakte wie durch einen Studionebel, hörte ich die Glasstäbe über der Tür klingeln, wie ich sie gehört hatte, wenn Frau Forell die Zeitung von der Treppenkehre geholt und mir vor die Tür gelegt hatte. Nur wenn ich nachtfrüh auf eine Dienstreise in die Landeshauptstadt gemusst hatte, war es mir gelungen, Forells die Zeitung vor die Tür zu legen. Ich sah, wie sie schnaufend mit Taschen oder Ölkannen in der Tür stand, sehr hübsch gemacht und lachend, wie immer, ich hörte sie sagen, dass ihr hohes Alter sich allein der täglichen Mühe der Treppe verdanke. Ich hörte noch immer das späte Klingeln der Glasstäbe über der Tür, wenn sie von Golfturnieren, später von Golfbällen heimgekommen waren; dann von derart schrumpfenden Schuljahrgangsfesten, dass schließlich ein Katzentisch in der Gaststätte ausgereicht hatte, in der sie früher an mehreren Tafeln beschwingt gewesen waren; das späte Klingeln der Glasstäbe nach runden Geburtstagen derer, von denen sie bald darauf erzählten, dass auch sie gestorben seien: Fast nur noch Tote um uns. Als ich die Forellsche Wohnungstür öffnete, stand ich in dem Geruch, den ich, wenn ihre Türe geöffnet gewesen war, schon auf einer der unteren Treppenkehren hatte riechen können und der mir fast so vertraut und fremd war wie der Geruch meiner eigenen Wohnung, wenn ich von Köln zurückkehrte. Als ich die taubenbekleckerten Läden in der kleinen Stube, in die sie sich im Winter ganz zurückgezogen hatten, zur Seite stieß, fand ich in einem Briefumschlag zwischen Vorfenster und Fenster zweitausend Schweizer Franken in Hunderter-Noten. Was tun, fragte ich Herbert. Er antwortete aus Südafrika: Zweihundert gehören Dir, achtzehnhundert schickst Du mir.

Einmal, an einem Silvester, als sie noch lange nicht und wir schon lange müde gewesen waren, hatten sie erzählt, dass es ihr größter Wunsch sei, einmal noch den Weg hinauf zum San Bernardino zu gehen, gemeinsam, es müsse doch mit dem Teufel zugehen, wenn Knie, Hüfte, der Atem nicht wieder in Ordnung kämen, und dann, aber dann, hatten sie schelmisch gelacht, auf das Bild weisend, auf dem die Postkutsche um einen abenteuerlich schmalen Saumweg bog, dem Passgrat entgegen, der mit weißer Kappe unter einem flirrend blauen Himmel stand, dessen gewaltige Höhe eine von der rötlichen Abendsonne durchleuchtete hohe Wolke ausmaß. Knie, Hüfte, Atem waren noch schlechter geworden. Nicht einmal mehr mit einem Taxi waren die Forells zum San Bernardino gefahren, von dem aus sie, wäre kein Nebel, ins Tessin, bis nach Italien hätten schauen können, wäre das Fernglas vor den Star-Augen nicht blind gewesen. Zweitausend Schweizer Franken hätten dafür gereicht. Ich stand in der Mitte der Vorzeige-Stube im Staub, sah den Schrank mit den goldenen Ziertassen und Golfpokalen, das Hochzeitsfoto, die stürmische Postkutsche in der erhabenen Landschaft des San Bernardino. Alles käme weg; auch das Postkutschenbild; alle Dinge, mit denen sie sich ihre Ewigkeit eingerichtet hatten.

Ich war aus der Forellschen Wohnung geflohen und stand nun in meiner, teils noch unserer Wohnung, als stünde auch sie zur Entrümpelung an. Ich wurde immer einsätziger am Telefon nach oder aus Köln, und beim Fernsehen schaute ich beiseite, registrierte meine, noch unsere Dinge: Alles käme weg. Von Wert war fast nichts. Selbst die teuer nachgekauften Erstausgaben waren längst unter den Einkaufspreis gesunken. Warum sollten sich die Jungen für Bücher interessieren, die dreißig Jahre vor ihrer Geburt einen verstaubten Rumor verursacht hatten? Ich hatte mein Leben lang auf die falschen Pferde gesetzt. Tempus vincit omnium, brabbelte ich auf dem Flur der Behörde vor mich hin und erschrak über mein schrundiges Gesicht im Dienst-Klo-Spiegel, in den nie mehr zu schauen, ich in einem sorglosen Rückfall vergessen hatte. Alt und aus, sagte ich mir, schau nur hin! Ich war durch die Welt gegangen mit fast demselben Blick, mit dem ich als Kind, als junger Mann durch die Welt gegangen war. Ich war der Alte geblieben, war aber alt und wurde als noch Älterer angesehen. Haben Sie noch Hitler gesehen, hatte mich ein junger Holländer gefragt, dem ich den Weg zu dem Hotel gezeigt hatte, wo Goethe, den er kannte, aber mit Schiller verwechselte, abgestiegen war. Was willst du ihn in seinem Alter noch mit Atemtherapie quälen, hatte meine Nichte gesagt zu meiner Frau, die um mein Lungenemphysem, das mich auf der Treppe mehr keuchen ließ, als Mutter Forell je gekeucht hatte, besorgt war. Mir wurde schon die Totenbettmilde zuteil. Ich hatte einzusehen, dass ich mich darüber zu freuen hatte, noch zu leben und ohne allzu laute Ekelsbekundungen und volkswirtschaftliche Vorwürfe geduldet zu werden und noch nicht verpackt zu werden in ein japanisches Hightech-Altersheim, wo mich die Kindchen genannten, mit Plüsch überzogenen Roboter rundum, auch körperlich rundum versorgen würden, weil einem vergreisenden Volk so viel menschliche Pflege der Alten nicht zuzumuten war. Nur auf Bildern fahren Postkutschen unaufhaltbar gen Himmel. Mit achtzehn schien mir unvorstellbar, je so alt wie mein älterer Vetter zu werden, je dessen rote Augen und dessen damals einzelne grauen Haare zu bekommen. Nun war ich dicker und grauer und älter als mein älterer Vetter geworden. Die Lippen unwulstig und farblos, nicht empfehlenswert für Küsse, die Ohren wuchsen lappig weiter, die letzten angeborenen Zähne rauchteeschwarz zwischen den glänzenden Implantaten, unbekümmert wucherten die Brauen und die Haare aus Nase und Ohren, und die Fuß- und Fingerkrallen wuchsen über den Tod hinaus und hinaus aus der Ökokiste, hinaus durch das altgrüne Efeu auf dem Grab. Am allerwenigsten log die Haut. Ich legte meine krumm gewordenen Finger um mein Knittergesicht und schaute zu, wie mir die Nasenspitze wegfaulte und das ausgezackte Nasenbein freilegte. Im

Dienst tat ich nur noch so, als sei ich wegen der bald erwartbaren Zurruhestellung guten Mutes und genösse die abnehmende Schikane, die man in gesitteten Behörden Mitarbeitern, deren Stelle in absehbarer Zeit zur Verfügung stehen würde, zuteil werden ließ. Ich war aber üblen Muts. Es war die Entlassung ins Ende. Die Verabschiedung eine Henkersmahlzeit. Ich würde keine Schlüssel mehr haben, kein Büro, nach einiger Zeit würde ich niemanden mehr kennen, niemand würde sich noch an mich erinnern. Ich wollte mich wappnen und installierte mittels eines HNO-Reifes einen kleinen Handspiegel vor mein Gesicht, damit ich immer wusste, wie alt ich von außen gesehen und also wirklich war, man vergaß ja sonst, dass jeder Tag, wie ich gelesen hatte, ein Gang zur Hinrichtung war. Ich verfiel ganz der Forellschen Erkrankung.

Es waren Vorwände, den Ölstand zu prüfen, etwas Licht in die Forellschen Stuben zu lassen, Wasser laufen zu lassen, damit es nicht roch aus den Abflüssen. Ich hatte mir einfach angewöhnt, morgens vor dem Dienst den Kopf in die Forellsche Wohnung zu stecken, hinein zu riechen, etwas hinein zu rufen wie Hallo oder Guten Morgen. Ich hatte mir angewöhnt, nach dem Dienst die Läden zu öffnen, in einem der zwei wannengroßen Ledersessel die Zeitung zu lesen, die auch die Forells in diesen Ledersesseln gelesen hatten, schon zu einer Zeit, als noch vom Balkon über Gärten hin bis in die Schweiz zu sehen gewesen war, während die Sonne nun vor der

Zeit unterging hinter den Giebeln der Häuser der Wohnungsbaugenossenschaft aus der Nachkriegszeit mit den kleinen Fenstern vor Zimmern mit niedrigen Decken. Ich saß, bevor ich die Läden wieder zuklappte, im ausgesessenen Ledersessel, dessen Lehnen die Spuren von Frau und Herrn Forell trugen, von Herbert, von den vielen Gästen, und schaute zur Postkutsche, zum schneeweißen San Bernardino unter der durchleuchteten Abendwolke. Die Sonne war fünf Milliarden Jahre alt und in 500 Millionen Jahren würde sie die Erde, die kalt werden würde wie der Mond, nicht mehr erwärmen.

Immer häufiger wurde ich im Amt gefragt, wie lange ich noch müsse? Kompliziertere Vorgänge wurden Jüngeren übertragen, die in immer schnelleren Abständen neue Computer bekamen, während ich einen bekam, den der Abteilungsleiter abgelegt und dem Unterabteilungsleiter vermacht hatte, der ihn mir vermachte, weil er mit einer deutschsprachigen Version lief, deren Beherrschung man mir noch zutraute. Ich wurde Kadaver und einsam im Amt, zumal die, die nicht Kadaver im Amt hatten werden wollen, längst wegen einer überstandenen vermutlichen Herzentzündung oder wegen einer Erbschaft gegangen waren.

Jakob rief an, ob ich Fiffi versorgen könne, während er, weil Karlsruhe in die Binsen gegangen sei, sich in Potsdam vorstelle und Fürstenfeldbruck. Ich fuhr unter lauter lärmenden Stimmbruchstimmen in hängenden grünen Hosenböden, an denen die Affenschaukeln schwerer Stahlketten schlugen, mit dem Seehas, der gerne eine S-Bahn gewesen wäre, nach Singen am fürchterlichen Hohentwiel. Jakob war aus dem Remus nach Karlsruhe umgezogen, vom gescheiterten Karlsruhe zurück ins Singener Zwillingshochhaus Romulus. Den Schlüssel erhielt ich bei einer anderen alten Freundin. Fiffi schien mir räudig, vermagert, verfloht, was er aber nicht war. Mein Lungenarzt hatte mir einen Spray verschrieben, mit dem ich schaffen wollte, was die Autowanderer vom Gasthaus Hohentwiel aus schafften: den Gipfel, die Ruine. Wir waren vielleicht gerade so hoch wie der Turm der Kirche von Singen, als Fiffi bockte. Nichts mehr von Ableckungsversuchen wie bei der Begrüßung an Jakobs nun anderer, der Remulus-Tür zu einem bis auf Wassernapf, Macintosh-Classic nahezu leeren Appartement. Ich ging in die Knie, was mir immer schwerer fiel, weshalb ich mir in meiner Konstanzer Einsamkeit angewöhnt hatte, dermaßen zu stöhnen, zu ächzen, zu husten, dass selbst der geduldige Fiffi erschrocken die Zähne fletschte. Fiffi machte sich so schwer wie ein Granitfindling. Also mit uns nur noch abwärts, sagten wir uns, fuhren mit dem Taxi hinauf und schnauften den Berg hinunter, und Carpaccia war so froh, dass sie sich nicht einmal an den Kehren nach mir umschaute. Jakob hatte mir versichert, er wäre noch selbigen Abends zurück aus Potsdam und Fürstfeldbruck, Fiffi also wohl versorgt, und wenn nicht, sähe die eine oder andere alte Freundin aus Romulus und Remus nach ihm. Ich verließ Fiffi nicht gern. Er lag in seinem Rundkorb mit tief gesenkter Nase und abgeknickten Ohren. Seine kohlschwarzen Knopfaugen schauten unter den mal links, mal rechts aufblinzelnden Pinselbrauen zu mir: Hau ab, komm her. Ciao, Carpaccia, flüsterte ich und machte mich auf zum Seehas, der wirklich kein Seelöwe war.

Auch meine Frau litt unter der Einsamkeit in Köln, die in Köln nicht ausbleibt, wenn man in Köln nicht aufgewachsen ist, weil man sich in Köln, wenn man in Köln aufgewachsen ist, nicht vorstellen kann, dass Menschen, die nicht in Köln, sondern in anderen Landesteilen oder in Bergheim oder in Siegburg aufgewachsen oder gar eingewandert sind aus südlichen deutschen und überhaupt fremden Ländern, auch von menschlichen Empfindungen heimgesucht werden können, die denen, die in Köln aufgewachsen sind, vergleichbar wären. Aber meine Frau kämpfte noch, besiegte ihre Einsamkeit mit Arbeitsfleiß und Wut auf üble Nachbarn und die alltäglichen Ungerechtigkeiten, wenn Radfahrer, die über rote Ampeln fuhren, den Autofahrern den Stinkefinger zeigten und von Autofahrern, die den Radfahrern den Stinkefinger zeigten, umgefahren wurden. Meiner noch kämpfenden Frau konnte ich am Telefon nicht erzählen, dass meine Oberlippe nun senkrechte Furchen durchzogen, die ich an meiner Mutter zum ersten Mal bemerkt hatte, nachdem sie ein Gebiss hatte tragen müssen. Immer in Erwartung des Schreckens: sie Brust-Krebs, ich

Prostata-Krebs oder bei beiden das Herz oder das Portemonnaie geklaut, im Hundedreck ausgerutscht und den Oberschenkelhals gebrochen. Immer schneller verabschiedete ich mich mit einem Luftkuss in die Perforation des Hörers. Ich konnte mich ihr nicht zumuten mit meiner womöglich ansteckenden Forellschen Erkrankung. Aber ja, log ich, mein Emphysem-Keuchen unterdrückend, topfit und bei der Einstandsfeier eines jungen Kollegen sei ich fidel und der Letzte gewesen, der gegangen sei, während ich doch nur in Forells wannengroßem Ledersessel gesessen hatte. Meine Frau hatte einen einsamen Abend mit vielleicht doch mehr ihrer als meiner, jedenfalls nie einsam sein wollenden Tochter durchtelefoniert. Juliane fürchte, auf dem Streckbett zwischen Familie und Berufswunsch zu verbittern. So ein, sagte meine Frau am Telefon, habe Juliane gesagt, depressiver Negativling, so ein sauertöpfischer Hagestolz wie dein Mann wolle sie dennoch nie werden. Sie wolle leben, habe Juliane gesagt, und zwar gut, sagte meine noch kämpfende Frau. Ich wollte ihr nicht antworten, dass ich auf dem letzten Foto, das mir meine Frau von vielleicht doch auch meiner Tochter gezeigt hatte, ich auf der Oberlippe von Juliane die Ahnung eines Schattens jener senkrechten Falte gefürchtet hatte, die ich von meiner einsamen und schwermütigen Mutter, der ich nie hatte ähnlich sein wollen, geerbt hatte. Tempus vincit omnium, aber auch wirklich alles.

Da ich oft nach Köln gefahren war, war ich ein Profi

und wusste, dass es einen Wagenstandsanzeiger gab, und wo man sich vorteilhaft positionieren konnte, um einen Sitzplatz zu erwischen. Ein Selbstsicherheitsrausch packte mich, und mit ihm würde ich die Welt packen. Ich würde einen Platz in Fahrtrichtung rechts ergattern, der Sicht auf die Berge, dann den Rhein böte. Ich hatte oft genug in Offenburg oder Baden-Baden oder Mannheim irrenden Jungreisenden Auskunft erteilt, die blöde unter den Anzeigetafeln standen und nicht einmal wussten, ob Frankfurt in Richtung Hamburg oder Basel lag. Ich war nicht alt, sondern ein alter Hase. Mein reisejackenfestes Selbst brach zusammen, als ein Sturm und Leitungsdefekt den Regionalexpress nach Karlsruhe in Gegenbach/Baden stoppte, wir durch Regen und Sturm geduckt zu einem bereit gestellten Bus nach Offenburg/Baden rannten, vor dessen Bahnhof eine Verwirrung durcheinander laufender bepackter Reisender und durcheinander stehender Busse herrschte, das zu ordnen, sich die Deutsche Bahn AG, die sich in Trockenes gerettet hatte, wie immer entzog. Nass und übereilt stiegen Reisende, die nach Freiburg/Breisgau wollten, in Stadtbusse nach Appenweier/Baden. Reisende, die nach Baden-Baden wollten, stiegen in Busse, die über die Autobahn die Reisenden nach Karlsruhe brachten. Reisende, die nach Straßburg wollten, stiegen in Busse, die nach Gegenbach/Baden zurück fuhren. Ich quetschte mich, nachdem ich erst beinahe nach Straßburg, Freiburg und nach Gegenbach zurück gereist wäre, auf das

Hallohallo und Hierherhierher eines Kollegen aus dem Landratsamt hin, den ich als Freitags-Sonntags-Mannheim-Konstanz-Pendler kannte, in den Überlandbus nach Karlsruhe, in dem die Reisenden sogar, ein Anblick, den ich seit der Nachkriegszeit vergessen hatte, auf der Gepäckleiste lagen, während der schmale Gang des Überlandbusses von den deftigen Rucksäcken, die mich zuvor mehrmals schmerzhaft abgewatscht hatten, doppelstöckig verstellt war. Ich hatte meinen altmodischen Koffer auf meinen Schoß genommen und rieb meine Nase am Henkel und roch den Geruch von Reiseabenteuern, die ich, sieht man von einmal Provence ab, auf Reisen zwischen Konstanz und Köln bestanden hatte. Nichts war zu sehen aus den beschlagenen Fenstern des innen schweißheißen, außen regenkalten Busses. Am obskuren Hintereingang des Karlsruher Hauptbahnhofs mussten wir den dunklen Bus verlassen. Die Deutsche Bahn AG schwieg beharrlich weiter, das Aufsichtspersonal war geflohen, keine einzige Lautsprecherdurchsage, wie wir uns weiter zu verhalten hätten, wenn wir nach Saarbrücken oder Mannheim oder Frankfurt oder Köln wollten. Ich entschied mich nicht für den Städteexpress nach Mainz, sondern für den IC nach Frankfurt am Main und war froh, als wir in schneller Fahrt an einem Gegenzug aus Heidelberg vorbeirasten, der seit Stunden stand und in dem die Reisenden Schwierigkeiten mit der Mitropa-Ernährung und besonders der fäkalischen Entsorgung hatten. Ich sah im Vorüber schwarz gedrängt die Reisenden vor dem Speisewagen und vor den Klos in den Gängen Schlange stehen. In Frankfurt am Main gab es, weil auch die Züge von Stuttgart wegen des Unwetters oder wegen der als Unwetter getarnten Personenschäden die statistische Richtzeit der Deutschen Bahn AG, zu 92% pünktlich zu sein, so weit untersprungen hatten wie ich immer die Hochsprunglatte, einen sehr späten Sonderzug nach Mannheim. Die Deutsche Bahn AG duldete schweigend, dass die verwirrten Aufgelesenen schrankenlos in die 1. und 2. Klasse drängten. Ich saß einer Darstellerin des in Köln spielenden »Marienhof« gegenüber, die aus München, in dessen Studios »Marienhof« gedreht wird, zu ihrer, in der Kölner Serie »Marienhof« nicht existenten Familie nach Köln wollte und die den durch diese unverhoffte Gelegenheit etwas versöhnten jüngeren Reisenden Autogramme gab. Ich Grauer unter den ungefärbten Dunklen oder Blonden verriet nicht, dass auch ich sie erkannt hatte, denn ich hatte meiner Frau nie gestanden, dass ich nicht nur diese Serie am Vorabend anschaute. Ich blätterte vorgeblich in einer roten Umlaufmappe, die dick den Schriftzug meines Amtes trug und die ich aus alten Zeiten gerettet hatte. Der Zug endete in Mainz, wo ich, wäre ich mit dem Städteexpress gefahren, eine Stunde früher hätte gewesen sein können und vielleicht Anschluss nach Köln gefunden hätte. Auch in Mainz gab uns die Deutsche Bahn AG den Rest mit Schweigen. Vereinzelt standen unabgeholte Reisende, denen auch kein Handy mehr half, im Nachtwind hinter Pfeilern und Tafeln. Tauben waren noch geschäftig, und im Fahrtsturm eines durchkreischenden Güterzuges flatterte eine umgeschlagene Zeitschrift von den Bahngleisen auf und sackte wieder ab. Der einzige Zug, der noch fuhr, war ein Interregio nach Koblenz. Ich musste aufs Klo. Das musste ich immer öfter, was meine Frau mahnen ließ: Geh zum Urologen, und mich lügen ließ: Ich sei gewesen, alles blasenklar! Ich traute mich nie aufs Zugklo. Jede sah ja sofort, was man Peinliches im Sinne hatte. Es war zwar Schicksal, aber kein erleichterndes, als der Bordlautsprecher mitteilte, wegen einer Panne im Selbststeuerungssystem seien die Toiletten des Zuges unbenutzbar geworden. Kneifen, kneifen, während meine Nachbarin sehr sichtlich die Umlaufmappe des Ministeriums für Arbeit und Soziales auf den Klapptisch legte und den Feinbleistift bereit klickte. Wir erreichten Koblenz in einer vorläufigen Ebbe meines Harndrangs. Nur noch McDonald's hatte geöffnet. Ich kam mir da sehr alt vor, besonders mit meinem Koffer, den ich mühsam ziehen musste, weil ich mir eine Sehnenscheidenentzündung zugezogen hatte beim Ausprobieren der englisch ausgelegten E-Mail, die das Amt selbst mir verordnet hatte, weil Umlaufmappen veraltet und viel zu teuer waren. Ein Bummelzug brachte mich bis nach Bonn, ein weiterer bis nach Köln. Um fünf Stunden verspätet erreichte ich Köln.

Das war der Geruch, den ich nicht vergessen, aber

verloren hatte. Ich drehte mein Gesicht in den Hals meiner Frau, während ich ihre Hand streichelte, die Knoten ihrer Fingerknöchel, die sie als Zeichen ihres Alterns entsetzten und mir, da es sie schon immer gegeben hatte, Zeichen ihrer ewigen Jugend waren. Meine Frau würde weder altern noch sterben müssen. Sie durfte nicht vor mir sterben, nach mir schon gar nicht. Der Bierflaschenöffner war nicht in der Schublade, wo ich ihn suchte. Ich war halbfremd in der Wohnung meiner Frau, die Lichtschalter an falscher Stelle, ihr Geruch war mir nach kurzem Staunen so vertraut wie die Art, wie sie ihren Schlafanzug anzog, es war der Bär, den ich oft genug gebügelt hatte wegen ihrer Sehnenscheidenentzündung, die sie sich mit ihrer akribischen Bleistiftschrift zugezogen hatte, mit der sie im Dienst, vor dem Dienst, nach dem Dienst Akten bearbeitete. Wir redeten ins Dunkle. Im Schlaf wussten wir sofort, dass wir nicht alleine schliefen, und machten rücksichtsvolle Bewegungen. Wir wachten auf den Atem des andern, besorgt, er könne aussetzen, als hätten wir nie eine Nacht ohne einander verbracht. Beim Eintritt in die Bäckerei, die eine türlos weit geöffnete Filiale war, sagte ich einen falschen süddeutschen Gruß. Und wieder fand ich Kaffee und Filter nicht. Wir rieben uns die Nasen, beobachteten uns geniert beim Duschen, planten den Tag mit einer Vorsicht vor Streit, die mir früher nie gelungen war. Selbst bei den Gesprächen, Ansprachen meiner Frau über unsere Kinder vermied ich jenes Gesicht, das, sagte meine Frau, in der Familie alle verjagt hatte wie ein Höllenhund.

Ich bewegte mich in Köln immer mit leichter Angst. Ich bewegte mich selbst in unserer kleinen Stadt neuerdings mit Angst, nachdem auf den nächtlichen Wegen, die ich liebte, alte Männer und Frauen mit Pfefferspray bedroht, zwischen zwei Mountainbikes geklemmt und ausgeraubt wurden. Ich fuhr mit der Straßenbahn in die Stadt, die in Köln die Altstadt hieß und für die, die innerhalb der Kernzone der Kölner Verkehrsbetriebe lebten, die allerschönste Altstadt war. Mich bedrohte niemand, und die Zeiten waren vorbei, in denen Grauköpfe, Krummbuckel dadurch diskriminiert worden waren, dass jemand aufsprang und ihnen seinen Sitzplatz anbot. Man blieb ruhig sitzen, hatte den Nebensitz mit seinem Rucksack belegt und auf den gegenüberliegenden Sitz seine Schuhe gelegt. Ich stand schwankend. Bei einer Querung der Domplatte kam es zu mindestens siebzehn Körperzusammenstößen, falls man nicht rechtzeitig die Situation erfasste und auswich. Die Situation rechtzeitig zu überschauen und sein Körperverhalten ihr anzupassen, beherrschten die Menschen nicht nur auf der Domplatte immer weniger. Man lüftete auch nicht mehr den Hut und entbot die Tageszeit und nahm dabei die Hände aus den Taschen. Ich bin erzogen worden, Situationen rechtzeitig zu erfassen und mit Körperwendungen, die die Körperwendungen der Gegenüber vorweg nehmen, auch einen harmlosen, besonders aber einen strittigen Körperkontakt zu vermeiden, wobei es dummerweise meist geschah, da ich mit rechts und links meine liebe Not hatte, dass ich die Körperbewegungen meines Gegenübers falsch berechnete, weshalb es oft zum Beinahe- und selten sogar zum Voll-Zusammenprall kam, was manchmal mit einem Lächeln, meist mit einem Zahnfleischzeigen quittiert wurde. Ich spähte in der kaum übersehbaren Menge der Körper in Kölns Breite oder Hohe Gasse oder Alter Markt rechtzeitig Mütter mit Kinderwagen und Kindern aus, die die streitbereitesten Hindernisse auf belebten Gassen und sogar auf ganz unbelebten Bürgersteigen waren. Denn nachdem ich einmal beobachtet hatte, dass ein alter humpelnder Mann vor einem direkt auf ihn zu geschobenen Kinderwagen nicht ausgewichen war und sogar ausgerufen hatte: Links ist links und rechts ist immer noch rechts, floh ich solche ungewinnbaren Schlachten und ihre Schlachtrufe: Altes Arschloch, Alter Sack, fürchtete ich vor allem den unaufhebbaren Fehdehandschuh: Haben Sie überhaupt Kinder, in Ihrem Fall besser: Urenkel? Mein kinderloser Frisör, der auch bald Rentner sein und somit tief in der Schuld der Kindererziehenden stehen würde, hat mir, während er mir die immer weniger nichtgrauen Haare abschnitt, weshalb ich immer weniger oft zu meinem Frisör ging, seinen Satz verraten, den er für solche Situationen parat habe: Meine Tochter ist in New York mit einem jüdischen Tumorspezialisten verheiratet und hat drei Töchter, mein Sohn ist von einem betrunkenen Albaner zu Tode gefahren worden und hinterließ zwei Waisen! Das wirke. Unsere Tochter war in Leverkusen-Morsbroich mit einem Mann namens Breitkötter verheiratet, den ich noch nie, und hatte zwei Kinder, die ich nur einmal von ferne gesehen hatte. Manchmal fuhr ich, wenn meine Frau arbeitete, statt im Wallraf-Richartz-Museum vor Stefan Lochners Weltgericht, auf dem die Höllenhunde ihre teuflischen Fratzen sowohl im Gesicht wie im Schoß trugen, zu stehen, was mich meiner Leistenbeschwerden wegen immer mehr anstrengte, nach Leverkusen, fand Morsbroich, fand das Haus der Breitkötter, aber niemand verließ das Haus, niemand betrat es, der Garten lag uneinsehbar hinter einer hohen Taxushecke. Ich fürchtete, in einem Morsbroicher Supermarkt, in dem ich mir Buttermilch mit Multivitaminen, oder in einem Drogeriemarkt, in dem ich mir Artischockentabletten kaufen würde, nicht unverhofft, aber unversehens meiner Tochter und meinen Enkeln gegenüber zu stehen. Würde unsere Tochter, obwohl sie gewiss die Ahnung des Schattens einer senkrechten Falte auf ihrer Oberlippe längst bemerkt haben würde, mich noch erkennen oder erkennen wollen? Ich kaufte die fettsenkenden Disteltabletten lieber, nachdem mir auf einem Morsbroicher Zebrastreifen, den ich gottlob korrekt bei Grün betreten hatte, plötzlich die Knie versagten, in einem Kölner Drogeriemarkt. Als ich nach der Lesebrille in einer meiner Jackentaschen fischte, um zu prüfen, ob ich das Glück gehabt hätte, einen finnischen Euro für meine Sammlung ausbezahlt bekommen zu haben, fluchte eine junge Frau, die schon mit ihrer Credit-Karte scheuchte, hinter mir an der durch mich blockierten Kasse in ihr Handy: Was müssen die blinden Rentner, die nichts mehr zu tun haben, ausgerechnet in unseren knappen Mittagspausen einkaufen. Beschämt stand ich in meinen ballenweichen Mephisto-Schuhen. Mariendistel hilft überhaupt nichts, hatte mein Arzt gesagt, als ich ihn vor Jahren das letzte Mal aufgesucht und er eine dramatische Verkalkung meiner Gefäße diagnostiziert hatte, ebenso wenig wie Lachsöl oder französischer Rotwein. Fisch mochte ich nicht, meinen Glauben an Wein ließ ich mir nicht austreiben.

Alt zu sein, hieß zu merken, dass man mit seinen Verhaltensweisen alt aussah. Ich saß am Rand der Treppe der Kölner Domplatte und hatte, weil ich gerade von keinem Hexenschuss geplagt wurde, nicht wahrgenommen, dass ich an dem Rand der Treppe saß, an der ein Handlauf Gehbehinderten Hilfe beim Abstieg von der Domplatte bot. Und wurde von alten Frauen und Männern, die noch schlechter als ich zu Fuß waren, wenn ich einen Hexenschuss hatte, fortgezischt mit Worten oder einem Stock, als wäre ich ein schwarzhaariger Russenjunge, und setzte mich vom Rand weg und mitten auf die Treppe unter die jungen schwarzhaarigen Frauen und mitten in die Gefahr, mich von ihnen als sabbernder Lustgreis verdächtigen lassen zu müssen. Doch die jungen Frauen hatten nicht einen einzigen Blick für mich. Ich aber viele für sie, die nicht nur der Erinnerung an unsere, aber nicht mehr meine Tochter galten. Mir war unwohl zwischen den bauchnabelfreien, lutschsüß angespeckten, rosazehigen, gepiercten, rot gefärbten jungen Frauen mit schwarzen Lippen und schwarzen Trägerriemchen und der sich rückwärts am Handlauf vorsichtig die Treppe hinunter kranenden, schnaufenden, hüftwehen Dame, deren madenweiße Füße aus den beigen Gesundheitsschuhen heraus quollen mit blauem Geäder. Ich wollte von der Domplatten-Treppe rasch aufstehen, was aber mein plötzlich wieder einschießender alter Hexenschuss abrupt abbremste. Schmerzhaft schleppte ich mich zum Stehcafé im Bahnhof, stellte mich neben eine junge Frau. Da humpelte auf Krücken ein viel Älterer heran und sagte zu der schönen Frau: Heute Morgen war es kalt, heute Mittag war es heiß, jetzt ist es wieder kalt. Die junge Frau antwortete: Not understandig. Macht nichts, sagte der zahnlose Greis, im Tode sind wir alle gleich. Gekrümmt schleifte ich meinen Hexenschuss zum unterirdischen Straßenbahntunnel, wo eine alte, abgerissene Bettlerin über rollende Bierbüchsen auf mich zukam. Immer ich, als röchen sie meinen Angstschweiß. So schwer mich der wieder auftrumpfende Hexenschuss auch plagte: Ich kehrte um, lief zum Bahnhof hinauf, durch den Bahnhof hindurch, querte den Bahnhofsvorplatz und betrat den unterirdischen Straßenbahntunnel von der anderen Seite, wo mir die Bettlerin schon entgegen kam. Ich gab. Ungern, aber reichlich.

Das Küchenlicht leuchtete aus der Wohnung meiner Frau durch die Nacht über die Straße. Und wieder war es ihr Geruch, der mich nicht betörte, sondern beglückte. Ihr Gesicht, ihre Haut, ihr Haar. Ich dachte, aber sagte nicht etwas traurig Liebes. Jetzt fand ich den Flaschenöffner sofort in der richtigen Schublade. So einfach miteinander zu schlafen, trauten wir uns nicht mehr. Es wäre zu schmerzhaft, feststellen zu müssen, dass es das Alte sein könnte oder gerade nicht mehr das Alte. Oder gar nichts mehr. Oder etwas, wovon man nur lügen könnte. Wie alle, die trotz ihrer chronischen Hexenschüsse noch keine Rentner sind, reiste auch ich von Freitagnachmittag bis Sonntagmittag. Wegen seiner Abschiedsgewissheit war der Sonntag schwer erträglich. Ich erlog keine Reservation mehr, die ich nur für einen frühen Zug hatte erhalten können. Meine Frau bat mich nicht mehr, sie erst mit dem allerletzten Zug zu verlassen, wenn ich ertragen könne, dass sie noch einige Akten zu erledigen habe, was wegen ihrer durch die Sehnenscheidenentzündung geschädigten Hand seine Zeit brauche. Wir verhandelten nicht mehr. Ich fuhr nach dem Frühstück. Der Abschied blieb, wie oft auch geübt, schwer genug. Beim Warten auf die Straßenbahn gerieten wir in Satznot, die wir nicht auflösen konnten in einen nicht end-, aber zeitlosen Karpfenkuss, mit dem sich ein junges Paar aneinander gesogen, dann geleckt, dann wieder aneinander gesogen hatte, so dass sie, die kleiner war, wie ein Blutegel an seinem Munde hing. Alt war man, wenn man mehr an Vergangenes als an Zukünftiges dachte. Noch älter, wenn man an zukünftige Zeit lieber gar nicht dachte. Hätte ich, dachte ich, während wir, um nicht zum jungen Paar sehen zu müssen, zum abgeschirmten Park mit Teich und weißem Schloss schauten, das unserer Trennungshaltestelle gegenüber lag, hätte ich nicht jeden Zug sausen lassen sollen, nur diese Hand halten sollen, mich mit Blindenschriftfingern ihrer Wärme versichern sollen, ihrer weichen und harten Flächen, ihrer Narben, ihrer Kuhlenhäutchen, ihrer Verhornungen und Schreibbuckel, ihrer Nagelhauthalbmonde, hätte ich sie nicht so, wenn auch anders, festhalten und nie lassen sollen, wie ich sie früher in der Erregung festgehalten hatte? Ich wusste nicht, ob meine Frau das auch dachte. Das Ende war immer da. Ab der Mitte des Lebens waren wir am Ende. Nur blieb ungewiss, wo die schon so lang überschrittene Mitte des Lebens gelegen hatte.

Ich saß verfrüht auf dem Bahnhof und aß die Brote, die meine Frau mir geschmiert hatte. Ich wusste nie, ob die Brote mit Käse belegt waren, weil ich ihn, wie sie meinte, mochte, oder weil sie den Käse, den sie nicht mochte und allein für meinen Besuch gekauft hatte, wieder loswerden wollte. Die meisten Reisenden waren bepackte Wochenendeinzelreisende wie ich. Einmal hatte ich einen gleichaltrigen Mann erlebt, der in Köln sich nicht lösen zu können schien von einem Mund, den ich, wäre ich nicht verheiratet, sofort geheiratet hätte, und der in Koblenz schon an einem anderen Mund hing, den ich trotz aller Hexenschussattacken auch sofort geheiratet hätte. Ich hatte keinen Platz reserviert, um diesen Sonntag offen zu halten für eine verrückte Volte in unserem einsamen Zuzweitleben, vielleicht sogar, um jugendkühn einen Zug zu überspringen. Es hatte sich aber keine Gelegenheit dazu ergeben. Der Rhein floss ruhig, die Schieferhänge waren kahl und glänzten schwarz oder sie waren ginstergelb. War es neblig oder regengrau, schaute ich in eine Computerzeitschrift, wie sie sich junge Männer kauften und deren Überschriften ich nicht verstand, und erinnerte mich der Wärme der zurückgelassenen Hand meiner Frau. Mit ihr teilte ich unsere Zugfeinde: Köpfe mit sehr undichten Techno-Kopfhörern; Damenfinger mit Zungenlecken und knallendem Illustriertenschlag; Vereinsgruppen um Mitteltische; Becksbüchsenbiersoldaten, hin und her schwankend nach oder vor Koblenz; Literaturkritiker mit gezipfelter Weste, die durch den Waggon riefen, sie träten heute Abend im »Literarischen Quartett« auf; gebräunte Laienreisende, die ihre Überseekoffer nach dem Flughafen Frankfurt so in den Gang stellten, dass der Mitropa-Wagen warten musste, bis der Mitropa-Kellner deren Koffer, darauf bestanden sie, genau über ihrem Sitzplatz auf die Ablage gewuchtet hatte, was eine den ganzen Großraumwagen erfassende, sonntags besonders wogende Rochade von über die Köpfe gestemmten Koffern, Rucksäcken, Taschen und herunterfallenden Mänteln veranlasste; Hobbyreisende, die Reservierungen weder bemerken noch einräumen wollten; Wasserflaschen oder Kreuzworträtselhefte in die schon von Wasserflaschen oder Kreuzworträtselheften verstopften Sitznetze pressende Reisende und alte Reisende, die entweder aus Ostpreußen oder dem Sudetenland hatten fliehen müssen und schworen, wenn sie je einem Polen oder Tschechen in Deutschland begegnen würden, diesen Polen oder Tschechen sofort totschlagen würden; und männliche Reisende, die, wenn sie Kaiser von Deutschland wären, alles anders machen, besonders aber Deutschland aus der EU austreten und alle faulen Ausländer ausweisen lassen würden, die aber nicht gerne Kaiser von Deutschland wären, weil sie dann nicht von ihrem Aktiengewinn nach Thailand reisen könnten, wenigstens nicht mit den Absichten, die sie als Kaiser von Deutschland nicht haben dürften. In Baden-Baden oder Offenburg war Schluss mit Hochgeschwindigkeit. Als ich in Konstanz/Deutschland den rappeligen Interregioexpress verließ, piepste mein Handy und begrüßte mich unaufgefordert swiss-com. Riefe ich mich jetzt vor meiner Konstanzer Haustür an, um meiner Frau zuzurufen: Gleich bin ich bei dir, ich muss nur noch die Treppen schaffen, müsste ich dafür einen Auslandstarif zahlen. Unsinniger Gedanke: Meine Frau war ja in Köln.

Wenn ich früher zurückgekommen war, hatten schon

Post und Zeitungen vor meiner Tür gelegen, die Frau Forell gesammelt hatte, die wusste, wie pünktlich meine Kölner Ausflüge endeten. Nun knickten die Postwurfsendungen aus dem Briefkasten, meine, einmal unsere Zeitung war von der Eichentreppe ins Nirgendwo verschwunden. Das Forellsche Haus war ein Haus geworden, in das junge Leute hinein gingen, aus dessen Wohnungen, deren längst verstorbene Erstbewohner ich noch gegrüßt hatte, junge Leute heraus traten, die ich weder kannte, noch grüßten sie mich. Erleichterung, dass zwischen den Blindenhilfe-, Kinderdorf- und Lotto-Briefen kein Brief mit schwarzen Rändern lag. Ich sagte meiner Frau am Telefon nicht, dass ich mir wünschte, dass wir zusammen blieben und das Sterben hinbekämen, obwohl ich es mir wünschte. Ich bestätigte nur meine Heimkunft. Ich schloss die Wohnung der Forells auf, saß im wannengroßen Ledersessel und schaute der sich auf den San Bernardino hinauf schaffenden Postkutsche nach. Dann gab ich mir die Kanne, mit der ich mir die Bettschwere erzwang.

II

Abschied vom Amt

Würde ich heute ans Oberlicht reichen? Würde ich heute, hätte ich das Oberlicht erreicht oder nicht, wenigstens mit den Fingerspitzen den Teppichboden berühren können, ohne in den Knien einzuknicken? Ich erreichte das Oberlicht nicht. Den Teppichboden mit den Fingerspitzen zu berühren, versuchte ich heute erst gar nicht; mit meinen kurzsichtigen Augen würde ich meinen krummer und blauer werdenden Zehen mit den dicker, gelber, rissiger gewordenen Fußnägeln zu nah kommen und sehen müssen, womöglich am Hausstaubgewölle an meinen Fingerspitzen spüren müssen, dass ich dringendst schon in den vergangenen Wochen hätte putzen müssen. Nicht nur mein Leben, mein Atem, nicht nur meine von meiner Frau eingemahnte Antiverwahrlosungssorgfalt, auch meine Arme wurden mit jedem Tag kürzer. Alt ist Scheiße, hatte ein Junger, eine vierschrötige Sporttasche über den hochgepolsterten Trainingsschultern, gerufen, als ich, schon ahnend, da könne eine Bordsteinkante drohen, rasch die Brille gewechselt hatte, aber mich dann doch vertappt und gratis einen vollendeten Hampelmann gegeben hatte. Ich war, die falsche Brille noch auf der Nase, die richtige schon in der Hand, gegen den Jungen gestürzt und an seinem rauschenden Trainingsanzug erbärmlich hinunter gerutscht, bis ich auf dem Bürgersteig saß und eine noch Jüngere über mich hinweg sprang. Alt ist Scheiße hatte der Trainingsjunge unböse gerufen, mitleidig eher, so mitleidig eben, wie es Junge tun, die den Istzustand für ewig halten und um kein sie erreichendes Vergehen wissen, nur um ein Werden, das mehr Glück bringen würde. Ich schaute, nun mit einer etwas richtigeren Brille, den reflektierenden Sportschuhen des Jungen nach, murrte: Et ego in Arcadia, auch ich war einmal nur noch mir vorstellbar jung gewesen, und traute mich erst dann, als wirklich niemand mehr in Sichtweite war, aufzustehen zu versuchen und festzustellen, ob ich einen Oberschenkelhalsbruch erlitten hätte, und peinlich auf der Tragbahre mit Blaulicht ab ins Spital, wo mich eine Lungenentzündung undsofort und ex. Ja, alt war Scheiße, denn es hieß: unwiederbringlich, auch ein gebrochener Oberschenkelhals würde nie mehr gut. Ich hatte mir, weil ich ferne Gesichter ebenso wenig erkannte wie nahe Fettflecken auf dem Herd wie mittelferne Reservierungsangaben in den ICEs und weil Gleitsichtbrillen mich schwindeln ließen, eine Palette von Brillen gekauft, die ich aber meist zu Hause vergaß. Froh war ich, richtig dankbar, dass der Junge nicht nachgetreten hatte wie jener Schüler, der in Köln-Friesenheim, weil er den Penner umhauen wollte, seinem Lehrer, der mit einer gerissenen Achillessehne humpelte, die Krücken weg geschlagen hatte. Wahrscheinlich war der junge Mann so freundlich gewesen, weil er ein Schweizer war. Denn ich war vor dem Kreuzlinger Bahnhof gefallen. Und das, obwohl in der Schweiz alles in bestem Schuss war, nichts verkommen, während Deutschland immer dreckiger und heruntergekommener wurde, weshalb die Schweizer im deutschen Konstanz wegen der günstigen Preise nur noch schnell viel im Aldi kauften, langsam und viel danach in Konstanzer Restaurants verspeisten, um darauf sofort und angeekelt das verwahrloste, immer mehr belgisch oder DDRig werdende Deutschland zu fliehen. Verwunderlicherweise war ich noch nie in Köln gestürzt, obwohl es in Köln, das die Kölner gern für die schönste Stadt der Welt halten, die allerverwahrlosesten Bürgersteige gab mit zerborstenen, hoch stehenden, fehlenden Trottoirplatten. Wäre ich in Köln gestürzt, wäre ich in Hundekacke gefallen, die auf Schweizer Bürgersteigen in braune Plastiksäcke gesammelt wurde, bevor jemand in sie fallen könnte. Aber Köln scherte sich nicht darum, dass etwa in der Landeshauptstadt Hannover mindestens vier Angestellte damit beschäftigt waren, täglich alle öffentlichen Plätze und Bürgersteige abzusuchen nach schadhaften Fugen und Unebenheiten, um Gefahren von den Bürgern und auch Ausländern abzuwenden. Vermutlich beschäftigten sich in Köln mindestens vier Angestellte damit, die Schadensansprüche wegen bei Stürzen auf Kölner Bürgersteigen zugezogenen Prellungen, Rippen- oder Knöchelbrüchen abzuwehren. Wie verwahrlost Köln als die nicht schönste, aber deutscheste aller Städte war, ließ sich schon daran erkennen, dass in Köln zwar ein Papst, vermutlich aber nie ein Schweizer gesehen worden ist. Nie hätte ich in der sauberen Schweiz erleben können, was ich in Köln gottlob nur beobachten musste: Ein Kind mit Rad hatte auf dem Bürgersteig eine betagte Dame umgefahren, die in Hundekot gefallen war und zeterte. Macht nix, rief das Kind fröhlich, Du bist ja schon alt.

Keine Brille zerbrochen, nicht der Oberschenkelhals, aber den Knöchel gründlich verstaucht. Meine Frau riet am Telefon, da müsse noch Sportsalbe sein gegen unsere Sehnenscheidenentzündungen. Es gelang mir, den wegen der Abwesenheiten meiner Frau durch mich völlig zerrümpelten Medizinschrank schnell wieder zu schließen, bevor er hätte platzen können wie das Gedärm aus einer gekeulten Kuh, was gar nicht schön anzuschauen war, wie ich aus Forells verkabeltem Fernseher wusste, den ich nur solange genutzt hatte, bis mich die Scham oder die Reue über die hingehaltenen vierzig Jahre jüngeren Pos und Brüste abgemahnt hatten. Das Gedärm quoll aus der aufgehängten, kopflosen, gekeulten, ein Wort, das ich zuvor nie gehört hatte, Kuh, roch aber wenigstens nicht aus dem Fernseher. Dass Menschen so stinken, wenn man sie öffnete, hatte ein Pathologe im »Tatort« gesagt, bleibe ihm trotz aller Berufsroutine ein Schock bis ans Lebensende und womöglich darüber hinaus, sofern er fürchten müsse, dass ein Kollege, womöglich eine jüngere Kollegin ihn öffne. Der schmerzende Knöchel erlaubte nicht nur, gebot geradezu, den Fuß hochzulegen und zu schonen und so lange fernzusehen und dabei unentwegt Puls und Atemkapazität zu messen, bis ich, weil unser Fernseher nicht verkabelt war und keine Pos und Brüste bot, einschlief. Als ich fürs Amt wieder tauglich geschrieben worden war und meine frühmorgendlichen Oberlicht-Erreichungsübungen wieder aufgenommen hatte, beschloss ich, die Kniebeuge-Übungen und damit die sichere Gefahr, den Bodendreck sehen, gar, käme ich bis zum Boden, fühlen zu müssen, nicht wieder auf zu nehmen, weil mein nie nachlassender heftiger Vorsatz, demnächst und endlich wirklich sauber zu machen, wegen meiner Knöchellädierung sich nun um völlig entschuldbare Wochen verlängert hatte. Schon klebte ich manchmal mit den von Kastanienblüten, von Hundekot, von Motorrolleröl verschmierten Straßenschuhen, dann auch mit den vergleichsweise sauberen Hausschuhen am Linoleumboden der Küche fest. Ich war mir aber sicher, dass ich, bevor meine Frau zu Besuch käme, ganz bestimmt nicht nur alle Teppichböden und alle glatten Böden mit den von meiner Frau auf Vorrat gekauften Reinigungsmitteln putzen, sondern auch die hoch angehäufte Wäsche waschen würde, ohne meine Frau am Telefon nach Waschmittelart und Waschmittelmenge und einzustellender Wassertemperatur am Waschmaschinenprogrammregler zu fragen. Nicht, weil ich mir mittlerweile in diesen Handhabungen sicher gewesen wäre, sondern weil mein Nachfragen am Telefon ihr verraten hätte, dass ich immer noch nicht weder die von meiner Frau bei ihrem letzten Besuch aussortierte helle Bunt- noch die dunkle Buntwäsche gewaschen hatte. Peinlich wäre mir, dass meine Frau am Telefon sofort meine Wäschewaschversäumnisse erraten würde, noch peinlicher, wenn sie bei ihrem nächsten Besuch sagen würde: Lüg nicht, du hast die helle mit der dunklen Buntwäsche gewaschen, die bunte mit der weißen Kochwäsche, das sehe ich doch an der durchgehend trüben Wäsche, die von dir verhunzte Wäsche kriege ich nicht mehr sauber. Er ist, soll unsere Tochter Juliane gezischt haben, der geborene Verkommer. Worauf ich schrill und schwörend würde lügen müssen: Ich habe die helle, die dunkle, die bunte, die weiße Wäsche undsofort – alles korrekt. Ich habe meine Frau, die sich für eine leichte Schwindlerin, mich für einen schweren Lügner hält, noch nie erfolgreich belogen. Also nahm ich mir vor, je eine Maschine helle und dunkle, bunte und weiße Wäsche zu waschen, was ich aber nicht tat, weil mich das Nichterreichen des Oberlichtes so entmutigte, dass ich, weil amtsfreier Samstag, dann Sonntag war, im Bett blieb und zwischen Greisennickerchen bei geöffnetem Fenster darüber nachzudenken versuchte, warum ich so ein Verkommer war. So ein Verkommer, wie es schien, war ich denn doch nicht, auch wenn ich meiner Frau nicht hatte weglügen können, dass ich Knäckebrot zu toasten versucht hatte, was uns fast das Forellsche Haus, gnädigerweise aber nur die Renovation der Küche gekostet hatte. Ich schlief, obwohl vom Münster schweres Geläut durchs offene Fenster drang, aber immer wieder vor der Antwort auf meine Verkommenheitsfrage ein. Sicher lag es an den Genen: meine Mutter – ich – Juliane. Eines Tages würde man das Verkommenheitsteil auf irgendeinem Gen auch entdecken und die Verkommenheit pränatal verhindern können. Ich belog meine Frau schwer: Ja, Akten bearbeitet. Ja, den Haushalt auf Vordersenior gebracht. Pustekuchen: Ich hatte nur im Bett gelegen, mich nichts als erinnert und Erinnerungs-Bilder und -Dinge auf dem abgezogenen Bettzeug meiner Frau neben mir im solitären Ehebett versammelt und mit dicken Augen vor Einsamkeit geweint. Die Augen gehörten mir ausgestochen.

Die Oberlichtübung machte ich vor dem Frühstück im Schlafanzug am geöffneten Fenster täglich. Wenigstens versicherte ich das meiner Frau am abendlichen Telefon. Aber unter 17 Grad blieb das Fenster zu. In meinem Alter wurde der Husten schnell zur chronischen Bronchitis, Lungenentzündung, das Krankenhaus eine Virusschleuder – und ex. Auch bei geschlossenem Fenster taten Katzenrecken, Stopp- und Ruheatmung, das Körpermitte-Wecken aus dem Atem-Buch, das mir meine Frau geschenkt hatte, meiner überblähten Lunge gut. Emphysem sagte ich im Amt, als ich hinter den sich freundlich verlangsamenden KollegInnen die Treppe hinaufschnaufte. Wie, was? Als Erklärung half ein bisschen, dass an einer überblähten Lunge Hildegard Knef gestorben sei, die vor ihrem letzten Interview, das alle gesehen und erschüttert hatte, obwohl sie noch gar nicht wissen konnten, dass das ihr letztes Interview gewesen war, nur mit einem Sauerstoffbeutel hatte überleben können. Alle, verkniff ich mir nicht im Amt, bekommen, habe mein Arzt gesagt, im Alter ein Lungenemphysem. Die Kollegen bogen die Ohren in sich, um sich ihres ausgebliebenen Keuchens und des unverminderten Gasumtausches zu erfreuen. Mein Schnaufen reichte nicht zum krankheitshalber vorzeitigen Ausscheiden aus dem Amt. Ich könne ja den Aufzug hinab ins Archiv des Amtes, hinauf zum Höchsten oder Zweithöchsten nehmen und mir das Essen aus der aufzugslosen Kantine unter dem Dach von einem freundlichen Kollegen mitbringen lassen, was insbesondere bei Kaltgerichten kein Problem darstelle. Wenigstens hatte man es nach Jahren aufgegeben, mich selbst von zweithöchster Seite dringlich aufzufordern, mich am Altstadtlauf zu beteiligen, um für die Abteilung Ehre einzulegen. Ich hätte wirklich keine Ehre eingelegt. Ich hatte hinter der Absperrung, um wenigstens etwas Ehre für das Amt einzulegen, mit dem Wimpel des Amtes winken müssen.

Du baust aber ab, hatte Jakob ziemlich nüchtern befunden, als ich von der Unterführung im Singener Bahnhof herauf schnaufte. Du solltest Chinesisch lernen, riet Jakob. Wie sollte ich, wenn mir schon die Reise nach Singen am Hohentwiel schwer gefallen war, je nach China reisen? Es ist die schwerste Sprache, belehrte mich Jakob, sie trainiert ein altes Hirn am meisten. Er besaß nur noch einen Koffer, keine Wohnung mehr, war sich aber sicher, dass er bald einen Job fände. Ich wollte ihm das Geld, dessen Höhe ich zuvor mit meiner Frau, die auch ihren Sohn besser kannte als ich, beredet hatte, nicht einfach in die Hand drücken, sondern bei einem Glas Wein übergeben, nicht der Form, vielmehr des Weins halber. Den Sternen, das Jägerhaus, die Singener Weinstube fand Jakob zu spießig. In die Vinothek Fine for wine traute ich Graukopf mich nicht hinein. Das Kreuz, auf das wir uns einigten, hatte geschlossen. Nicht nur mich, auch Fiffi hatte die vergebliche Suche nach einem geeigneten Glas Wein zur Geldübergabe angestrengt. Jakob zu Fiffi: Du baust auch ab! Ich hatte Jakob das Geld doch einfach in die Hand gedrückt. Gottlob verband Jakob mit Geld keine Sohnesschamgefühle. Ich hätte auch Juliane, wenigstens den Enkeln gern gegeben, aber Juliane nahm nur von ihrer Mutter. Geld sei für ihren Erzeuger, der nicht lieben könne, habe Juliane gesagt, sagte meine Frau, ein Mittel zur Liebeserzwingung. Alt geworden, dachte ich, während ich Fiffi, dem tatsächlich in letzter Zeit die Augen tranig geworden waren, hinter den warmen Ohren kraulte.

Nach der Oberlichtfenster-Bronchialhygiene holte

ich im Bademantel über meinem streng riechenden Schlafanzug die Zeitung von der Treppenkehre unter mir, was mich so sehr schnaufen machte, dass ich mich auf dem Klositz erstmal auskeuchen musste. Vor kurzem hatte ich samstagmorgens meinen Bademantel hinter dem Fernsehsessel gefunden. Ich neigte zu Fernsehexzessen. Ins Kino ging ich nicht mehr, weil Jung und Alt sich dort benahmen, als säßen sie vor ihrem Fernseher. Auch das Fernsehen war mir ungeheuerlich, weil ich stets fürchten musste zu entdecken, dass ich die Filme, die schwieriger waren als Hans-Moser-Filme, nicht mehr verstand. Weil die Fernsehfilme mich nicht mehr betäubten, betäubte ich mich vor ihnen. Der vergessene Bademantel hinter dem Fernsehsessel verriet mir, dass es wohl, nachdem ich mich von meiner Frau mit einem Telefonkuss verabschiedet hatte, noch eine rauschende Freitagnacht geworden war. Weil meine Fernbedienung versagt hatte, als ich gleichzeitig fernsah, aß, trank und das Fernsehprogramm las, hatte ich mir eine breite Raviolibahn über die Bademantelbrust gekleckert. Oft genug hatte meine Frau mir gedroht: Wenn du zu kalten Ravioli aus der Dose oder gar zu Katzenfutter de luxe herunterkommst, trenne ich mich von dir! Natürlich hatte ich die Ravioli nicht warm gemacht, weil ich aus Freitagabenderfahrungen wusste, wie schnell Ravioli aus der Dose anbrannten, wenn man gleichzeitig fernsah, trank und kochte. Roch ich? Ich konnte es nicht prüfen, da die ganze Wohnung roch wie, wie meine

Mutter schon zu meiner Schülerzeit gemault hatte, ein Geißbockstall. Um zu kontrollieren, ob ich oder die Wohnung so arg roch, wollte ich im Saunabademantel meiner Frau in Forells Wohnung, stolperte aber, weil ich seit längerem versäumt hatte, zwei Flurstrahler zu ersetzen, im Halbdunkel über den seit meinem letzten Besuch in Köln unausgepackten Koffer, prallte gegen die Flurwand und riss an der schönen Ansicht des Ortes, den wir lieben und einmal im Leben gern gesehen hätten, eine riesige Ecke ein.

Ich saß in Forells Ledersessel und schaute zu den wilden Höhen des San Bernadino-Passes, von dem die rumpelnde Kutsche, hätte sie den Pass erreicht und gemeistert, hinunter schlagen, springen, munter hinunter tirolern würde, hinter den dampfenden, in ihrem Geschirr knarrenden, klingelnden, aus ihren purpurnen Nüstern schnaubenden Pferden her, bis nach Venedig. Als es an der Forellschen Wohnungstür schellte, war es für die Zeugen Jehovas zu früh, der Vorwerkvertreter kam sonntags nie, den Telegrammboten gab es nicht mehr in E-Mail-Zeiten, und wenn, dann würde er, auch wenn ich den Türöffner gedrückt hätte, wie der Paketbote nicht mehr die Treppen herauf steigen, sondern einen Benachrichtigungszettel unten an den Briefkasten pappen. Herauf stieg ein sehr alter Mann, der vom Treppensteigen schnaufte wie das jüngste Ross von Venedig, sehr deutlich weniger als ich. So was höre ich mittlerweile sofort, ebenso die Atemnotvertuschungsversuche derer, die an der Lunge leiden. Als der deutlich Ältere als ich sich in Forells Ledersessel rasch ausgepustet hatte, rief, ja schrie er fast: Du bist aber alt geworden! Ich kannte ihn nicht. Er redete mich mit des alten Forells Vornamen an und schrie: Einführung ins Steuerrecht bei Rathofer, der schon lange nicht mehr lebt! Ich dementierte, der alte Forell zu sein. Nöllenbrink sei er, schrie Nöllenbrink, immer eine Note besser als du. Besser war nur Kathaus, der schon lange nicht mehr unter den Lebenden weilte. Tot Homboll, der sich kostengünstig in der GUS sein Herz habe operieren lassen und nicht mehr aufgewacht sei, vom Schragen in den Sarg. Tot von Salis genannt Salz, der seit dem Winterfeldzug ein Toupet habe tragen müssen, weil es ihn so fürchterlich an der Glatze fror. Zucker, Beinamputation, erst links, dann rechts, und tot auch unser Bollnow. Mausetot seit langem der Haudegen Schneider-Schwerte trotz Herzschrittmacher, unser Schneider-Schwerte, der immer einen Faltsarg mit sich getragen und pure Kühlschrankeiswürfel gelutscht habe, um sich an den kalten Tod zu gewöhnen, zwei künstliche Hüften, aber mit 79 noch eine Geliebte, obwohl er seines Mundgeruches wegen schon in den Vorlesungen stets in der ersten Reihe habe sitzen müssen. Du erinnerst dich aber auch an nichts mehr, schrie Nöllenbrink. Du bist senil, dement, du bist fett und furchtbar alt geworden, schrie Nöllenbrink mit weißem Blechgesicht, in dem eine fast burgunderrote Flechte aus dem grauen Kurzbart bis zu den Jochbeinen wuchs. Du hast dramatisch abgebaut! Dabei trug er hinter jedem Schlapplappenohr, wie ich sie an mir jeden Morgen im Rasierspiegel wachsen sah, eine Hörhilfe an den Bügeln der Brille, in deren eidicken Gläsern seine Augen in rotem Eiter schwammen. Seit seine Frau schon seit längerem abgelebt sei, reise er, obwohl er wisse, dass, weil immer mehr Alte reisten, immer mehr Alte in Zügen, an Bord, bei Maultierausflügen, auf der Großen Mauer ohne Hilfe starben. Sein Zug nach St. Gallen gehe in einer Stunde, ob er, da er dies auf Bahnhofs-WCs nicht könne, sich bei Forell entleeren, auskoten dürfe, schrie Nöllenbrink. Von St. Gallen nach Mailand, von Mailand nach Venedig, von Venedig, wo er auf eine ihn in Raserei versetzende Frauenbekanntschaft hoffe, mit diesem Rasseweib nach Sizilien, ob er nach Afrika rüber springe, lasse er dahingestellt, schrie Nöllenbrink, der, nachdem er sich in Forells, nur scheinbar mein verstaubtes Klo entleert hatte, eine Taxe ablehnte, weil er gut zu Fuß sei und in einem solchen Nest verlaufe sich kein Nöllenbrink. Halt die Ohren steif, rief Nöllenbrink, schon eine Treppe tiefer. Ich bin ein anderer, schrie ich zurück. Jaja, die Poesie, schrie Nöllenbrink von der nächsten Treppenkehre herauf, wo er den heraufsteigenden Zeugen Jehovas Platz machte, geh zum Deppologen oder lass dich gleich einkisten.

Ich floh zu mir hinüber, erreichte das Oberlicht wieder nicht. Im Peak-Flow-Meter schnellte mein Atemstoß auf den Spitzenfluss eines 97jährigen. Der mich für den alten Forell haltende Nöllenbrink hatte mich so an mir zweifeln gemacht, dass ich gleichzeitig plante, mich zu waschen, eine Flasche Bier zu trinken, den ganzen Tag sauberzumachen, mich ins Bett zu legen und meine Venedig- oder Hieronymus-Bosch-Bücher anzuschauen oder mir eine Tageskarte zu kaufen und bis Mitternacht mit dem Stadtbus zu fahren, über die Rheinbrücke nach Petershausen und nach Wollmatingen, von Wollmatingen nach Litzelstetten, von Litzelstetten nach Wallhausen oder nach Allmannsdorf und über die Rheinbrücke zurück. Nie saß ich auf den hintersten Plätzen der Stadtbusse, nachdem ich an den Rückenlehnen vor den hintersten Plätzen die Filzstiftbriefe der Schüler gelesen hatte: Claudio watch Sabrina die vickt oll Wollmatingen love Irina. Wieder zu Hause würde ich mir eine Pizza bestellen. Rohkost wäre gesünder, nur konnte ich wegen meiner Sehnenscheidenentzündung Möhren nicht raspeln, und von ungeraspelten Möhren abzubeißen, würde mich wieder einen der letzten von meinem Zahnarzt seit langem mit banger Sorge umhegten echten Zähne kosten, an denen viel kunstreiches Brückenwerk hing. Ich rief meine Frau an und legte ihr die seriöseren Teile meiner Planungen vor. Meine Frau, die das ganze Wochenende aus dem Amt mitgebrachte Arbeiten erledigen würde, riet mir zur Waschmaschine, da in Köln gutes Trockenwetter sei und mein Schlafanzug es immer nötig habe wegen meines Greisenpinkelns. Ich ging bedröppelt hinüber in die Forellsche Wohnung. Als das Telefon klingelte, schrie ich: Ich bin noch nicht so verkalkt, um nicht helle von dunkler Buntwäsche unterscheiden zu können. Es war aber, was ich mir, da ich ja in der Forellschen Wohnung saß, hätte denken können, nicht meine Frau, sondern der taube Nöllenbrink, der nach dem Weg zum Bahnhof schrie, er irre seit Stunden um einen großen Dom herum und finde den Bahnhof nicht. He, Forell, schrie Nöllenbrink, gegen deine Demenz hilft allein Rotwein, aber nur Kappstädter, hüte dich vor Pfälzer Rotspon, hole einen Stift, ich diktiere dir den Wein. Mich hatte plötzlich der unverkneifbare Harndrang befallen, weswegen ich auch, hatte meine Frau gefordert, zum Urologen gehen sollte – Karzinom in der Blase? Schon bildete ich mir ein, Nässe zu spüren. Ich kniff meine Vorhaut. Meine Vorhaut blähte sich zum Urinballon auf. Als ich wieder hören konnte, war Nöllenbrink weg, und damit der gute und günstige Kappstadt-Wein, vor dem Herbert Forell gewarnt hatte, weil er wirklich nur in Kappstadt zu bekommen sei.

Nichts als Verdruss im Amt. Wieder waren zwei Alte gegangen. Dass sie schon mit 63 durften, hatten sie zu fühlen bekommen: Versetzung in ein Abschiebe-Referat mit erhöhten Aufgaben und dazu eine Sachbearbeiterstelle gekappt; gestrichen mit Namenskürzel des Höchsten Bahnreisen erster Klasse, jedwede Flüge, der Anspruch auf einen Dienstwagen mit Fahrer. Dann feierliche Doppel-Dienstverabschiedung mit einem Bildband voll Venedig und einem mit Luftaufnahmen der Schweiz, und jeder dieser Prachtbildbände hätte einem bettlägerigen Ruheständler die Brust einschlagen können wie ein einstürzender Eichensargdeckel einen angemoderten Brustkorb. Dazu je ein drahtgestütztes repräsentatives Blumenbukett unter einem Cellophanzelt, überreicht vom Dritthöchsten im Namen der Abteilung und der ganzen dankbaren Behörde. Bezahlt aus dem Verabschiedungsfonds, Ausschaffungskasse genannt. Der eine mit 63 Ausscheidende überbot den anderen mit 63 Ausscheidenden beim kalten Büfett im Dienstbesprechungszimmer mit einem echten italienischen Prosecco gegenüber einem nachgemachten Bodensee-Prosecco. Die Jüngeren drehten sich die Etiketten der Prosecci zu und machten darauf aufmerksam, wo man, wenn es denn immer noch Prosecco sein müsse, Prosecco wirklich kaufen müsse und welchen. Auch Lachs, der Wildlachs heiße, sei Zuchtlachs und voller Würmer. Und das Gehackte auf den Vollkornbrötchen viel zu fett. Und wer noch meine, zu fettes Mett vom Bio-Metzger sei was Gutes, sei Zeuge jener verschollenen Zeit, als Bio-Schwein noch Bio-Schwein schien und überhaupt an Bio zu glauben, noch etwas geholfen habe, launte der Dritthöchste und erinnerte daran, dass man im Amt mit den Ausscheidenden immer kollegial, ja menschlich umgegangen sei, habe der eine doch umstandslos auf seinen Dienstsessel seiner feurigen Hämorrhoiden wegen eine Biokorkauflage legen dürfen und darauf einen im selbstverständlich schließlich doch unkonventionell genehmigten Diensteisschrank gekühlten Dinkelgelsack. Welche Amtsfreundlichkeit in einer Welt, die heute nur noch Verantwortungslosigkeit, Drückebergerei, Faulheit und Gier kenne. Würden heute noch auf Dinkelgelsäcken freiwillig Überstunden abgeleistet, stünde es besser ums Amt. So ehre man in den Auszuscheidenden Hüter alter Werte, die man wie die zu Verabschiedenden selbst vermissen werde. Am meisten hatte dem Dritthöchsten der zugeklatscht, der die jahrelangen und berechtigten Klagen über seine Faulheit nicht mehr hatte ertragen können und sich so unglücklich vor den Zug geworfen hatte, dass ihm zwei Beine amputiert werden mussten. Und nun war er wieder im Amt, im Rollstuhl und beschränkt diensttauglich und noch fauler als zuvor. Die Jüngeren hatten sich sofort, als der Dritthöchste sich nach seiner Rede verabschiedet hatte, verabschiedet. Die Älteren, aber erst mit 65 zu Verabschiedenden aßen auf und tranken weg und bezweifelten, dass die Dienstsessel der Ausscheidenden, die morgen schon an den Secondhand-Laden der Caritas entsorgt werden sollten, von der Caritas ihres Geruches wegen überhaupt abgenommen werden würden. Den beiden Ausscheidenden war keine Sekretärin zum Aufräumen der Feier mehr zugestanden worden. Nach dem gemeinsamen Aufräumen stieg der eine mit seinem Bildband in den Bus, der andere Ausscheidende, verwitwet, leerte die übrig gebliebenen und in der Diensttasche auf dem letzten Gang mitgenommenen Proseccoflaschen des wiederum anderen Ausscheidenden am Tisch der Kebabbude, an dem er seit Jahren die erfolglosen Dienstaufsichtsbeschwerden gegen den anderen Ausscheidenden entworfen hatte. Den zwischen ihm und dem anderen verwechselten Prachtbildband, Schweiz statt Venedig, ließ er auf dem wackligen Kebabbudentisch liegen.

Immer öfter geschah, dass mir auf den Amtsfluren, auf denen ich nicht bekannt war, eine Tür aufgehalten wurde. Auf allen, nicht nur Amtsfluren war, sofern man sich nicht kannte, dagegen üblich, dass Türen den Nachfolgenden oder den auf dieselbe Tür Zugehenden nur so weit geöffnet wurden, dass man selbst soeben hindurchgelangte, völlig gleichgültig, ob ein womöglich unbekannter Höherer mit seiner dick gestopften Aktenordnertasche nachfolgte und die Tür mit dem Fuß wieder aufstoßen musste, wütend und so heftig, dass die Tür gegen die Wand und so geschwind wieder zurückschlug, dass selbst der vielleicht Höhere, aber Unbekannte mit der Aktenordnertasche kaum noch hindurchgelangte, und völlig gleichgültig gegenüber der jenseits der Tür entgegen kommenden unbekannten Sekretärin, die Dienstuniversalpapierblöcke vor der Brust trug, auf denen verschiedenfarbige Markierungsstifte und dokumentenechte Tintenstifte in verschiedenen Farben schon bedenklich kullerten, welche die abgestuften Abzeichnungsebenen der am Dienstvorgang beteiligten Namenskürzel rasch erkennen ließen. Wo man sich kannte auf Fluren, da wusste man allerdings genau, wem man die Tür aufzuhalten hatte und wem nicht, bei wem man die Schritte zu beschleunigen hatte, um unübersehbar kundzutun, dass man die Schritte beschleunigt hatte, um sich zu bemühen, die Tür rechtzeitig sehr weit aufzuhalten. Und man wusste, bei wem man, den man als Rangniedrigeren kannte, so zu tun hatte, dass man scheinbar nicht bemerkt hatte, wer einem folgte oder wer einem entgegen kam, so dass der oder die einem zur Tür Nachfolgende oder der oder die einem zur Tür Entgegenkommende sich in Wut und Ärger die Tür, die man scheinbar schusselig und ganz schuldlos nicht aufgehalten hatte, fluchend selbst öffnen musste. Und nun hielt man mir da, wo ich unbekannt war, die Flurtüren auf. Man vermutete in mir weder einen Höheren noch einen Tieferen mehr. Einen Höheren sowieso nicht, weil meine Frisur wie selbst geschnitten aussah; meine Schuhe putzte ich nie. Man hielt mir, wenigstens ab und zu, wo man mich nicht kannte, die Tür aus purem Mitleid auf. Da kam jemand, der alt und ganz aus jedem Spiel war. Meine Zähne dunkel, schartig und unbekront. Mein schlaffer Hosenhintern blank, unbearbeitet vom Personalgymnastikkurs. Weiß gekringelte Haare aus Ohren und Nase wie bei verwitweten Rentnern. Meine wüsten Augenbrauen ungezupft. Graues Haar oder schon fast weißes Haar, schlummernder oder schon ausgebrochener Prostatakrebs, Atemnot und Altersdiabetes. Man hielt mir die Tür auf, weil man sich für die Dauer einer kurzen Türbegegnung mit einem unbekannten alten Mann, der sich so schwerleibig und lungenhechelnd zur Tür schleppte, für einen türaufhaltenden Moment schämte, an ihm federnd vorbeizuziehen oder ihm die Stahlglastür des Amtes auf die verkrümmte Hand, den Buckel schlagen zu lassen. Man hielt mir die Tür auf, weil für einen schnellen Schrecken die Erinnerung an den eigenen Großvater entgegen kam, den man nie wahrgenommen hatte, aber vielleicht doch hätte wahrnehmen sollen. Man hielt mir die Tür auf, weil man sich scheute, zum Alten geradeheraus zu knurren: Weg da, aber schleunigst!

Es war an der Zeit zu gehen. Den Rest gab mir, dass der von mir unterstützte Antrag der schwangeren Kollegin und des beinamputierten Rollstuhlkollegen, dass uns Schwangeren, Behinderten und Alten der beschwerliche Aufstieg zur Dienstkantine durch einen Aufzug zu erleichtern sei, abgelehnt worden war. Man habe zu sparen, mit der Diskriminierung von Amtsrandgruppen habe das nichts zu tun. Den Antrag hatte ich unterstützt, nachdem mir, als ich wieder auf der ersten Treppenkehre zur Dienstkantine keuchend stehen geblieben war, von dem jungen Sachbearbeiter, der mich schon einmal bei dem Nächsthöheren angeschwärzt hatte, ich würde in meinem Dienstzimmer rauchen, was ich nicht tat, und der Rauch ziehe durch die Wände in sein Büro und schädige ihn in seiner Lebenserwartung und Dienstfähigkeit, nachdem mir gerade dieser freundliche

Sachbearbeiter versprochen hatte, mir mein vegetarisches Gericht, das ich immer im Dienst aß, um nicht noch älter zu erscheinen als ich war und um mein Leben und meine Dienstfähigkeit zu stabilisieren, mitzubringen aus der wegen der schönen Aussicht hochgelegenen, aber liftlosen Dienstkantine. Ich hatte den Antrag unterschrieben, weil mir eben dieser freundliche Sachbearbeiter, dem es gelungen war, dass ich wegen seiner Anschwärzungen in ein nicht beförderungsfähiges Referat versetzt worden war, nicht mein gesundes vegetarisches Gericht in Alu-Folie mitgebracht hatte, sondern in Alu-Folie verpackte Fleisch-Röllchen nach Balkan-Art, die auf der Speisekarte unter: Für unsere Kleinen und herzlich willkommenen Ruheständler (Aufschlag 1 Euro) aufgeführt worden waren, weshalb der Sachbearbeiter von mir einen Euro zusätzlich gefordert hatte. Es war so weit gekommen, dass mir mein Amt, sofern es mich nicht kannte, die Tür aufhielt und, sofern es mich kannte, mich, weil ich nicht mehr die Treppe zur Dienstkantine hoch kam, mit angeblicher Freundlichkeit vergiften und ausplündern wollte. Es war wahrhaftig an der Zeit zu gehen.

Ich hätte wie viele andere versuchen können, mittels Internisten, Orthopäden, Urologen, Kardiologen vorzeitig und mit geringem Strafabzug am ruhestandsfähigen Gehalt krankheitshalber aus dem Dienst entlassen zu werden trotz meines aushaltbaren Lungenemphysems, aber wegen der durch das Lungenemphysem hervorgerufenen herzinfarktverdächtigen Treppenmühen, wegen meiner mutmaßlich blasenkarzinogenen Alterspinkelei, angesichts meiner Hexenschüsse, die kaum noch verdeckte regelrechte Bandscheibenvorfälle waren, wegen meines fetten Blutes und der verkalkten Adern. Ich war das Amt leid und wollte zu meiner Frau. Wer mit 58 nicht krankheitshalber raus war, ist doof und es selbst in Schuld, hatte mich ein frühpensionierter Oberstudienrat ausgelacht. Ich hätte es wirklich versucht, hätte ich nicht fürchten müssen, dass Orthopäden, Lungenärzte und Kardiologen, Internisten und Urologen alle die Krankheiten, die ich zu haben fürchtete, diagnostizieren würden, dass sie bestätigen würden, dass ich ein multipler Moribundus sei. Wer sollte mich pflegen? Meine Frau, die weit länger im Amt sein würde als ihr siechender Mann, hätte dafür keine Zeit. Aber wo ein Heim suchen? In Konstanz oder Köln? Gar in Jakobs Singen? Nie in Julianes Morsbroich. Ich schaute aus dem Forellschen Sessel zum Himmel über dem San Bernardino und stellte mir vor, wie ich voller Elan aus der Kutsche hüpfen, die schnaubenden, schweißnassen Pferde am Halfter fassen, sie in festem Männerschritt leiten würde über Stock und Geröll bis zur Passhöhe, von wo wir in einem Juchhei nach Venedig hinunterjuchzten, wo alle amtsbefreiten deutschen Beamten sich ein- und wieder fanden, bis ihr Peak-Flow-Meter bei Null stehen blieb.

Ich musste mich sogar bei blauem Wetter, und selbst wenn mir wegen Mariä Empfängnis oder einer anderen

Wunderlichkeit das Amt den Buckel hinunterrutschen durfte, dreimal täglich zum Leben überreden. War ich mal mutig, dann machte ich mich freitags, sofern die freitags auf fünfzehn Uhr verkürzte Präsenzpflicht im Amt abgelaufen war, auf den Weg vom Amt zum See, an dessen wasservögelbekoteten Ufern die gelangweilten Touristen ihre Hasenbrotreste auf zänkische Enten warfen, und machte stante pede kehrt, packte meinen Trolly, den ich mir meiner Sehnenscheidenentzündung halber hatte kaufen müssen, obwohl ich mich an nicht nur durch den Bahnhof, sondern durch die ganze Stadt quietschenden, nicht nur von Asiaten gezogenen Trollys umso weniger erfreute, als Straßen und Plätze der uralten und geschichtsbewussten Stadt Konstanz mit holprigen historischen Buckelsteinen gepflastert worden waren. Der Zug nach Köln war leider bis Baden-Baden nur ein Interregio-Express, ein ganz besonders verlogener Zug der Deutschen Bahn AG, der so tat, als ob er modern sei, dessen sogenanntes Zugmaterial aber auf völlig veralteten sogenannten Silberfischen-Fahrwerken fuhr und einen dermaßen durchrüttelte, dass es nicht einmal gelang, Zeitungen mit seniorengerechten Großbuchstaben zu lesen. Als ich vor fünf Jahren einmal mutig gewesen war, hatte ich Köln, weil der Cisalpino von Mailand nach Stuttgart mit italienischer Verspätung in Singen am Hohentwiel eingetroffen war und ich deswegen in Stuttgart zwei Anschlusszüge verpasst hatte, so tief in der Nacht oder früh am Morgen mit deutscher Verspätung erreicht, dass ich mich nicht mehr getraut hatte, meine mit meinem Mut nicht rechnende Frau aus ihrem wegen ihres unermüdlichen Amtseinsatzes verdienten Schlaf zu klingeln. Ich wollte im Kölner Bahnhofshotel übernachten, was aber so tief in der Nacht oder früh am Morgen zwei Übernachtungen zu Kölner Hotelpreisen gekostet hätte, so dass ich trotz meines Rückens auf einer Bank am Rhein eingenickt war. Ich konnte meiner Frau die Enttäuschung nicht zumuten, dass ich erst samstagmittags ankam und sonntagmittags schon wieder fuhr. Stante pede war ich nach Konstanz zurückgefahren und hatte am Abend meine Frau angerufen, als wäre nichts gewesen. Warst du am See, hatte meine Frau gefragt. Aber ja, hatte ich ihr geantwortet und ihr erzählt, wonach sie sich in Köln vor allem sehnte: vom grünblau blinkenden See, von den schnittigen Möwen, den fernen Bergen über den hohen Ufern des Sees, von den die gutmütigen Enten ärgernden Touristen, vom fauchenden Dampfschiff Hohentwiel, von der schwärmenden Hafenmeile, vom strahlenden Föhn, der alles so kristallklar sichtbar mache, was meine Frau hatte sich erinnern lassen, dass sie versäumt hatte, neue Migränetabletten zu kaufen, weshalb sie sofort einen Apothekensonntagsdienst suchen und auflegen müsse. Zum Glück gab es in Köln mehr Apotheken mit Sonntagsdienst als in Konstanz.

Das zweite Mal, als ich in explodierendem Lebensmut mit der Deutschen Bahn AG nach Köln gesaust war, nach beißenden Seelenschnittwunden im Amt, war ich italienisch pünktlich bis nach Stuttgart gekommen. Doch der Zug aus München war kurz vor Stuttgart wegen eines Personenschadens liegen geblieben. Der Ersatzzug hatte an einem breiten Bahnübergang in Alfter bei Bonn so abrupt abgebremst, dass wir sowieso schon Verärgerten noch fester in die sehr rückenunfreundlichen IC-Sessel gedrückt worden waren. Wieder ein sogenannter Personenschaden, von denen es im Bereich der Deutschen Bahn AG jährlich eintausend, täglich also, außer in den Schaltjahren, 2,7397 gab. Zunächst hatten, da in ICs und in ICEs keine Fenster geöffnet werden konnten, nur die, die auf der Höhe des Bahnübergangs gesessen hatten, die grünen und roten Notwagen sehen können. Doch als wir in dem zum Bahnübergang bei Alfter herangefahrenen Ersatzzug hatten umsteigen müssen, hatten alle gesehen, wie die Bahnbediensteten und die Sanitäter mit Gummihandschuhen und Zangen merkwürdige, eher von Schweinemetzgereiabfällen vertraute weißliche, gelbliche, rosa Menschenbröcklein in blaue Plastiksäcke geklaubt hatten. Mir war so blümerant zumute geworden, dass ich, sehr atempumpend, vom Bahnübergang Alfter zusammen mit einem Ministerialen, der nur von Bonn nach Köln hatte fahren wollen und mit seinem Handy ein Taxi hatte rufen können, zurück nach Bonn gefahren war und von dort den nächsten Zug zurück nach Konstanz genommen hatte. Es war ein alter Nacht-D-Zug gewesen. Alle braunen Vorhänge waren fest zugezogen, alle Abteile privatisiert worden von Schweißbeinen, die zur Abschreckung gleich hinter der Abteiltür quer über die braunen Plastiksitze gestreckt worden waren. Ich hatte auf dem Flur auf einem Notsitz gesessen, die Hände ums Gesicht gelegt und ins Dunkel geschaut, durch das gelegentlich helle Lichter geschnellt waren, Güterbahnhofslichter, die Scheinwerfer auf die Rheinburgen waren längst abgestellt worden.

Ich liebte AmtskollegInnen, die mich freundlich grüßten, bevor oder nachdem sie mich beim Höheren wieder der Faulheit geziehen hatten. Ich beneidete KollegInnen, die den Höheren beim Tennis gewinnen ließen und dabei so fürchterlich schnauften, dass der ältere Höhere im Vergleich mit den jüngeren Niederen sich richtig jung fühlen konnte. Und KollegInnen, die wichtige Besprechungen auf einen Termin legten, von dem sie wussten, dass ich wegen eines nur für meine niederen Aufgaben wichtigen Termins unabkömmlich war. Ich beneidete KollegInnen, welche die Hälfte ihrer Dienststunden mit dem Einwerben von Kranken-, Hausrats-, Gebäude-, Urlaubs- und Haftpflichtversicherungen oder dem Makeln mit Ferienwohnungen verbrachten, während ich das nur zu einem Achtel konnte. Die am meisten einwerbenden AmtskollegInnen waren, weil sie sich keine FeindInnen schaffen durften, die sie wegen ihrer Nebentätigkeiten anschwärzen könnten, die allerfreundlichsten und deshalb die allerbeliebtesten KollegInnen. Ich hasste KollegInnen, denen der Höhere glaubte, wenn sie klagten und jammerten, dass sie vor dem definitiven Zusammenbruch stünden wegen ihrer unermesslich hingebungsvollen Amts-Arbeit, die dann zu ihrer Entlastung mir übertragen wurde, dem es nie gelang, so zu klagen und zu jammern, dass ich einen Teil meiner unermesslichen Arbeit auf objektiv faulere KollegInnen abwälzen konnte. Ich hasste KollegInnen, die das immer taten, ausgerechnet mich, der ich das fast nie tat, erwischten beim undienstlichen Surfen im PC. Ich hasste junge Kollegen, die auf dem Amtsklo gar nicht aufhören konnten, vom Poppen und vom Ficken zu schwärmen und dabei mit dem Handteller auf die geschlossene Faust der anderen Hand schlugen, dass es krachte und klatschte. Ich hasste ihren unversiegbaren Urinstrahl. Ich hasste KollegInnen, die stöhnten, sie müssten heute arbeiten bis in die Puppen, und kaum meinten sie, ich sei gegangen, schleunigst das Amt verließen. Dabei hatte ich nur mein Licht gelöscht, um im Dunkeln abzuwarten, wer vor mir das Amt verließe. Es waren dieselben KollegInnen, die eine Minute vor Ende der Präsenzzeit anriefen, um mir mitzuteilen, sie hätten mich gestern und vorgestern und überhaupt weder um 9.01 noch um 15.59 Uhr erreichen können. Ich hasste KollegInnen, die, ging es um Zusatzaufgaben, erfolgreich einwandten: Das solle ich machen, ich hatte ja keine Familie mehr. Ich fürchtete jüngere KollegInnen, die mich immer mehr einkreisten und ausgrenzten mit ihrem flotten Du untereinander und mir keine Bier-

Chance gaben, mich nicht auszugrenzen. Ich fürchtete KollegInnen, die, um ihre immer währende Amtspräsenz leuchten zu lassen, den Amts-Nachtwächter mit nichts als Kumpelei bestochen hatten, das Licht in ihren Büros erst weit nach Mitternacht zu löschen. Ich beneidete KollegInnen, die so oft auf Dienstreisen gingen, dass sie kaum noch im Amt sein mussten, und auch noch einen Weg gefunden hatten, daran steuerlich zu verdienen. Meine Dienstreisen reichten nur bis Kreuzlingen, was, weil es ein Grenzübertritt war, nicht erstattet wurde, und die KollegInnen sagten dann: Nehmen Sie doch das Rad, das tut Ihrer Lunge gut. Ich fürchtete eine anrollende Sturzentleerung besonders in einer wichtigen Abteilungsbesprechung. Ich fürchtete ein nicht gespültes Urinoir im sowieso fürchterlichen Amts-Männer-Klo übersehen zu haben, weshalb die russischen Putzfrauen, die mich grüßten, als sei ich ein Höherer, meinen könnten, ich sei der unzivilisierte Urinoir-Nicht-Spüler und mich nicht mehr grüßen könnten. Ich fürchtete Kollegen, die weder das Urinoir spülten noch sich die Hände wuschen, nachdem sie uriniert hatten, oder nur so taten, als wüschen sie sich die Hände, indem sie vier Papiertücher aus dem Papiertuchspender herausrissen und sie, statt in den dafür vorgesehenen Papiertuchdrahtbehälter, in das Waschbecken warfen und mir jovial die Hand reichten und fragten: Wie gehts der Lunge? Ich hasste Kollegen, die das Licht im Amts-wc trotz gegenteiliger Dienstanweisung tagsüber immer, den Kopierer trotz gegenteiliger Dienstanweisung immer längst vor Dienstschluss ausschalteten, so dass ich meinen schon zu erwartenden Dienstschluss mit der Aufwärmzeit des Kopierers verbringen und mir anhören musste, wie ein vorbei gehender, selbstverständlich über den Dienstschluss hinaus arbeitender Höherer mich abmahnte, ich beraubte den Staat und die Steuerzahler, indem ich meine Dienstzeit mit der Aufwärmzeit des Kopierers vertändele. Ich bewunderte KollegInnen, die am Wochenende gemeinsam in der Meersburger Sauna schwitzten, auf den Säntis stiegen und Seilschaften bildeten und zusammen in Hütten schliefen, die sich deshalb nie auf Sitzungen vorbereiteten, mich in Sitzungen aber so abkanzeln konnten, als bereitete ich mich nie auf Sitzungen vor, obwohl ich am Wochenende in keiner Berghütte übernachtet hatte, sondern mich vor und nach dem Telefonat mit meiner auch wochenends mit Amtsvorgängen beschäftigten Frau auf Sitzungen vorbereitet hatte. Ich litt darunter, dass, wenn ich mit einer jüngeren Kollegin oder mit einem höheren Kollegen redete und ein jüngerer oder höherer Kollege hinzu trat, selbstverständlich war, dass ich mich Fastruheständler sofort im Halbsatz zu trollen hatte. Ich war wütend, äußerte das aber nie, wenn KollegInnen, die eine Familie hatten, bestimmen konnten, wann ich in Urlaub zu gehen hätte. Wenn sie sich durchsetzen konnten, dass nur mir praktisch Familienlosem zuzumuten sei, einen eiligen Amtsvorgang zwischen freitags um dreizehn und montags um neun Uhr zu erledigen oder sonntagmorgens vertretungsweise für einen Höheren eine Ausstellung im Landratsamt zu eröffnen. Mobil sein, sagte Jakob, ist heute eben alles. Ich hatte ihn, weil ich das womögliche Packen und Schleppen von Romulus nach Remus oder umgekehrt nicht mehr schaffen würde, wenigstens von Fiffi entlasten wollen. Fiffi hatte sich auf den Rücken gewälzt, und ich kraulte ihm den hellen, haarlosen, alten Hundebauch.

Wieder mutig gewesen, kam ich diesmal pünktlich in Köln an. Das arbeitszerwühlte Haar meiner Frau lachte über das Treppengeländer zu mir herab. Sie freute sich trotz der Überraschung und trotz der nun unumgänglichen Arbeitsunterbrechung. Sie habe ihr Haar nicht gewaschen. Es machte mir nichts aus. Sie habe nichts im Haus; Küche und Keller hätten, parodierte sie meine übliche Antwort auf ihre Frage, ob sie nicht spontan am kommenden Wochenende nach Konstanz kommen solle, nichts zu bieten. Das machte mir nichts aus. Sie habe nur eine Flasche Pils, die wir uns teilen müssten. Das machte mir etwas aus. Und so machte ich mich auf, während meine Frau, mit dem Finger ihr Haar aufwickelnd, ihre unaufschiebbaren Amtsarbeiten wieder aufnahm, um im Büdchen Kölsch zu holen und im türkischen Orientgrill griechischen Salat und türkische Vorspeisen, die es in Konstanz, das keine Büdchen hatte, nicht gab. Wohl weil es in Konstanz keine Büdchen und nur wenige Imbisse gab, ernährten sich die Konstanzer und sogar die ärmeren Schweizer damit, dass sie im Gehen auf den historischen Gassen bevorzugt in Ditsche-Tüten bissen oder in Servietten, aus denen die Kebabzwiebeln mit der Zazikisoße kleckerten. Bevor ich die Wohnungstür zuzog, die, weil Köln mit Sicherheit gefährlicher war als beispielsweise Badenweiler, der Vormieter mit vier zusätzlichen Schlössern versehen hatte, von denen meine konstanzverwöhnte Frau keines benutzte, roch ich noch einmal schnell hinter mich und behielt den Geruch der Wohnung meiner Frau in der Nase. Wieder waren mit dicken Aldi-Taschen die Flaschenpfandsammler unterwegs und schauten in die Mülleimer und kehrten zurück und schauten noch einmal in die Mülleimer, die in Köln noch aus Metall waren. Die Flaschenpfandsammler, von denen ich gedacht hätte, sie könnten auch Germanisten sein, trugen einen Handschuh an der Hand, mit der sie in die Mülleimer langten. Die Autos parkten in Zweierreihen. Dadurch wurde der Bürgersteig zu schmal, um die Schultern aufzustellen, wenn junge Männer entgegenkamen. Kamen mir Frauen entgegen, schwankte ich schuldbewusst, treuverloren auf ihre Seite und roch: Caramel und Himbeere am meisten und das ätzende Chanel, manchmal dennoch ausrasierten Achselschweiß. Die Scherben um die verbeulten Glascontainer glitzerten im Laternenlicht auf den Kopfsteinquadern. Dreckig, verkommen war alles in Köln, ekelte es den Mann vom Bodensee, aus dessen Himmel aber gelegentlich Kinderleichenteile fielen. Ich hatte in

Köln das stete Bedürfnis, mir die Nase zu schnäuzen, was ich nicht tat, weil ich das schwarze Ergebnis fürchtete. Wieder hatten einige Geschäfte aufgegeben und waren erinnerungslos durch andere ersetzt worden, an die ich mich in einem halben Jahr nicht mehr erinnern würde. Im Orientimbiss, in dem man mich jetzt schon erkannte, reichte man mir fraglos eine Bierflasche. Ich trank, halb auf dem Hocker sitzend, und besah mir das andere Kölner Leben und hätte noch lang sitzen mögen unter den ruhigen fleißigen Türken und den schlingenden Studenten und vor dem türkischen Spielfilm, dessen Sprache ich nicht verstand. Ich tat es. Als ich mit Rücksicht auf die Arbeitsruhe meiner Frau erst nach mehreren Bierflaschen zurück kam, freute ich mich auf ihren Geruch, der sich in unserer Konstanzer Wohnung nicht mehr einnisten konnte, so wie ich in der Wohnung meiner Frau hoffentlich keinen Geruch zurückließ. Bis zur späten Tagesschau, die wir in Konstanz wie in Köln, waren wir zusammen, immer gemeinsam unter der Wolldecke anschauten, die wir, waren wir getrennt, immer allein im Wissen anschauten, die andere Hälfte schaute nun auch fern, trank ich in der Küche Kölsch und hörte den WDR, der mir so unvertraut war, wie meiner Frau der SWR, den sie immer noch Südfunk nannte, unvertraut geworden war. Ich hörte den fremden WDR nur hinunter gedimmt, um neben dem WDR die Geräusche aus dem Arbeitszimmer meiner Frau hören zu können, das Ordneröffnen, das Ordnerschließen, das Ordnerablegen,

Hüsteln, Fluchen, Tastenklappern. Ich sah, was ich liebte und in Konstanz vermisste: den Halbmond des roten Lippenabdruckes an der weißen Tasse, den sie mir in Konstanz zurückließ, wenn sie schwer mit Sack und Pack nach Köln abreiste. Ihre Haarkringel auf dem Kölner Küchentisch, die sie mir im Konstanzer Bad, auf dem Konstanzer Küchentisch, im Konstanzer Bett zurückließ, das abzuziehen, sie mich noch auf dem Bahnsteig ermahnt hatte, Vergiss es nicht, rufend, während ihr Haar, ihr Arm, ihre Hand, schließlich ihr Taschentuch in der Konzilsbiegung des Konstanzer Bahnhofs verschwanden. Auch ihre Hände liebte ich. Auch ihre von Schmerzen gepeinigten Handballen, ihr von Sehnenscheidenentzündungen wehes Handgelenk, so dass es eine Hilfe wäre, wenn ich stets anwesend wäre, um für sie eine Saft- oder Wasserflasche, ein Gurken- oder Marmeladenglas, eine Linsendose zu öffnen. Nur Kronkorken waren kein Problem. Um ihr Handgelenk konnte ich mit meinem Daumen und Zeigefinger einen Ring legen, der noch Spiel hatte wie eine Zuhälter-Rolex am Handgelenk einer feingliedrigen Geliebten. Natürlich zog ich das zurückgelassene Bett nicht ab. War der Zug am Konzilsgebäude verschwunden, ging ich heim und verstaute, was das vorerst Traurigste war, ihre Hausschuhe, legte ich mich ins Bett, roch ihr Bettzeug und suchte ihre Haare. Für mich war meine Frau, die ihr Altern beklagte, immer die junge Frau geblieben. Andersherum war es wohl anders. Ging alles seinen statistischen Gang, würde ich zuerst sterben und meine Frau für Jahre allein lassen. Das kümmerte mich. Täglich nahm ich Aspirin gegen Herzinfarkt und Hirnschlag. Ich schaute nur verstohlen hin, wenn meine Frau sich zu Bett rüstete, statt dass ich versuchte, an ihr handgreiflich zu werden, oder mir dies vorzustellen. Die Vorstellung, mit meinem alten, schlappen Geschlechtsschlauch, der mir jedes Mal, wenn er in der Kloschüssel hinab hing, erbarmenswert erschien, im Unterleib meiner Frau umherzustochern zu versuchen, hatte umso mehr an Furor verloren, je mehr am Seniorentisch in der Kantine des Amtes mit ausgreifender Genauigkeit von Hoden- und Gebärmutterhalskrebs die Rede war, von Zysten, Eierstockentfernungen, Ausschabungen, Abschälungen der Prostata, von Potenzpillen und deren bedenklichen Nebenwirkungen. Man erhoffte das finale Glück und erlag dem Herztod. Mein Körper war vom Lust- zum Sterbequell geworden. Und gelänge mir mit Erinnerung oder mit Chemie trotzdem, die Liebe zu meiner Frau zu einem Fieberwahn und Jugendrausch zu steigern, würde mir Kraft und Atem fehlen, würde ich womöglich mit einem Koronarverschluss auf meiner Frau zusammenbrechen, zweikartoffelsackschwer, nicht wegwuchtbar von ihren Händen, denen schon zu schmerzhaft war, eine Saftflasche zu öffnen. Während es für mich schnell vorbei gewesen sein könnte, könnte sie unter mir elendig verhungern und verdursten, weil das Handy fern wäre. Weil aber stets alles gemeiner kam, als man sich vorstellte, würde ich mich im Tode auf ihr entleeren, würde dann blau erstarren, Totenfürze. Wenn also das Risiko des Todes bei einem versuchten Geschlechtsverkehr eingehen, dann nur mit betriebsbereitem Handy in Handweite auf dem Bettbeistelltisch, auf dem auch mein Atemspray liegen müsste. War es nicht Karl Lagerfeld, der gesagt hatte: Mit 50 ist Schluss damit. Dass ganz Italien stolz darauf war, dass ein 92jähriger Venezianer eine 78jährige Venezianerin in einem Fiat 500 final geliebt und dafür einen Strafzettel von der Verkehrspolizei erhalten hatte, bewies mir, dass ich kein Venezianer war.

Es war beileibe nicht so, dass ich nie mehr lustig würde im Kopf. Gelegentlich verschränkte ich in meinem Konstanzer Zölibatsbett die Arme hinter dem Kopf und probierte, ob mir der pure Gedanken an meine Frau oder vielleicht auch eine andere noch eine Erektion schuf. Und einmal, als ich, in Konstanz oder Köln, verstohlen über den Zeitungsrand meiner Frau zusah, wie sie sich zu Bett rüstete, als das Schlafzimmer schon nach ihr roch, als ich sah, wie der feurige Andalusier, den ich so nannte, weil dieser schon etwas verschlissene Schlafanzug meiner Frau die spanischen Nationalfarben trug, über die Brüste meiner Frau fiel, hätte ich beileibe geil werden können. Schon phantasierte ich, den »Kölner Stadtanzeiger« zugunsten möglicher kühner Handgreiflichkeiten meinerseits zuzuschlagen, in hohem Bogen wegzuschleudern, als ich in der Zeitung das Bild einer einstmals sicher sehr schönen jungen Frau sah, deren

Skelett in einem Washingtoner Park gefunden worden war – Zähne und Walkman waren noch erkennbar und das dunkle ausgesplitterte Nasenbeinloch. Und aus wars. Und wir machten es wie sonst auch: Wir lasen, bis meine Frau die Amtsakte weglegte, die Zeitschrift unter der Amtsakte hervorzog, bis ihr die Zeitschrift vom Bett rutschte und ich ihr Licht löschte und mich in die Küche schlich, wo ich noch ein Glas trank und eine verbotene Zigarette dazu rauchte, die mich in einem Schwindelanfall vom Stuhl plumpsen ließ, dessen Verleimung unter meinem sackschweren Niedersturz zu Bruch ging. Mal hatte ich mit mir das ganze Küchentischtuch zu Boden gerissen, mal das letzte der sechs von Jakob und Juliane meiner Frau zur Silberhochzeit geschenkten fein ziselierten Gläser, mal hatte ich auf dem Konstanzer Balkon heimlich und seit Jahren verbotenerweise geraucht und hatte im Schwindel die Kästen mit Kapuzinerkresse von der Balkonbrüstung gerissen, auf den Kasten mit Kerbel, Schnittlauch und Petersilie, auf den Topf mit der Begonia Gloire de Lorraine, die ich zum Ersatz der zuvor niedergerissenen lachsersatzroten Geranie gekauft hatte. Die Begonia Gloire de Lorraine war mein Missgriff gewesen, obwohl mir meine Frau noch vor der Konzilsverschwindung des Zuges zugerufen hatte: Begonia rex musst du kaufen, nur Begonia rex! Aber ich hatte keine Begonia rex gefunden. Und nun war es eine Begonia Gloire de Lorraine gewesen, die ich zusammen mit Kapuzinerkresse und Petersilie auf meinem grauen

Nacht-Absackerkopf getragen hatte, als ich auf dem Balkon in meinem käsefarbigen Appenzeller Schlafanzug, befleckt von ordinärem württembergischen Trollinger, umher gekrochen war und die ganze Balkonkastenkatastrophe mit diffusen Handbewegungen aufzuräumen versucht hatte. In Köln gab es keinen Balkon. In Köln rauchte ich beinahe nie. In Köln wollte ich wach fühlen, was ich nicht spürte, wenn ich alleine in Konstanz war, die kleinen Beben, die ein anderer Körper im Bett verursachte, wollte ich ihren Vogelkopfatem hören. Ich wollte sie umarmen können, wenn sie in einem Amts-Angst-Traum schrie, ich wollte mit ihr bis zu meinem vermutlich früheren Tod Frieden schließen zwischen den Mühseligen und Beladenen und Schnarchenden, vom Amt Geschundenen, zwischen uns von der modernen mobilen Beziehung zwischen Köln und Konstanz Geschlagenen. Wer sich so lange schnarchend gegenseitig ertragen hatte, den konnte die Deutsche Bahn AG nicht auseinander bringen. Unsere gemeinsame Zukunft würde gelingen, musste gelingen. Ich bereute nicht, dass wir uns dieses zwischen Köln und Konstanz zerspannte Leben zugemutet hatten, dass wir uns nicht mehr vorstellen mussten, aus einem dauernden Gemeinsamtrott in einen erregenden Urlaub zu müssen, nach Prag und Venedig, nach Paris, London und Elmau, nach Südafrika oder auf Lanzerote, dass der Ferienzugvogelzwang uns erspart geblieben war, dass wir immer nur daran dachten, nach Konstanz oder Köln zu fahren. Allerdings wären wir lieber nicht mit der Deutschen Bahn AG gereist. Wir hatten uns zwischen Köln und Konstanz zerschnitten, als Juliane und Jakob uns verlassen hatten. Manchmal stand ich in meiner Mittagspause, um ein Uhr, wenn die Schulen sich laut leerten, an der Schulbushaltestelle, um Kindern nahe zu sein, flüchtig. Juliane und Jakob waren weg. Aber ich bereute, dass ich die bis zu meinem Tod verbleibende Zeit, schlimmer bis zu meinem Siechtum, nicht nutzte, um meiner Frau wenigstens Saftflaschen zu öffnen. Ich musste aus dem Amt, raus und in die Rente, bevor die Rente wegen des demographischen Faktors auch nicht mehr das sein würde, was sie mal gewesen war. Und vielleicht würden nicht nur Saftflaschen, auch Sektflaschen geöffnet werden können. Es ging darum, den Geruch meines einzigen Menschen noch riechen zu können, den ich nur noch so lange riechen konnte, solange mir nicht die Nasenspitze abgefault war vor dem ausgezackten dunklen Nasenbeinloch. Es wurde ernst.

Es war im roten oder weißen Rettich in Singen am Hohentwiel und nach mehreren Gläsern Hohentwieler gewesen, dass ich Jakob, den Sohn meiner Frau, gefragt hatte, ob wir als Eltern und besonders ich als Vater und so, mein damals schon knapper werdender Atem war kürzer geworden. Paps, hör auf! Fiffi, die alte Hündin, hatte während unseres Gesprächs abwechselnd ihre Pinselbrauen hochgezogen, so dass, alles noch trauriger machend, das Weiße ihrer ergebenen schwarzen Augen sichtbar wurde. Und was war sie doch beim Heiligen Hieronymus in der Scuola degli Schiavoni keck gewesen. Nun schnarchte Fiffi, ihre Schnauze hatte sie auf ihre artig gefalteten Vorderbeine geschmiegt. Versagen, Verbrechen, Kindervernichtung, fragte ich mich, sagte es aber nicht. Jakob hätte sowieso nichts antworten können, weil sich eine Wespe auf dem Rand seines Weinglases vorsichtig entlang gefühlt hatte. Und Wespen fürchtete Jakob so sehr wie meine Frau, die in ihrer Kinderzeit an dem Stich einer Wespe, die in ihr Brauseglas geklettert war, fast erstickt wäre. Du hast ja nie Allergien gehabt, hatte Jakob, meiner Frau Sohn, im roten oder weißen Rettich in Singen am Hohentwiel gesagt, du hast ja wie Juliane selbst zur Pollenhochzeit schnaufen können wie das Ross von Venedig. Das stimmte nicht. Mein Lungenemphysem, das nicht allein von meinen Balkonrauchsünden verursacht sein konnte, sprach nicht für ein intaktes Immunabwehrsystem, eher für eine vollendete Autoaggression. Außerdem wusste ich nicht, ob es das Ross von Venedig je gegeben hatte, das ich nur von den Sprüchen meines Vaters kannte, der vor seiner Pensionierung im Amt tot umgefallen war und sich sehr peinlich auf dem Amtsflur völlig entleert hatte. Und schließlich litten wir alle, Juliane wie Jakob, meine Frau wie ich, wie die Eltern und Großeltern meiner Frau ebenso wie meine Eltern und Großeltern, unter plötzlich auftretenden roten Flecken unter den Achseln, die nicht auf den Verzehr von verdächtigen holländischen Tomaten oder spanischen Erdbeeren zurück zu führen waren, da weder die Großeltern meiner Frau noch die meinigen je holländische Tomaten oder spanische Erdbeeren verzehrt hatten. Ich kraulte die schnarchende Carpaccia-Fiffi und hoffte, dass sie vom Familienkampf verschont bliebe. Sie kratzte sich aber unentwegt im Schlaf hinter den Ohren. Brauchst du Geld, hatte ich gefragt. Im roten Rettich habe ich Kredit, hatte Jakob geantwortet. Ich hatte in meiner Beschämung nichts Besseres zu tun gewusst, als beim vorgeblichen Gang aufs Klo die kleine Rechnung zu begleichen. Jakob und mir war eine schnelle Umarmung gelungen. Fiffi war schon davon. Als ich von Singen heimkehrte, stand die Tür zur Forellschen Wohnung weit auf. Ich sah keinen Teppich mehr. Die Abwesenheit der Bilder leuchtete in hellen quadratischen Flecken an der Wand. Die Kunststoffblumen geknickt. Herbert stand auf einer Leiter im leeren Wohnzimmer und schraubte den Jugendstil-Lampenschirm ab. Schüssel, Teller, Mokkatassen, Vorlegegabeln, selbst die silbernen Gabel- und Messer-Bänkchen hatten Türken gekauft. Nur die türkische Wasserpfeife nicht, die Forells aus dem Urlaub in Algerien mitgebracht hatten. Willst du nicht, fragte Herbert im hallenden Zimmer, wenn du schon keine Bücher liest, wenigstens einen der Ledersessel? Ich stellte den Ledersessel neben das Telefon. Was machen wir nun mit Jakob, hatte ich meine Frau am Telefon gefragt. Gib kein Geld, nimm Fiffi öfter, hatte meine Frau geraten. Hallo Jakob, hatte ich vom Amt aus gemailt, soll ich Fiffi nicht mal wieder nehmen? Nichts. Dann telefonierte ich. Wir sind auf Jobsuche, erwarte das Angebot nach dem Pfeifton. Deines Mannes Problem ist, soll Juliane gesagt haben, sagte mir meine Frau am Telefon, dass er sich immer nur um andere sorgen kann, wenn es zu spät ist. Die Gene. Ich ahnte, dass das Verbrechen, das ich an Juliane begangen hatte, darin bestand, dass sie fürchten musste, mir ähnlich zu sein. Für meine Frau hat vor allem Juliane immer neue Namen erfunden. Birga zum Beispiel, nachdem sie Martin Walsers »Einhorn«, verstört von so viel Männlichkeit, gelesen hatte; Judith zum Beispiel, nachdem sie nach Markus Werners »Die kalte Schulter« eine Allergie-Phobie bekam. Alles Männer-Opfer. Ich hätte ihr solche Bücher, gerade wenn ich sie gekannt hätte, nie geschenkt. Juliane, die vermutlich meiner Frau ähnlicher war als mir, hatte Panik davor, mit mir blutsverwandt zu sein. Jakob, der mir vielleicht ähnlicher war als Juliane, kümmerte das nicht. Einmal hatte eine freundliche Buchhändlerin in der Konstanzer Bücherstube Juliane komplimentieren wollen: Sie sind Ihrem Vater aber wie aus dem Gesicht geschnitten. Juliane hatte mich darauf eine Woche lang nicht mehr angesehen.

Dass Menschen sterben müssen, war eine vorläufige statistische Aussage. Alt werden hieß, nicht mehr an statistische Ausnahmen zu glauben. Den eigenen Tod nahm man in Kauf, den der Geliebten aber nach wie vor nicht. Wer würde vor wem sterben? Wer wen alleine zurücklassen, alleine krank und dement werden und ganz alleine sterben lassen? War die Liebe, falls sie nicht nur Unheil stiftete, der größte Triumph des Menschen, so war der Tod seine größte Niederlage. Deswegen Gott, Genforschung undsoweiter. Eine schweizerische »dialog-ethik« versuchte mit einem »Human Dokument« selbst noch Todkranke, die das nicht glauben wollten, davon zu überzeugen, dass sie sterblich seien. Erfolg unbekannt; Kosten auch. Gewiss käme einst die Zeit, in der die statistische Erfahrungstatsache des Sterbenmüssens nur noch für arme Hunde zutreffen würde. Ich würde gerne ewig meine immer krummer werdenden Finger um das schmaler und schmaler werdende Handgelenk meiner Frau legen. Aber ich wollte nicht, dass meine Frau sähe, wie sich meine nekrose Haut blauschwarz verfärbte, dass sie fühlte, wie ich kalt und knochensteif würde, wie man mir die Knie brechen würde, um mich gerade in den Sarg zu richten. Wir würden gegenseitig keine Obduktion zulassen. Der Tod wurde dadurch noch trauriger, dass die Wahl nur die war zwischen Verbrennen und Begraben. Schöner wäre die Vorstellung, in einem hellen, aber bitte nicht so fürchterlich heißen Licht zu verschwinden. Wir lebten von der Hoffnung, dass sie nicht, während ich in der Küche leise WDR hörte und Kölsch trank, über ihren unvollendeten Amtsarbeiten sekundentot zusammenbrechen würde; dass mich nicht bei einem meiner nächtlichen Schnarchschnapper, die einen bedenklichen medizinischen Namen haben, der Schlag träfe, der mich zum Greisenbaby machen würde, das nur noch lallen, aber nicht mehr scheißen würde wollen. Wir lebten von der Hoffnung, dass sie nach wieder überlebter Nacht bäckerstochterwarm als Andalusierin in die Küche treten würde, wo ich mit Sarazenenschwung ihr auf den Punkt gekochtes Ei enthaupten und ihr die Kölnische Zeitung hinlegen würde: Familientragödie – ein 83jähriger hat seine 83jährige Frau mit einem Schnürsenkel von hinten erdrosselt: »Heißa, sprach Herr Sauerbrodt, heißa, meine Frau ist tot.« War der Schlaf des Todes Bruder, so war das Frühstück der Hoffnung Halbschwester. Obwohl, statistisch gesehen, die meisten Herzinfarkte um das Frühstück herum zustachen. Wenn wir auch im Grunde mit allem rechneten, so lebten wir von der Hoffnung, dass wir nach getaner Arbeit gemeinsam für immer zur Spätausgabe der Tagesschau unter die Wolldecke auf dem Sofa würden schlüpfen können oder doch wenigstens uns am Telefon versichern könnten, dass wir das jetzt und für immer gern täten.

Am Mittwoch bekam meine Frau gemeine Zahnschmerzen, die sich tagsüber nicht minderten, wie mir meine Frau abends am Telefon erzählte. Wir telefonierten nur am Abend, da die Abrechnung von Privatgesprächen am Dienstapparat nicht nur umständlich, sondern auch unökonomisch und bei Höheren ungern gesehen war. Schlaf drüber, riet ich meiner Frau in meiner Hoffnungsangewiesenheit. Ich hätte sie jetzt liebend gern nicht nur mit Telefonworten getröstet, sie umarmt, was aber deshalb nicht gegangen wäre, weil meine Frau, wenn sie Schmerzen hat, unberührbar war. Schmerzen machten einsamer als Alleinsein, weil selbst die Liebe derer, die keine Schmerzen hatten, es nicht schaffte, sich in Schmerz und Schwäche der Geliebten einzufühlen. Schmerz war nicht teilbar; die unteilbaren Körper trotzdem miteinander teilen zu wollen und zu müssen, war die Kantische Idee der Liebe, nach der das Andere immer auch der Maßstab des Eigenen sein musste. Am Telefon konnte ich nicht einmal den Leibschrei sehen, der meiner Frau durch die linke Gesichtshälfte fuhr. Wäre die Furcht vor den im einsamen Körper gefangenen Schmerzen nicht, wäre vielleicht auch die Furcht vor dem Tod nicht immer so bebend. So dachte ich, rauchte, mich gut festhaltend, auf dem Balkon eine Zigarette und verdickte mit Rotwein mein Denken und mein Blut und schlief mit guter Hoffnung ein.

Die Hoffnung trog. Am Donnerstag telefonierte meine Frau vor Amtsbeginn, dass die Schmerzen hundsgemein geworden seien und sie einen Zahnarzt aufsuchen müsse. Nun lebte aber ihr Zahnarzt aus alter Tradition in Konstanz. Woher jetzt in Köln einen guten Zahnarzt nehmen? In der Mittagspause telefonierte meine Frau von einer dem Amt nahe gelegenen Telefonsäule. Amtskolleginnen hätten ihr einen im Viertel berühmten Zahnarzt empfohlen, bei dem sie nach Dienstschluss einen Nottermin ergattern konnte, nachdem sie nicht abgelassen, ja sogar fast geweint und über ihre hundsgemeinen Zahnschmerzen geklagt habe. Nunja, antwortete ich am Dienstapparat, an dem Privatgespräche durchaus empfangen werden durften, und versicherte in meiner Kalmierungswut (Juliane) wie Nina Ruge: »Alles wird gut!« Nichts war gut geworden. Am Abend berichtete mir meine Frau, von Wohnung zu Wohnung telefonierend, dass der im Viertel berühmte Zahnarzt sie unwillig habe Platz nehmen lassen, nach kurzer Untersuchung keinen Befund an ihren Zähnen habe feststellen können, ihr, immer wütender werdend, Einschleichung in seine Praxis unter simulierten Vorwänden vorgeworfen und sie seiner Praxis verwiesen habe. Und die Schmerzen würden immer ärger, was sie sich von schon hundsgemeinen Schmerzen gar nicht habe vorstellen können. Aspirin, riet ich. Das hatte sie erfolglos schon mehrfach genommen. Wenigstens hast du keine Zahnwurzelentzündung, tröstete ich. Das tröstete sie aber nicht. Vielleicht ist es eine dieses Mal mehr als hundsgemeine Migräne oder etwas in die Richtung, fiel mir ein. Auch Migränemittel hatte sie schon vielfach geschluckt. Rotwein, sagte ich, ihn langsam im Mund schwenken. Ich saß allein, sie saß allein. Mir half nach einer Weile der Rotwein. Ihr nicht.

Am Freitagmorgen rief meine Frau aus dem Amt an, sie werde jetzt sofort den Dienst verlassen und einen Internisten aufsuchen. Der Internist ist vor mir, teilte mir meine Frau aus der Universitätsaugenklinik mit, wie zurückgeprallt, als er die Bläschen entlang der Nervenbahnen meiner linken Gesichtshälfte erkannte, und hat mich umgehend in die Universitätsaugenklinik geschickt, weil, wenn der Herpes zoster auf das Auge übergreife, Erblindung und dazu noch Taubwerden drohe. Nun saß meine Frau auf dem Gang der Universitätsaugenklinik und teilte mir vom Flurfernsprecher, für den überteuerte Karten am Klinikkiosk angeboten wurden, alle Stunde mit, dass sie noch nicht dran sei, doch eine freundliche Schwester gehe hin und wieder vorbei und habe Mitleid, denn sie wisse sehr wohl, dass Gesichtsrose die allergemeinsten Schmerzen verursache und dass es Patientinnen gegeben habe, die gesagt hätten: Schwester, geben Sie mir ein Gewehr, damit ich mir ins Gesicht schießen kann. Ich konnte nicht daran denken, sofort das Amt zu verlassen, um nach Köln zu fahren, sie zu suchen, ihr beizustehen, einzukaufen, Obst oder dergleichen würde sie nicht kauen können mit ihrem malträtierten Kopf, eine Saftflasche hätte ich ihr öffnen können. Ich hatte am Samstagmorgen im Auftrag des Abteilungsleiters des Amts eine Ausstellung zu modernem Küchendesign von Firmen aus dem Landkreis zu eröffnen. Und da alle Höheren außer mir das Amt schon verlassen hatten, hätte ich auch keinen Noturlaub mehr beantragen können, der sowieso als fremdpersonaler Noturlaub nicht gewährt worden wäre, da nur die Not der Kinder, nicht der Gatten als fremdpersonale Not zu einer Noturlaub-Gewährung führen konnte. Eheleute waren sich zu fremd, um unter die fremdpersonale Not mit den Kindern oder unter die eigenpersonale Not eines Antragstellers fallen zu können. Auch wenn es anders geregelt gewesen wäre, hätte ich nicht nach Köln fahren können, weil ich am Sonntagabend in der Konstanzer Klinik zur Generaluntersuchung antreten musste. Dies war unverschiebbar. Und ich hatte den Termin auch nur bekommen, weil ein mir, seitdem mein Amts-Ende absehbar war, gewogener Höherer bei seinem Round-Table-Chefarzt-Freund ein Wort für mich eingelegt hatte.

Die Universitätsaugenklinik hatte mit dem für das Viertel zuständigen Krankenhaus eine Notaufnahme meiner Frau vereinbart. Das Taxi lehnte es ab, meine Frau die kurze Strecke zwischen Universitätsaugenklinik und Krankenhaus des Viertels zu befördern. Selbst in Köln kann der Februar wenn auch nicht sibirisch, so doch grimmig kalt sein. Meine Frau lief, das Gesicht gegen den Schneewind in einen Schal gehüllt, zum Viertelskrankenhaus. In der Freitagnacht rief sie mich aus ihrer Wohnung an, dass die vereinbarte Notaufnahme verweigert worden sei, nachdem, sie schwöre, erst nachdem die aufnehmende Ärztin gesehen habe, dass sie keine Privatpatientin sei. Kein Bett frei, kein einziges. Also sei sie, da gleich das erste der vor dem Krankenhaus stehenden Taxis sofort abgewinkt hatte, nachdem sie ihre Adresse genannt hatte, das normalerweise kurze Stück bis zu ihrer Wohnung zu Fuß gegangen, das aber bei immer heftigerem Schneewind lang wie eine Nordpolquerung gewesen sei. Sie sagte das nicht einfach so, sondern stockend und weinend. Und ich schämte mich. Und war ratlos. Und schwieg. Oder sagte: Achgott. Ich las alles vor, was in unserem großen medizinischen Ratgeber, der in Konstanz geblieben war, über Herpes zoster stand. Den Notarzt rufen, riet ich. Und das wäre dann, weinte meine Frau, die Notaufnahmeärztin aus dem zuständigen Krankenhaus, die sie abgewiesen hat. Wir schwiegen, bis auch das erschöpft war. Der Maulfaule (Juliane).

Diese Nacht half kein Rotwein. Das Telefon stand auf ihrem Kissen, das ich nicht abgezogen hatte, neben meinem Kissen. Am Samstagmorgen rief meine Frau den Anrufbeantworter des Internisten an, der sie tatsächlich zurückrief. Der Internist verhandelte mit mehreren Krankenhäusern. Als er eins gefunden hatte, setzte sich meine Frau mit ihrem Ziehköfferchen in ein Taxi und fuhr in dieses Krankenhaus. Das alles geschah, während ich bügelte, weil ich jetzt meiner ja auch an den Händen geplagten Frau wenigstens das Bügeln der in Konstanz zurück gebliebenen feurigen Andalusierin abnehmen wollte, das Telefon neben mir. Meine Frau wurde gründlich untersucht. Ihr Gesicht sei mittlerweile nicht nur links hässlich, rot, eitrig und aufgeschwollen, und sie sei froh, dass ich sie so nicht sehe, sagte sie. Nach diesem Satz rauchte ich auf dem Balkon. Im letzten Telefonat, bevor sie sich ins Krankenbett legen musste, gab mir meine Frau die Nummer, die ich anrufen könne, wenn ich wolle, dass sie zurückrufe, denn sie verfüge in ihrem Sechsbettzimmer über kein Telefon. Die Schmerzen waren noch da, sie sei so empfindlich, dass ihr das Geschrei der türkischen und wohl persischen Frauen auf den Nerv gehe. Auf den Nerv, da versuchte meine Frau wieder etwas zu lachen. Ich atmete etwas auf. Meine Frau bat mich, Juliane Bescheid zu geben. Ich versuchte es erst, nachdem ich einen Schluck alkoholfreies Bier getrunken hatte. Es war gottseidank der Anrufbeantworter. Kaum hatte ich aufgelegt, rief Juliane an und fragte ohne Fragezeichen: Und warum fährst du nicht nach Köln! Es geht beruflich nicht, antwortete ich, außerdem muss ich ins Krankenhaus. Arschloch (Juliane). Ich sah alleine alle späten Ausgaben der Tagesschau, sah aber nicht viel dabei.

Am Samstag überbrachte ich die Grüße des Amtes und eröffnete die Ausstellung zu modernem Küchendesign in der Industrie- und Handelskammer, wobei ich mehrmals den Präsidenten falsch anredete, da es der Präsident nicht war, sondern sein zweiter Stellvertreter. Danach floh ich, schaute über den kalten Februarrhein, der von Konstanz nach Köln floss, an dessen Rändern die Enten auf einem Bein standen, den Schnabel ins Gefieder geborgen, und betete profan, dass es meiner Frau besser gehen möge und man bei mir nichts finden werde. Herz, Krebs, Vorsteherdrüsenschälung: Nichts dürfte geschehen, was wir in unserer Köln-Konstanz-

Entfernung nicht meistern könnten. Schlüge der Blitz in unsere Lebensführung und rührte an den Schlaf der Einrichtung unserer Welt, zerbräche diese, wie bei meiner Eröffnungsrede eine Duftesse, die vormals eine Dunstabzugshaube geheißen hatte, niedergestürzt war und die Ceranherdplatte zerscherbt hatte.

Am Sonntag schrien die türkischen oder persischen Kinder durchs Zimmer, über den Flur des Kölner Krankenhauses, und die Männer spuckten die Pistazienschalen neben die Lidl-Plastiktüten. Hab Geduld, beschwor ich meine Frau. Ich aß nur Gesundes, roh und siebenmal am Tag, trank nur Wasser. Als ich das Konstanzer Krankenhaus betreten wollte, konnte ich es nicht. Ich setzte mich auf eine Bank im Zähringerpark und schaute nach den jungen Winterpaaren, sie liefen schnell, die Hände zusammen in eine Manteltasche gesteckt, und ich dachte: So jung und so gesund sein wie ihr. Je nun, sang ich in mich, ich habe mein Teil genossen, und ermannte mich. Allein der Geruch des Krankenhauses konnte einen verstören. Ich hatte allerhand Papiere zu unterschreiben. Eine längere Weile stand ich vor dem Schwesternglaskasten, dann wurde ich freundlich begrüßt und eingewiesen. Ich belegte Schrank und Bad. Mein abwesender Zimmerkamerad benutzte Elmex wie ich. Er kam mit den Tabletts des Abendessens, hob den Deckel vom Teller, sagte: Wurst, senkte den Deckel und legte sich ins Bett. Dessin, sagte er, dann, Carl mit C, dann nichts mehr. Ich sah mir trotzdem im Fernseher, der wie das Auge Gottes über den Betten schwebte, die »Lindenstraße« an, nicht unter der gemeinsamen Wolldecke, auch nicht hoffend, meine Frau könnte jetzt sich vorstellen, wir säßen gemeinsam unter der Wolldecke auf dem Sofa, und weinte plötzlich unbesehen, daran denkend, dass wir beide getrennt in Klinikbetten lagen, als sich ein Paar vorgeblich in der Münchener Lindenstraße, tatsächlich aber am uns gut bekannten Kölner Decksteiner Weiher küsste. Das war mir bislang, wenn ich allein war, nur bei Tierfilmen passiert. Mein Kamerad hatte vor und neben sich eine Goethe-Ausgabe aufgebaut, die mit roten und blauen Markierzetteln beklebt war. Ich verzichtete auf den »Tatort«, den wir uns real oder ideell immer zusammen unter der Wolldecke angeschaut hatten. Mein Kamerad schnarchte derart, dass ich die Nachtschwester bat, mich zu verlegen. Stattdessen bekam ich Baldrian. Als ich die Frühschwester bat, mich zu verlegen, weil ich kein Auge zugetan hätte, antwortete sie, dass mich die Nachtschwester tief schlafend und laut schnarchend gefunden hätte, so tief, dass ich in ihrem Taschenlampenstrahl nicht mit einem Lid gezuckt hätte. Mein Kamerad wünschte keinen Guten Morgen, beschied nur, er gehe zuerst ins Bad. Ich wurde in einem Rollstuhl gewogen, Blutabnahme, Zuckerwert, mein Enddarm dünstete, der Kamerad ließ sich Zeit im Bad. Er lüftete den Deckel vom Teller, sagte: Käse, und senkte den Deckel wieder. Er schlief über Goethe ein, ich über dem »Südkurier«. Sonst geschah nichts, bis ich über die Treppen und mir ein Langzeit-EKG anlegen lassen musste. Da vor dem EKG-Raum nur Alte in Rollstühlen hingen, kam ich mir strotzend vor. Das änderte sich, als mir die junge Schwester die Saugnäpfe auf die fetten Altmännerbrüste drückte.

Juliane kam mit den Kindern zu meiner Frau ins Krankenhaus und brachte einen frischen Schlafanzug, den wir die Landliebe nannten, Handtücher, Waschlappen, keine Amtsmappen. Die Schmerzen meiner Frau ließen nicht nach, das Gesicht schwoll immer mehr an. Meine Frau rief von Julianes Handy an, Juliane gab den Gruß nicht zurück. Ich hörte aber, wie ein Enkelkind, vermutlich das Mädchen, fragte, ob das der Opa sei. Um das Langzeit-EKG nicht auffällig werden zu lassen, mied ich Treppen, schaute gelassen vom Balkon über das kalte Land, den See, die Ufer, über die Dächer. So von oben und so winterlich hatte ich Konstanz nur einmal schon gesehen, als mein Vater auf derselben Station gestorben war, nachdem er sich mit seiner Verrentung verweigert hatte, jemals Ärzte, die nur krank machten, aufzusuchen. Er war auch ohne Ärzte sehr krank geworden. Ich erinnerte mich daran, dass sein gebissloser Mund zu einem schmalen Fleischtrichter eingefallen war und dass der Stationsarzt denselben Namen trug wie mein Stationsarzt. Nichts Besonderes an den Blutwerten, guter Allgemeinzustand. Mein Kamerad bekam Besuch von älteren, wohlgekleideten Herren, und ich entnahm, dass eine schlimme Diagnose zu befürchten sei. Als das Abendessen kam, lupfte mein Kamerad den Deckel, sagte: Wurst, und legte sich wieder hin. Ich versuchte, ihn nach seiner Krankheit, seinem Leben, ob er auch aus Konstanz sei, zu fragen, und er fragte zurück nach meiner Krankheit, meinem Leben und ob ich auch aus Konstanz sei. Darauf schwiegen wir beide. Meiner Frau jagten durch die Nervenbahnen des Gesichtes die wilden Rösser des Herpes zoster. Aber allmählich verliere sich der Wunsch, sich mit einer Schrotflinte ins Gesicht zu schießen. Und bei dir? – war alles in Ordnung.

Am Dienstag wurde das Langzeit-EKG durch eine Langzeit-Blutdruckmessung ersetzt. In kurzen Abständen brummte die Manschette am Oberarm auf. Deswegen traute ich mich weder in die Cafeteria noch auf den Flur. Noch nie hatte ich den »Südkurier« so vollständig gelesen, schlief dabei aber immer wieder ein. Ich lernte, die Tonlagen meines Kameraden am Telefon zu unterscheiden: Freunde, Kollegen, Offizielle und den privatsprachlichen familiären Hauptton. Halb in der kalten Balkontür stehend, unterdrückte ich am Handy unseren nur uns angehenden Köln-Konstanzer-Slang. Meine Frau litt nun unter Krämpfen nicht nur im Gesicht, meine Langzeit-EKG-Verkabelung drückte ungemein. Die Schwester kam, sah mein verbotenes Handy und lachte: Erwischt, das koste etwas in die Kaffeekasse. Beim sehr frühen Abendessen hob mein Kamerad den Deckel vom Teller, sagte: Wurst, und deckte den Teller wieder zu. Wir bekamen nun Schlaftabletten nach der letzten Blutzuckerkontrolle und der Blutgerinnungsspritze in den schon violett gesprenkelten Bauch.

Am Mittwoch klagte meine Frau, dass sie nicht habe schlafen können, weil ihre neue japanische Bettnachbarin von ihrem japanischen Mann besucht worden sei, der die Nacht über neben dem Bett seiner Frau gekniet und japanischen Singsang in das Ohr seiner Frau gesurt habe. Das gibts doch nicht, sagte ich. Das gibt es wohl, sagte meine Frau, auch die Nachtschwester habe den Japaner nicht von seiner Frau trennen können. Ich musste zum urologischen Consil, Ultraschall im Unterleib, meine gekörnte Prostata, die aber nach peinigendem Vorbeugen meinerseits manuell als in Ordnung befunden wurde. Eine Langzeit-Urin-Probe; ich bekam einen undurchsichtigen Zwei-Liter-Kanister und sollte jeweils den Mittelstrahl eingeben. Mein Kamerad und ich tauschten nun zu Mittag die Diät- und Normal-Jogurts. Ich saß in der hellen Cafeteria zwischen Rollstühlen, Bademänteln und zuredenden Besuchern: Alles wird gut. Wieder führte der Ausgemergelte, Kopfkahle Eisbecher und Torten zittrig zum Munde und verstreute Zuckerstangen und Milchtöpfchen über den Tisch, wofür er sich, kaum verstehbar, bei der Kassiererin entschuldigte, die, obwohl Selbstbedienung, seinen Tisch leer räumte und abwusch. Ich roch das Krankenhaus nicht mehr als Krankenhaus. Weil ich in den Kanister pinkelte, musste ich mich nicht mehr ermahnen, den Klodeckel runterzuklappen, wie es mein Kamerad tat.

Wir erzählten uns nichts, aber seine Handtücher, sein Kulturbeutel, sein Rasierwasser erzählten mir von einem eigenen Leben außerhalb des Krankenhauses. Mein Sachbearbeiter telefonierte, dass alles auch ohne mich klar komme; er stehe mit dem Handy vor dem Krankenhaus, das er wegen einer Krankenhaus-Grundaversion partout nicht betreten könne, und wünsche mir alles Gute. Er hätte, dachte ich, lieber gesagt, dass er hoffe, ich läge im Sterben und würde endlich meine Planstelle im Amt räumen. Am schmalen Resopaltisch unter dem Auge Gottes verzehrten mein Kamerad und ich Wurstsalat Schweizer Art. Gürkchen und Petersilie tauschten wir nicht aus, ließen wir liegen. Die Japanerin war auf Protest der türkischen oder persischen Frauen verlegt worden, und meine Frau hatte eine Schwarze zur Nachbarin bekommen, der mit einem Baseballschläger das halbe Gesicht zertrümmert worden war, sie schreie und stöhne unentwegt.

Donnerstagfrüh: EKG, Blutdruck, Urin – alles altersgemäß in Ordnung. Meine Frau wurde zu ihren gemeinen Herpes-zoster-Schmerzen von Migräneanfällen malträtiert. Iss Nudeln, riet ich, das hat dir immer geholfen. In Kölner Krankenhaus gebe es nur Kartoffeln. Die Schwester brachte mir ein Gebinde, das eben ein Herr für mich abgegeben habe. Ich sah noch den Hosenfuß des Herrn im Aufzug verschwinden. Ein Gruß der Abteilung. Ultraschall Brust, Mittagessen, dann CT-Abdomen. Man sehe keine Notwendigkeit zu Herzkatheter,

Computertomographie von Ober- und Unterleib. Ich entspannte mich und schaute in der Cafeteria dem Ausgezehrten beim beschwerlichen Kuchenlöffeln zu, den einbeinigen Rauchern in den Rollstühlen vor der Krankenhaustür und dem dicken Jungen, der, vor sich hin redend, mit schiefem Hals zwischen der Kinderstation und dem Empfang pendelte, wo er jedes Mal ein Minipäckchen Gummibären geschenkt bekam. Im Eingangsbereich beklagten alte Frauen, dass sie alles für ihre Söhne getan hätten, die sie aber nie besuchten. Die Zeitschriften waren Monate alt und zerblättert. Der dicke, verkrümmte Junge nahm einer Schwangeren, deren Mann vor der Tür des Klinikums umgekehrt war, den Ziehkoffer ab. Die Aufzüge kamen nicht. Es stimmte, dass die Ärzte daran zu erkennen waren, dass ihnen Stethoskope aus den Kitteltaschen hingen. Auch liefen sie dezidierter. Meine Schwestern wechselten die Schicht, waren nun in Zivil und erkannten mich vor dem Eingangsbereich nicht. Die Rettungs- und Notarztwagen fuhren alarmiert davon und kamen still zurück. Einer, den ich vom Schänzle kannte, schob ein lautes Reinigungsgerät über den Gummiboden und stellte ein Gefahr-Schild auf, auf dem im roten Kreis ein Mann hinterrücks stürzte. Bei meinem Kameraden, von dem ich am Empfang erfahren hatte, dass er zwei Straßen weiter im Konstanzer Paradies wohnte und ein Dr. war, hatte sich, nachdem sein Blut in der Bundesrepublik umhergeschickt worden war, eine vermutete böse Diagnose bestätigt. Sie sind, sagte der Arzt, ein Morbus Wegener, medizinisch ein interessanter Fall, was Ihnen aber nichts nützt. Halten Sie uns die Treue, Sie müssen es sowieso, denn die Folgen sind hart. Aber die seltene, einst noch tödliche Krankheit ist in der Literatur gut beschrieben, und wir haben sie mit medizinischem Fortschritt im Griff. Ich war nicht hinausgeschickt worden. Ich saß im Bademantel auf meinem Bettrand und hörte zu und tat so, als schaue ich aus dem Fenster. Wir aßen am schmalen Tisch gemeinsam, versenkten den Wurstsalat Schweizer Art unter den Deckel und teilten uns die Gürkchen und spanischen Radieschen. Danach las mein Kamerad Goethe. Meine Frau hatte zur Bettnachbarin statt der Schwarzen eine alte Frau bekommen, die munter zum Kegeln gegangen war, vom Hirnschlag getroffen worden war und im Bett röchelte. Immer wenn sich der Speichel in ihrer Kehle gesammelt hatte, köchelte es, schnorchelte sie mit hektischer werdenden Erstickungen, bis der Auswurf kam, der sie für Minuten ruhiger werden ließ. Sie erkenne auch ihren Mann nicht mehr, der, sagte meine Frau, nun eine andere Wohnung finden müsse, weil er seine Frau nicht mehr in die dritte Etage des Hauses des Wohnungsbauvereins tragen könne, in das sie nach der Hochzeit gezogen seien, fünfzig Jahre im selben Haus, in der mühsam abbezahlten Wohnung. Wir bekamen stärkere Schlaftabletten.

Am Freitagmorgen wurden mein Ziehköfferchen und ich ohne Befund und in gutem Allgemeinzustand entlassen. Das dauerte. Ich wartete angezogen auf meinem Bett. Ich räumte meine Sachen aus dem Schrank und aus dem Bad. Es kümmerte mich, die Zahnbürste meines Kameraden allein zu lassen, von dem ich nun wusste, dass er als Konstanzer Germanist vor allem mit Einführungskursen beschäftigt war und gern zum Schluss eine Vorlesung über das Gewitter von Klopstock über Goethe und Gottfried Keller bis zu Klaus Modick gehalten hätte. Seinen vom Rasierschaum bespritzten Kulturbeutel. Meine Frau war von der röchelnden Bewusstseinsfernen verlegt worden. Auf eine andere Innere Abteilung. Da schrie eine Frau auf- und abschwellend Mama. Meine Frau empörte sich, dass die Schwestern ins Zimmer riefen: Halts Maul. Aber es nützte, auch ihr, sagte meine Frau bedrückt, denn dann sei sie für Minuten ruhig. Sie habe sich entfernen müssen, sei um den Flur gebogen, eine heitere Station mit offenen Türen, Plüschsesseln auf dem Flur, lauter junge Leute, alle mit kahlem Schädel, alle etwas skelettiert und Adler-Tatoos auf der vermagerten Hüften, einen Tropf neben sich und Urinierbeutel an der Stange. Sie habe, um nicht heulen zu müssen, sich an der Kunst an den Flurwänden festgehalten: die schönen Drucke von Kandinsky, Paul Klee, die schönen Gärten von Monet. Ich wusste nichts zu sagen als: Diese Drucke kenne ich auch von hier. Als ich mich von meinem Kameraden verabschiedete, erzählte er mir, dass sich sein Vater, der an derselben, damals noch tödlichen Krankheit gelitten habe, sich von einem Balkon unserer hohen Station rücklings auf das Glasdach der Cafeteria gestürzt habe. Alles wird gut, log ich und ging.

Am Freitagmittag fuhr ich sofort mit den schnellsten Zügen nach Köln. Kein Zug war unpünktlich. Ich sah noch, wie mein Schwiegersohn vor der Klinik, deren Drehtür wie immer defekt war, in seinen Geländewagen meine Frau, Juliane und die Kinder, Jakob einlud. Fiffi sprang hinten auf. Dann brummte der Van-Wagen weg. Ich trank Kölsch im Sülzer-Hof, in dem ich auch die Nacht verbrachte. Am Samstag klingelte ich bei meiner Frau, die sich, Haarschopf über dem Geländer, sehr freute und ihre rechte Gesichtshälfte und das rechte Auge rieb, weil immer noch die Rösser des Herpes durch die Nerven tobten und weiter toben würden. Sie war erleichtert über meine guten Befunde. Und ich besorgt über die Aussicht, dass der Herpes zoster sie lebenslang plagen könne. Meine Frau wollte wegen ihres Aussehens das Haus nicht verlassen. Ich holte aus dem Orient-Grill Aluminiumverschweißtes in grünen Plastiktüten. Das Zaziki aßen wir aber nicht; denn meine Frau wollte am Montag trotz ihrer Schmerzen ins Amt und ich im Zug zurück nach Konstanz niemanden übel beatmen und auch am Montag ins Amt. Ich hatte ihr die frisch gebügelte Andalusierin mitgebracht. Auf dem Küchentisch stand ein üppiger roter Rosenstrauch von Juliane. Der war, sagte ich, zu dieser Jahreszeit sicher nicht billig. Geizhals (Juliane). Ich durfte meine Frau nicht küssen, die Schmerzen waren zu stark. Ich streichelte vorsichtig ihre andere Wange. Sie zog die Andalusierin an. Am Sonntagmorgen brachte mich meine Frau zur Straßenbahn. Wir wussten nicht, ob wir sie erwarten sollten oder fürchten. Wir schauten in den kahlen Park des Wasserschlösschens, hielten uns an den Händen und dachten an Gleiches oder ganz Anderes.

Dann wurde ich aus dem Amt entlassen. Ein Abschiedsfest mit Prosecco dieser oder jener Art hatte ich mir verbeten. Den verwurmten Zuchtlachs hätte ich mit einem Kretzerknusperle aus dem ersten Gourmet-Service der Stadt auch nicht wett machen können, weil alle argwöhnen würden, dass auch die Bodensee-Kretzer-Filets aus einer sogenannten Aquakultur in Polen kämen. Das Dankschreiben nebst Urkunde bekam ich per Post zugestellt. Ich war zwar da, wenn auch in Schlafanzug und Bademantel, als der Postbote klingelte, hörte aber, wie er nur bis zum ersten Stock hinauf knarrte und unten etwas für mich abgab. Ich bin aber da, rief ich hinunter. Doch es war schon zu spät.

III

Im Rentner-Paradies

Nun hatte ich Zeit. Aber was sollte ich – außer bei ihr zu sein – in Köln? Im Sommer! Statt am See zu sein: in einer lahmen Straßenbahn auf verratzten Hartschalensitzen, unter denen die Kölschflaschen rollten und sich ergossen, zu einem Entenschissweiher im verkackten Grüngürtel fahren und unter einem verschwiemelten Migränehimmel sich den Kölner Bucht-Husten einfangen. Was sollte ich in die NRW-Miste, statt am klaren See zu sitzen und über den klaren See ins schweizersaubere Land zu schauen? Im Sommer, wenn Jung und sehr viel mehr Alt mit Sack und Hinterradpack den Bodenseeradweg bis an die Staugrenze brachten. Die Alten trugen das Outdoorzeug wie Persianer. Und nur die teuersten Maschinen, putzneu. Amerikanische Räder, australische Räder, Mercedes-Benz-Räder, allerdings mit Hilfsmotor, das war etwas mopedpeinlich. Aufrecht saß die Formel 60 plus auf stützrohrgefedertem Sattel, mindestens 21gängig, mindestens zwei Isodrinkflaschen am Rahmen, und klappte die Schumi-Sonnenblenden nur hoch, um streng die Bodenseeradwegtafeln mit den Bodenseeradwegkarten zu vergleichen, die vor dem Lenker auf die Kartenständer gespannt waren. Da gabs was zu sehen von der Bank am Schänzle, von der ich meine labbrigen Rentnerschenkel in die Sonne streckte. Die Büffel mit Astronautenkopf im engsten Muskelhabit strotzten auf ihren Bergmaschinen durch und um die Schneckenzüge der rüstigen Rentner. Und am Abend, dachte ich den Büffeln zu, tun euch die Knie weh, während mir vom langen Sitzen und Schauen der Rücken schmerzte.

Die anderen Pensionisten kamen um 8 und blieben bis 8, um in die Gartenwirtschaft der Naturfreunde zu wechseln. Mir wurde es viel zu heiß, wenn die Studentinnen aus den Wohnheimen kamen, vor denen ich meine schlappen Altmännerwaden lieber verbarg, die knotigen Pflegestationsbeine, auch noch mit Krampfadern, auch noch aus beigen Shorts sichelnd, auch noch online gekauft, mehr: verkauft, übers Seniorenweb, weil kein Konstanzer Kaufhaus altmännerbauchgerechte bequeme Größen führte. Nun hing mein weißer, braun gefleckter Schwartenranzen mit dem ausgewölbten Nabel über den Saum der Shorts wie ein abgestochenes Ferkel. Und ich lief weder barfuß noch in Sportschuhklumpen noch auf Latschen, ich tapperte auf spezialgefütterten, knarrenden Schuhen wegen meiner schmerzenden Auswüchse an den Ballen und wegen der ewig gereizten Achillessehne. Französisch ohne Socken in den Schuhen zu gehen, verursachte mir einen Fußpilzschauer. Ich trug weiße Arztsocken mit einem blauroten Rand. Es war weniger lebensgefährlich, mit soliden Schuhen an den Füßen in Shorts zu steigen, denn stieg man barfuß hinein, blieb man mit der großen Zeh im Saum der Shorts hängen, kippelte, wollte nicht fallen, fiel aber doch, immer noch die blöde Zeh im Saum der Hose, und stürzte mit dem Kopf gegen die Heizung oder die Schänzlebank, und das Blut rann aus, was vor Studentinnen noch peinlicher war als zu Hause.

Ich hätte Zeit gehabt, endlich die Oberseiten der Schränke zu entstauben, die Oberseiten der Küchenschränke zu entfetten, die Oberseiten der Schlafzimmerschränke wenigstens von den Staubfugen zu befreien, die zwischen den auf den Oberseiten der Schlafzimmerschränke liegenden Koffer entstanden. Ich hätte nicht nur die Koffer, sondern auch die Staubfugen zwischen den Koffern auf den Schränken schon deswegen reinigen müssen, weil meine Frau sonst, wäre sie nach Konstanz gekommen, hätte rufen müssen: Ohne mich verdreckt hier alles, wenn sie die Aluleiter mit einem Putzeimer voller Frosch-Reiniger hinauf gestiegen wäre und ich den Anblick meiner Frau mit ihren wehen Knien auf der labilen Leiter nicht hätte aushalten können. Zu meinen Altersleiden gehörten Flug- und Sturzangst. Leitern konnte ich nicht mehr betreten, ich konnte sie auch meine Frau nicht betreten sehen. Mehrmals schon war ich in dieser Situation ihr zu Hilfe gekommen, hatte, indem ich ihre Knie umschlang, die Leiter zu stabilisieren versucht und den Frosch-Reiniger-Eimer als Hut aufgesetzt bekommen. Ich hatte oder hätte nun Zeit gehabt, den Staubsaugerbeutel zu wechseln, alle Herdgriffe zu wischen und alle auf den Schränken und Kommoden stehenden Vasen, die Lampenschirme und unter den Lampenschirmen die Oberseiten der Glühbirnen. Von der Last der zu entstaubenden Bücher, indem man sie einzeln aus dem Regal nahm und aufblätterte und wieder zuknallte und dann Buch um Buch gegeneinander schlug, hatte ich mich nach und nach befreit. In kleinen heimlichen Aufatmungen hatte ich sie, von denen kein Antiquar etwas wissen wollte, nachts aus dem Haus geschafft und in den Altpapier-Container geschüttet. Meine Frau hatte das nicht bemerkt, wenn sie besuchsweise in Konstanz war, weil sie alle Bücher, die sie vermisste, längst in Koffern von Konstanz nach Köln geschleppt hatte. Ich hatte nun Zeit, endlich die Latten der Bettroste zu wischen und die Winkel des Bettgestells, auf denen die Bettroste lagen. Wenn man einmal anfing, in seiner Wohnung eine Großreinemachstelle zu sehen, möchte man am liebsten Generalunternehmer seiner eigenen Wohnung werden und einen Trupp polnischer Putzhilfen einstellen. Während die polnischen Putzhilfen endlich die Unterseiten der Waschbecken wischten und die Zeitsedimente aus den Ritzen des Parketts heben würden mit der Sorgfalt von Archäologinnen, während sie endlich von den Deckeln der Gewürzdosen den Küchenwasem reiben würden und, was meiner Frau noch mehr Sorgen bereitete, endlich das nun nach den entfernten Gewürzdosen in all seiner Verschmiertheit sichtbare Gewürzdosenbord bis in die Ecken aufblinken lassen würden, würde ich endlich dazu kommen, die Kalender, die wir uns gegenseitig geschenkt hatten, auf den neuesten Monat umzublättern. Nur meine Unterwäsche würde ich den polnischen oder russischen Heinzelfrauen nicht überlassen. Vor dem Rubikon des Pflegefalles gab es eine Schamgrenze des Kolonialismus. Ich hatte mir nicht abgewöhnt, mich sorgsam zu waschen, was mir nicht ganz leicht fiel, da ich beim sorgsamen Waschen auf Knoten und Knötchen stieß, die ich wegen der Scham- und wegen technischer Grenzen nicht so leicht beobachten konnte wie die Knoten und Knötchen rund um die Zunge, die ich mir vor und nach dem Zähneputzen herausstreckte. Von den unsichtbaren Knoten und Knötchen unter der Haut, in Leber, Magen, Nieren, in den Därmen ganz besonders träumte ich. Ich hatte also Zeit und hätte sie nutzen können, meine Daseinssäuberungen zu bewältigen. Trotzdem stieg ich beileibe nicht nacktfüßig in meine schon seit längerem nicht mehr gewaschenen, aber gerade deswegen bequemen Shorts und lief vergnügt ans Schänzle. Es war ja Sommer.

Ich genoss die Sommerfreuden unbeweibt im Paradies neben den konschdanzerisch schwätzenden Rentnern. Das Alter erkannte und respektierte sich, solange unausgemacht blieb, wer als Erster sterben musste. Das Paradies war der linksrheinische Konstanzer Stadtteil, dessen Stadtbus »Paradies – Friedhof« ersetzt worden war durch den Stadtbus »Paradies – Psychiatriezentrum«. Wenn es in Köln ein Paradies geben sollte, müsste es auch linksrheinisch liegen. Für alle Rheinanwohner konnten Paradiese nur linksrheinisch liegen. In Köln musste ich mich mühen, dass ich das linksrheinische Chorweiler mit dem linksrheinischen Brauweiler, das auch einmal ein Psychiatriezentrum gewesen war, nicht durcheinander brachte. Das linksrheinische Konstanz war selbst für mich überschaubar. See, Rhein, Grenze, darinnen Altstadt und Paradies; vom Hafen schaute man über den Obersee nach Friedrichshafen, Bregenz und die Alpen, vom Paradieser Schänzle über den schnell fließenden Seerhein ins Europaschilf und zum Thurgauischen Seerugg.

Der Blick vom Schänzle war idyllisch eng. Die Linienschiffe kurvten pünktlich um die Seezeichen. Alle entlang des Ufers mit einem quietschenden Kettensystem in der Strömung aufgehängten Boote wurden täglich von ihren Besitzern kontrolliert, die für ein halbes Stündchen auf ihr Boot sprangen, um von dort die auf den Bänken Sitzenden zu beobachten, die wiederum sie beobachteten. Auch der letzte Fischer tuckerte pünktlich in seine Fanggründe und kehrte pünktlich heim, und auf dem Bug des blauen Fischerbootes stand mit langem Hals und scharfem Schnabel am schmalen Kopf ein Fischreiher und wartete auf Fischinnereien, die der letzte Fischer ihm zuwarf. Seitdem je einer von den fünf unterscheidbaren Fischreihern zutraulich dem letzten

Fischer aufs Boot flog und wie eine schlanke Galionsfigur auf dem blauen Bug stand, hatte der letzte Fischer den ausgestopften Fischreiher am Eingang zu seiner Fischerei ersetzt durch einen ausgestopften Kormoran, der als noch ärgerer Fischräuber als der Fischreiher verfolgt wurde. Das Schänzle war eine schilfige und moorige Uferbucht gewesen, die mit Konstanzer Abraummist aufgefüllt, begradigt und mit einem Steinweg eingefasst worden war. Ein Sportplatz wurde auf die Stadtmiste planiert und mit einem Drahtzaun begrenzt, an den die Badenden und die Bootsbesitzer ihre Fahrräder doppelt anschlossen. Die Sommerlust des Schänzle im hinteren Paradies war ein Grasstreifen von drei Metern Breite vor dem Drahtzaun des Sportplatzes. Am Rand des Grünstreifens, auf den die Hunde kackten und pissten und die Badenden sich lagerten und ihre Grills aufstellten, standen die Bänke, auf denen der delikate Greis, das Knusperle, der Backenbläser und die Schnorre im Sommer zwischen 8 und 8 saßen und ich gelegentlich. Unter den Bänken Kippen, Bierdosen, Scherben, eingedrückte Zigarettenschachteln und verkrumpelte Schokolädchenhüllen. Zwischen den Bänken und dem Ufersaum ein asphaltierter Streifen, auf dem die Badenden lagen und ihr Picknick ausbreiteten, auf dem die Mütter ihre nackten Kinder kaum hüteten. Es war ein Wunder, dass noch kein Kind von einem der rasenden Mountainbiker totgefahren worden war und dass noch kein rasender Biker beim Ausweichversuch vom Dreimeterweg, der im Sommer zugleich Bodenseerundwanderweg, Bodenseeradweg und Freibad für einen Stadtteil samt vier Studentenwohnheimen war, kopfüber die Steinböschung hinab gestürzt, über die blauen Möwen- und Entenschutzhüllen der Boote ins Wasser geschleudert worden war. Ja, das hätten wir gern gesehen, der Backenbläser, die Schnorre, der delikate Greis, das Knusperli und ich, das hätten wir gern gehört, wenn so ein Rennradbüffel einmal noch aufgeschrien hätte und dann still abgetauft worden wäre. Sommers breiteten auf dem schmalen Grüngürtel und dem schmalen Betonsaum immer mehr junge Sonnen- und Bieranbeter ihre Decken, Handtücher, Isomatten und silbernen Isolierteppiche aus, um zu baden, Fußball zu dreschen, ihre Feste zu feiern, ihr tägliches Abendmenü zu verzehren, um sich zu entblößen, zu ölen, Ringordner oder Powerbooks zu studieren, an den büschebestandenen Sportplatzzaun zu treten, um sich unheimlich zu entkleiden. Sommers wandelte sich das Schänzle von der aufgefüllten Stadtmiste zur Côte d'Azur, aus deren Häusern die Einwohner flohen vor den Grillschwaden, wegen des Nachtlärms, weil die urinverätzten Hecken abstarben. Soviel zum Paradies.

Der frühe Schänzle-Morgen war wie Tau im Park. Wie eine frisch geputzte Konfirmandennase. Hellwach das milde Licht; die Gerüche wie gewaschen. Kein Flugzeug noch. Nur des letzten Fischers Boot im Rhein, der schnell floss, grün und klar. Der See lag glatt und spiegelte seine Ufer. Selbst die Möwen waren morgens gelassen. Ein bebrillter Haubentaucher schoss aus der Tiefe und schlackerte mit den Ohren. Es war, als könne aus dem Morgen nie Abend werden, als könne ich nicht sterben, als verfaule und verfiele nicht mein Leib. Zwei Bänke gehörten mir; auf der einen meine aufgefaltete Zeitung, auf der anderen meine Handtücher. Es waren zwei der vier Bänke, auf denen, wo sich das Schänzle in die Sonnenkurve legte und der Rhein zum Seerhein wurde, die Paradiesler Rentner saßen. Die Bodenseeradwegwanderer hatten noch Schlaf in den Radkniekehlen. Auf einer Bank lag bäuchlings erschlagen ein Nachtstudent; das würde Ärger geben, wenn die Rentner kamen. Die Paradiesler Hunde pissten fröstelnd im Vorübergehen an die Bänke.

Der Rentner, den ich den Backenbläser und Wolkenzähler nannte, stand barfuß am gemauerten Seerheinrand und zählte die an ihren Ketten noch nicht zerrenden Boote, die unausgeschlafenen Möwen auf den Pfählen, zählte die Entenköpfe, deren Schnäbel sich unter den Flügeln wärmten, zählte die Wolken, die Trichterschreie aus dem Trainerboot zum Rennachter, zählte die blauen Kisten, die der Fischer aus seinem blauen Boot trug, zählte, was Leben hat, zählte die Sekunden, die er seinen Atem in der halben Lunge anhalten konnte. Es waren wieder weniger geworden. Mit jedem Jahr der Rente hatte der Backenbläser und Ranzenschlepper sich fünf Kilo mehr an den Bauch gebunden, auf dem die Haut rutschte wie auf einer blanchierten Tomate. Die Adern wie platt gefahrenes Gewürm. Der Graukopf hatte sich ins Weiße, nicht Weise gesteigert. Selbst die Schamhaare waren greis geworden um den eingeschmolzenen Hodensack. Auch er hatte die Fleischeslust fahren lassen, seit sie nur noch Mühe und Arbeit geworden war. Schon beim Hinsetzen fürchtete er das Aufstehen. So stand er lieber den ganzen lieben langen Tag. Und war doch früher ein Kerl gewesen und kopfüber in den Rhein und als praller Wassermann drüben wieder raus, wo unter den Kastanien im Rheinkies die flotten Stromeyer-Näherinnen girrten. Und jetzt lauste die Frau ihm die Altersflecken nach Hautkrebsauffälligkeiten ab mit einer Lesehilfe. Und jetzt die Adern verstopft wie die Bleirohre einer hundertjährigen Mietskaserne – Abrissbirne her. »Früher war ich jung und töricht, jetzt bin ich alt und töricht.« Jeder Tag, sofern kein Schänzle-Tag, war eine Marter, die immer nur der Anfang einer größeren Marter war.

Der Rentner, den ich Knusperli nannte, weil er so braun gebrutzelt war wie ein Backfisch, legte sich auf die Rheinrandsteine, hängte seine gespreizten Beine das Ufer hinunter, ließ sich brennen, den Weltempfänger am Ohr. Dann rieb er brüllend dem Backenbläser und Lungenpfeifer seine Politikmagazine rein: Der Kanzler ist ein Hund, der Gegenkanzler der allergrößte Hund. Die Parteivorsitzende ist ganz gefährlich, der Parteivorsitzende der schlimmste Hund. Die Politiker quasseln sich Millionen zusammen, und wenn sie satt sind, lassen sie sich zum Bundespräsidenten wählen. Aber ich sage dir, das wird sich rächen. Erst wird Deutschland wieder eine Art Armuts-DDR, dann geht es unter. Die kleinen Leute, stupfte das Knusperli den Backenbläser mit dem braunen Knusperlistummelfinger, sind, um es auf deutsch zu sagen, die Beschissenen und sind es immer gewesen und werden es immer mehr. Aber ich sage dir: Das wird sich rächen. Nix gefallen lassen, nie. Und wenn ich das schon höre: Null Bock. Ja, du liebe Güte, man muss seinen Mann stehen, sich wehren, kämpfen. Ob in Nigeria oder auf dem Balkan oder am Schänzle. Der kleine Mann ist auf der ganzen Welt der Betrogene und wird totgeschossen oder erschlagen, oder er verhungert.

Die Sonne stieg. Knusperli wurde noch knuspriger. Der Backenbläser legte sich ein Handtuch über den Knochenkopf und ventilierte. Aus dem Untersee wechselten die ersten Thurgauer Yachten, die so taten, als sei hier die Côte d'Azur, mit hohem Bootssteiß und kroschen Bugjungfrauen, in den Obersee, und aus dem Obersee wechselten die ersten schwarzrotgoldenen Boote mit Schleifchen-Yorkshire im Körbchen über den Rhein in den Untersee. Segnend spreiteten die Kormorane auf den Seezeichen ihre dunklen nassen Flügel aus. Die Wasserschutzpolizei legte ab und schwitzte unter dem marineblauen Mützenrand. Das Wetter änderte sich, die Schönheit blieb sich gleich. Knusperli tauchte seine schwarzbraunen Füße ins Wasser und suchte mit den Zehen nach Muscheln im Sand. Der Backenbläser sprayte sich Kortison und dachte an Bier. Im Stadion hinter dem Zaun hopfte eine Mädchenklasse. Da würde der delikate Greis nicht auf sich warten lassen. Aber erst kam der Rentner, den ich die Schnorre nannte, weil er, der seine senile innere Sprechinkontinenz nicht mehr mit dem Munde kontrollieren konnte, unabstellbar schwätzte: Die Welt ist das Innere eines Müllwagens. Alles kracht, und alles bricht. Die Welt ist ein Höllendrachen, und du bist St. Georg. Der rücksichtslosen Welt gehört aufs Muul und ordentlich auf den Grind geschlagen. Kommen die verfluchten Schüler aus der Schule, schalten sie ihre Heimdiscos an oder bolzen im Hinterhof Mülleimer und Fahrräder um mit Indianergeheule und Junghodengeschrei oder rappeln mit ihren Rollbrettern die Bürgersteigkanten rauf und runter. Wer erinnert sich noch der Worte Mittags- oder Sonntagsruhe? Zur Quartierspetze wird man gemacht, zum Kinderfeind, nur weil man Rücksicht, eine Höflichkeit, eine Erziehung möchte. Die eichene Treppe glänzt nur in meinem Stiegenabschnitt. Niemand bohnert und blockt noch die Treppe. Und wenn du einen ansprichst, warum er seiner Kehrwochenpflicht nicht nachkommt, dann beißt der gleich los: Alter Spießer. Wer stellt sich denn nach dem Einzug noch seinen Mietmietern vor, sonntags zwischen elf und zwölf? Niemand. Das Flurfenster kannst du mit dem Meißel putzen. Und wer schleppt die vollen Mülltonnen hinaus und die leeren Mülltonnen wieder herein? Wer schleppt die Papiertonnen? Wer sammelt und stapelt die Gelben Säcke? Wer putzt die Biotonne mit Wasser und Besen und ersäuft die Maden? Wer außer mir klaubt die Prospektberge von der Treppe? Nur Schneeräumen tun sie noch aus Furcht vor Schadenersatzansprüchen. Allen aufs Maul und ordentlich auf den Grind, rief die Schnorre zum Backenbläser und Lungenpfeifer, der die Wolken zählte, die links und rechts den Untersee garnierten. Und Knusperli schrie vom Weltempfänger zurück: Du musst kämpfen bis zuletzt, sonst wirst du zahnlos alt.

Die Mittagspäusler kamen. Breiteten sich auf ihren Handtüchern auf den Stein. Oben mit und unten mit – war hier nie der Sommerhit. Die Frauen gaben frei und ölten sich ausgiebig. Da konnte der Rentner, den ich den delikaten Greis nannte, nicht weit sein. Am Schänzle wurde es heiß. Die Studentinnen kamen, mit ihnen der delikate Greis, der mit Furcht und Mitleid gewissenhaft die Menge seiner Tröpfchenejakulationen maß. Wenn man den Amerikaner, sagte Knusperle zu zwei hennaroten Studentinnen, so weiter machen lasse, sacke der sich noch die ganze Welt in die Tasche. Die Schülerinnen hickelten mit angebrannten Mädchenfüßen auf den heißen Asphaltfugen. Haarefärben ist eine Amerikaner- und Franzosenmode, sagte Knusperli, das ist doch nicht natürlich, das wird sich rächen. Und immer eine Fluppe in der Schnorre, rief die Schnorre, diese jungen Dinger.

So faulte der Mittag. Knusperle am Weltempfänger. Dem so träumerisch von hohen Wolken umfangenen Backenbläser pfiff die Luft durch die blauen Lippenstriche. Die Schnorre suchte sich ein neues Publikum im Naturfreundegarten und fragte, wem eine verschluckte Goldplombe so viel wert sei, um nach ihr im eigenen Abtritt zu suchen. Die Wasserschutzpolizei legte wieder an, marineblau. Die Möwen zankten um die Pfähle. Blasmusik aus dem Biergarten übers Wasser her. Dunkle und helle Männer stürzten sich ins Wasser und kraulten den lahmen Brustschwimmerinnen was vor. Hatte der delikate Greis, der Geld genug hatte, um sein Alter mit edelster Kleidung etwas auszubügeln, sechs nackte Busen genossen, wars ein Heldentag. Aber auch angezogene Busen verehrte der delikate Greis. Er hatte eine umfängliche Sammlung von T-Shirt-Aufschriften, und seine Favoriten waren: Dicke Dinger, Brummis, Finger weg, Voll Geil und Schmutzig, Trau dich. Der Tag neigte sich, kühlte aber nicht. Wer noch keinen Sonnenbrand hatte, der würde ihn jetzt kriegen. Biere schäumten auf. Die weiße Flotte kehrte heim. Der Rhein brummte wie eine Motorbootautobahn. Am Ufer klirrten die angeschirrten Boote in den Wellen wie stallgefesselte Kühe. Sonnensatt brachen Mütter und Kinder auf. Die Schnorre, das Knusperli und der Backenbläser waren auf ihren Bänken untergegangen hinter Reihen von Rädern der Jungen Leute, die keine Bänke brauchten, die sich lieber beinbreit, mit Hügelhüften ins verbrannte

Gras streckten und die Rentner nicht um Erlaubnis baten, die Welt nach ihrer Manier verfertigen zu dürfen. Da schlichen sich die Rentner in die Zwitscherstube.

In der Zwitscherstube rieb das nutzlose Humankapital die schäumenden Halben aneinander. Nur der delikate Greis bestellte sich stets, weil so die Kellnerin öfter kommen musste, ein Achtel trockenen badischen Roten. Menschen unter vierzig waren hier nie gesehen. Sie schauten Susi mit dem Vorderpo zu und Rosi mit dem Hinterpo hinterher, wenn der die Treppe zur Küche hinauf-, wenn der die Treppe von der Küche heruntersprang, wenn der allein noch zu sehen war, da Rosi hinter der Tür vorgebeugt in der Küche die Sauren Kutteln richtete oder ein Schnitzel aus eigener Schlachtung briet. Susis geschnürter Vorderpo war immer zu sehen unter den Zapfhähnen. Und jedes Mal, wenn der delikate Greis das Achtel bekam, beugte sich Susis Vorderpo über ihn. Die auch, aber nur mit einem Auge in Susis Ausschnitt spickende Schnorre höhnte zum delikaten Greis: Und was machst du, wenn sie ja sagt? Sie schauten, wem die dicksten Adern auf den Händen quollen, wer noch vorzeigbare Zähne hatte. Die Schnorre trug eine Hörhilfe hinter dem Lappenohr. Der Backenbläser sah aus quietschenden Kunstaugen auf Rosi und vor allem Susi, dem delikaten Greis schlug ein Herzschrittmacher. Die Schnorre trank Bier aus dem Wärmeseidel und hielt halbstündlich Messstreifen in die Tröpfchen, wenn sie pünktlich pinkeln ging. Die Schnorre nahm

Entwässerungspillen und kannte jede öffentliche Toilette in Konstanz und anderswo und träumte davon, alle verpissten Wände pechschwarz zu streichen. Wir sollten, riefen sie in der Zwitscherstube, dem Hospiz- oder dem Sterbehilfe-Verein beitreten, Patenschaften übernehmen für sozial schwache, für Türkenkinder. Wir sollten ein Vorbild sein. Wir sollten, rief die Schnorre, einen Verein gründen zur Wiedereinführung des badischen Viertele und der echten Halben. Wir sollten, rief Knusperle, dessen Saure Nieren so intensiv rochen, dass die Schnorre mit seinem Messstreifen-Sortiment zum Pinkeln lief, einen Volkshochschulbeirat gründen, der die Interessen der Senioren vertritt – mehr Vorträge wie: Schach dem Herztod, Die positive Kraft der Träume, Das Glück der späten Jahre, Essen Sie sich gesund und bleiben vierzig Jahre lang sechzig. Und wir, riefen Susi und Rosi, häkeln Buchhüllen für Nonnen. Sie einigten sich, während sie sich die fetten Münder wischten, auf einen Verein zur Verschönerung von Konstanz. Der Backenbläser sammelte Pizzahüllen von Haltestellen auf, Schokopapierchen und Zigarettenschachteln aus den Hecken vor den Studentenheimen. Die Schnorre und Knusperle hoben Gräben aus, wo einst die Wasserwege gewesen waren. Konstanz wurde Venedig. Eine Vaporettolinie schipperte um die Stadt und endete am Saubach. Eine andere verband Laube, Schnetztor, Bodanplatz mit den deutschen und schweizerischen Bahnhöfen. Auf dem Obermarkt waren nur Gondeln erlaubt.

Solarfähren und endlich wieder Segelschiffe verbanden mit allen Ufern. Wenn schon die Sommer italienisch wurden, soll Constantia bella werden, riefen sie und rieben die schäumenden Halben. Und das Knusperle bestellte sich bei Susi mit dem Vorderpo noch eine Viertelsportion Leberle, die Rosi mit dem Hinterpo vornüber gebeugt auf der Bühne der erhöhten Küche richtete. Wir gründen, riefen wir, einen Verein zur Abschaffung der Zeit außer den Jahreszeiten. Wir werden uns beschweren, dass für Senioren nicht die ersten Reihen freigehalten werden, muss man denn immer genötigt sein, die Hand hinter das Ohr zu legen und »lauter« zu rufen? Und Kissen auf die Stühle der ersten Reihen. Und Kopfstützen, wenn, was wohlverdient, der Schlummer uns überfällt, haben unsere Eltern nicht Deutschland aus Ruinen auferbaut, das Wunder von Bern und das Wunder von Lengede vollbracht. Im Winter Heizsonnen an die Bushaltestellen! Den öffentlich rechtlichen und privaten Anstalten jeder Art wird hiermit verboten, die deutsche Sprache zu verhunzen. Kein Open und Open Air mehr, kein In und Out, kein Shopping-Center mehr, kein Hairstyling, kein Best in Town und kein coffee to go, kein Call, kein Phone, nie mehr eine Flat-Rate, nix Room Art, wo es Tischlerei auch tut. Keine tools, kein cancel und kein past, nie mehr scannen, mailen, kein Server, kein Browser und keine Onlineregistrierung mehr, nie mehr einem HP-Director untertan! Kein Service mehr, lachte Susi. Kein Coming Out, kein Blind-

Date-Dinner, rief Rosi aus der Küche, kein Anti-Aging-Sex und keinen Blow-Job mehr. Sind wir denn blöd, riefen die Rentner, dass wir, die wir diese Republik aufgebaut haben und nun bestraft werden als Melkkühe der Nation, selber die weggeschmissenen Pizzakartons entsorgen. Sie gründeten einen Verein Seniorenpolizei, der, wo er ihn traf, den jungen Menschen zwang, die sorglos hinter sich geworfenen Zigarettenschachteln, die ausgespuckten Kaugummis sofort aufzuheben. Und wenn es heißen würde: Wohl durchgeknallt, alter Sack?, würden sie rufen: Gleich gibts eins aufs Maul, denn sie würden immer mindestens zu dritt durch die Stadt gehen. Sie schafften den Euro ab. Sie traten aus der EU aus. Sie traten der Eidgenossenschaft bei und gaben den Negern kein Geld mehr. Die Seniorenpolizei griff sich, wer an der Ampel bei Rot loslief. Die Seniorenpolizei tunkte denen, die angefutterte Döner, Kackhaufen zurück ließen, die Nasen hinein. Auch sie spuckten auf die Trottoirs, aber Kaugummi mit Ausrutschmittel. Sie besetzten alle Bänke, bevor die Jungen da waren, und stellten ihre verlehmten Schuhe auf die Sitzfläche. Sie besetzten die Busse, und alle Schüler und Studenten mussten stehen. Sie drängten die, die aussteigen wollten, einsteigend in die Busse zurück. Ha, wie die Jungen schrien. Sie erschossen, wer durch die Fußgängerzone radelte, vor allem durch die Tyrolergasse. Es waren auch Rentner dabei, Gesetz und Ordnung kannten keine Rücksichten.

Während die Orangensonne, gleichgültig gegenüber

ihren Bewunderern, hinter Amazonasbäumen und Biergarten unterging, während den Dämmerungsschwimmern das Fluggetier über dem Wasser die Augen verklebte, während sich langsam Schwäne und Enten ihr Uferrevier zurückeroberten, während die schönen Nachtschwärmer kamen und ihre Picknicks entlang der Ufermauern ausrichteten und die Rotweinflaschen entkorkten, während auf dem Grünstreifen die deftigeren Bierbüchsen-Fachhochschüler ihre Grills aufstellten und Schweinefleisch verkohlten, während Paare dezent im Hintergrund nahe dem Buschzaun Sekt knallen ließen, was sie aber, wusste der delikate Greis, nicht zu Heimlichkeiten verführte, während die Sonnenöltuben den Anti-Mücken-Sprays wichen, saß ich immer noch am Schänzle. Mein Frisör in Rente, den ich so lange kenne wie er mich, so dass wir unseren Verfall, den wir wachsam verfolgt haben, verschwiegen, setzte sich zu mir und erzählte von einem Alten, der immer nach Tirol gefahren sei, dass der immer in Tirol Tennis gespielt habe. Er sei in Tirol vom Tennisspielen gekommen und habe gefroren und gedacht, er friere, weil er aus dem klimatisierten Tenniszelt ins für gewöhnlich heiße Tirol getreten sei. Es sei aber nicht besser geworden. Der habe einfach weiter gefroren und sich entschlossen, den Urlaub in Tirol abzubrechen und nach Konstanz heimzufahren, zu seiner Frau. Schüttelfrost, 40 Grad Fieber. Die Wadenwickel nützen nichts. Den Notarzt will er nicht. Ins Krankenhaus lässt er sich nicht fahren von seiner Frau, die noch nie gut habe fahren können. Die Hausärztin diagnostiziert Sommergrippe und gibt Tröpfchen, sie komme wieder, wenn es in zwei Tagen nicht besser werde. Ich ahnte, dass es nicht besser geworden war. Es war tatsächlich nach zwei Tagen nicht besser geworden. Der wollte zurück nach Tirol. Nie sei es ihm besser gegangen als in Tirol. Da schnauft der so merkwürdig, so gottserbärmlich. Die Frau holt den Notarzt, der schlägt die Hände zusammen. Die Lunge ist voller Wasser. Donnerstagabend eingeliefert, Freitagmorgen tot. Alles hat, fuhr mein Frisör in Rente fort, meine Mutter gemacht: Drei Kinder alleine groß gezogen, und das in der schlimmen Zeit, ein Frisörgeschäft aufgebaut, buchstäblich aus Ruinen, sie hat den Ölwechsel gemacht und besser gekocht als der Dings mit den drei Kochmützen, sie hat Türen selbst durchgebrochen, den Garten jedes Jahr zweimal umgegraben, und mit 84 erkannte sie mich nicht mehr, sie weiß nichts mehr, sie liegt im Bett und man muss ihr den Kot alle drei Tage aus dem Anus pulen, das hat sie nicht verdient, weinte ein wenig mein Frisör in Rente, obwohl das alles weit weg geschah und seine Schwägerin das erledigte und selten sein Bruder, den er nie besuchte, mit dem er aber jeden dritten Tag telefonierte. Bei seinem letzten Besuch im Norden sollte eine 60jährige Nachbarin ins Krankenhaus, passte aber wegen ihrer 220 Kilogramm nicht durch die Tür, die Berufsfeuerwehr musste sie in einem Korb durch das Fenster heraus hieven. Ich hatte das auch gelesen, allerdings in der Kölner Zeitung, erinnerte mich aber an den Kölner Vorort Frechen, an eine 320 Kilogramm schwere Frau, die in der Badewanne fest geklemmt war und durch die Wand ihre Nachbarn wach geklopft hatte, die ihr nicht hatten helfen können, weil die Tür von innen vielfach gesichert und verschlossen war, mit schwerem Gerät hatte die Berufsfeuerwehr die Hochsicherheitstür zerschmettern müssen. Das mit der gesicherten Tür verwechseln Sie, sagte mein Frisör in Rente, mit dem betagten Paar, das sich in der Badewanne erschossen hatte, weil ihnen bevor stand, getrennt zu werden, da sie die Treppen in ihrem Häuschen nicht mehr schafften und sich, weil das Klo sich oben befand, unten in Eimer und die Spüle entleerten; sie sollte ins Pflegeheim, er ins Krankenhaus. Das ist eine andere Geschichte, erwiderte ich, Sie meinen die mit der 52jährigen Tochter aus dem Haus zum Kelch, die fast ein Jahr lang neben der Leiche ihrer Mutter lag, von der getrennt zu werden, sie nicht ertragen hätte. Nicht Haus zum Kelch, fern in Weilderstadt war das, widersprach mein Frisör in Rente, im Haus zum Kelch lebt die Frau, die, seit sie in Rente ist, erst nachmittags aufsteht, bis morgens fernsieht und nichts trinkt, weil sie Wasser hat. Und ihr Ziel ist, nie mehr ins Bett zu gehen, weil darin die meisten Menschen sterben. Nein, wandte ich ein: Das war im Haus zum roten Gatter. Völlig irrig, dort, korrigierte mein Frisör, sitzt der Kapitän mit der blauen Mütze und dem obstruktiven Emphysem am Fenster und wartet auf den Tod. Der, fragte ich, der seine Frau schlug und seine Füße in der Kloschüssel wusch? Wir lasen nicht immer dieselben Zeitungen und lachten. Und wussten nicht warum. Mein Frisör in Rente und ich versicherten uns, dass uns, weil wir pünktlich mit 73 den Führerschein zurückgeben würden, nie das passieren würde, was einem 77jährigen Reichenauer passiert war, der, als ihn seine 74jährige Ehefrau beim rückwärts fahren einweisen wollte, die hinter dem Auto stehende Ehefrau erfasst und, in Panik die Vorwärtsstufe der Automatik eingelegt, sie noch einmal überrollt hatte. Und überhaupt: So lange es welche gab, die böser dran waren, ging es uns gut.

Kam Gewitter? Es kam kein Gewitter. Die weißen Schwäne flogen vor dem schwarzen Himmel schwer wohin. Die schwarzen Kormorane sah man kaum noch. Die Sonne kehrte gilb wieder und degradierte das Blauschwarz zum Graublau. Der Wind gab auf. Der See bügelte sich. Arabisch sangen in den Sonnenuntergang dunkle Fachhochschüler. Die asiatischen, meist gleichgeschlechtlichen Paare schlurften mit Gummischlappen eher gesenkten Blicks vorbei. Die Sonne ging, der Mond kam, und das große Schlemmen und Trinken und Rauchen und Flüstern und Lachen und Schreien setzte sich fort. Das Schänzle feierte weiter. Das dunkle, kühle Nachtwasser begann nach Fisch zu riechen. Auf den Fahrgastschiffen brannten die Lichter zu hell, als dass man Menschen hätte erkennen können. Zwischen den leer geschleckten Tupperwareschüsseln lagen am Uferrand die jungen Paare übereinander mit saftigen Elementarteilen und schlürften verhohlen aus blutvollen Lippen mal Küsse, mal Merlot. Girren, Gurren, Glucksen, überall Lust bei den FAZ-Studis, die aufrecht standen und Gläser hielten unter und hinter den Bäumen. Angezogen hätten die stehenden Halbnackten eine gute Figur gemacht beim Empfang der japanischen Botschaft. Laut klangen die Becks-Bier-Flaschen bei den Fachhochschuhlrabautzen. Da loderten die Würstefeuer. Da wurde gefressen und geschluckt und gefurzt und gerülpst oder nackt in den Rhein gesprungen.

Weil er sich langsam bewegte, hatte ich ihn erst nicht bemerkt. Er schob nur schrittchenweise, immer den linken voran, den rechten Fuß nachgeschlurft, ein Dreiradgestell vor sich her oder ließ sich von ihm ziehen. Ich dachte: Er wird sich doch nicht zu mir setzen. Die schwellende Party im Rücken, und das Primärorganschlampampen vor Augen. Langsam schob er sich näher, sah aber nicht zu mir. Er trug ein blaues Karohemd, unter dessen kurzen Ärmeln das Unterhemd herausschaute und der Oberarmschwabbel. Fette Altmännerbrüste. Sein Kinn fiel in Kaskaden. Seine Brille war so dick, dass die Augen dahinter wie Kartoffeln lagen. Seine graue Hose stand ab, als trüge er einen Reif um den Bauch. Die Zehen in den Flechtsandalen waren rot, blau. Und da schaute er her und schlappte grußlos zu mir auf die Bank. Ich zog die Füße von der Bank und ruckte zur Seite. Seitdem sie ins hintere Paradies ein Alten- und Pflegeheim gebaut hatten, passierte einem so etwas am Schänzle. Der alte Mann klapperte mit dem Gebiss, Rotz rann ihm aus der Nase, er sagte kein einziges Wort. Ich ging ins Wasser, obwohl ich im Dunkeln noch mehr Angst hatte, in einen toten Fisch zu greifen oder nie mehr aus dem Pflanzenteppich zu kommen. Aber nachts blieb ich Alter unerkennbar und war die Lust an der Leichtigkeit des Körpers im See am größten. Als ich mit tropfenden Hosen zur Bank zurückkam, hatte sich der alte Mann erbrochen und schaute mit hängendem Kopf auf das, was er zu Abend gegessen hatte. Ei war dabei, Brot, Gurke und viel gelbe Galle. Ob ich ihm helfen könne, fragte ich ihn. Er antwortete nicht. Ob ich Hilfe aus dem Heim holen solle? Er antwortete nicht. Ich fuhr, ohne mich umzuziehen, mit den nassen Hosen an den sich verschlingenden Paaren, an den heiteren Studenten und brüllenden Fachhochschülern, die sich jetzt mit kalter Grillkohle bewarfen, nach Hause und zählte meine Jahre. Und polterte aus dem Leim, als ich ein Autokennzeichen KN EX 07 sah, darauf fünf Autokennzeichen mit meinen Initialen und den Ziffern 114, 72, 849, 612, 551. Mein 49stes und mein 51stes Jahr hatte ich überstanden, 2049 und 2051 würde ich, obwohl ich unsterblich war, kaum erreichen, also würde ich 2007 oder 2012 oder 2014 oder mit 72 sterben. Das fällte mich.

Und als ich gefallen war, kam ich nicht mehr aus dem

Bett. Solange ich gearbeitet hatte, war ich um 5 vor oder 5 nach 7 aufgestanden und clock Mitternacht zu Bett gegangen mit einem zum Einschlafen guten Buch, nachdem ich sommers einen Biergarten gefunden hatte, winters mit spitzem Rüssel Rotwein geschlürft hatte zu einer Talkshow mit Persönlichkeiten, die mir aus anderen Talkshows mit anderen Talkmastern schon bekannt waren. Je mehr der See aufglänzte im milder werdenden Augustlicht, das ich, hatte ich mir vorgenommen, so lange ich gearbeitet hatte, vierzehn Stunden am Tage, wenn ich nicht mehr zu arbeiten bräuchte, beobachten würde, umso mehr rutschte ich haldenab. Die ersten Male, an denen ich mich viel später als 7 Uhr moralisch aus dem Bett und in einen Morgenrock auftrieb, räkelte ich mich noch wie ein Kater, dem sein Gnadenbrot schmeckte. Ich hoffte noch, den restwollüstigen Träumen würden wollüstige Regungen folgen. Ich rühmte mich noch, dass ich, endlich im Ruhestand, endlich auch wochentags so lange schlafen, wenigstens im Bett bleiben konnte, wie ich es mir immer gewünscht hatte, als ich 5 vor oder 5 nach 7 mich nicht mehr hatte umdrehen dürfen. Es war nicht der Triumph, dass ich nun Herr im eigenen Bette war. Es war Seelenermüdung, Unlust zum aufrechten Gang, ich lag nicht im Freiheitsbett, ich verschwiemelte im faulenden Depressionsbett. Ich öffnete das Fenster nicht mehr, um nicht aus der Bettverpuppung gezerrt zu werden durch den ersten Bus, den kleinen Frühverkehr, nicht von den Schritten der Zeitungsfrau, nicht vom Turteln der Hohltauben in den Kastanien, nicht von den Stöckelschüssen der Kassiererinnen. Ich ließ das Fenster nicht nur geschlossen, ich verbarrikadierte es mit Fensterläden und Vorhängen, um nicht vom Panzerplattenspringen der Skateboarder mit den Knieschritthosen wie Lehrer Lempel aufrecht ins Bett katapultiert zu werden. Ich schlief und lief nur noch mit Ohrstöpseln in meiner Wohnung umher wegen des gemeinen Lebenslärmes. Noch war nicht Herbst, aber ich fürchtete schon die neuen Laubgebläse, die Harke und Besen ersetzt hatten. Zwar hatte ich mir einen gehörigen Vorrat von Ohrenstöpseln zugelegt, von den guten alten wächsernen und eleganteren gelben aus Schaumstoff, von regelrechten Ohrschrauben, die mir wie Antennen aus den Ohren schmerzten, doch hatte ich einen mal links, dann wieder rechts vermutlich zu engen oder zu krummen Gehörgang, so dass mir mal links, mal rechts die Ohrstöpsel nachts und tags aus den Ohren fielen. Ohrstöpselsuchen wurde mein Sommerleben. Und hatte ich sie gefunden, waren sie so eklig rötlich ohrverschmalzt, dass ich sie gleich wegwarf, nachts aus dem Fenster, bevor ich es wieder abdichtete. Brüllten alle Handys von den Balkonen Verabredungen zum Baden am Schänzle oder in Tägerwilen oder in der Badi Bottighofen, gab ich es auf, unter den Schränken mit dem Besenstiel nach Ohrstöpseln zu fischen, weil ich unter den Schränken und Sitzen nicht Ohrstöpsel finden würde, sondern Staubmäuse, Salzstangen, Erdnüsse, Knäckebrotecken und Weinflaschenschraubverschlüsse. Es war ein Elend, und es betraf nicht nur die Ohren.

Ich verlag. Beim Verliegen von Tag zu Nacht und Tag ausgerechnet zur Sommerszeit hatte ich aufzupassen, dass ich nicht verschlief, um 18 Uhr kurz und gegen 23 Uhr länger meine Frau anzurufen und nach ihrem Tag zu fragen und ihr eine angenehme Ruhe und einen nächsten Amtstag ohne Schrecken zu wünschen. Mit »Mir gehts gut«, »Alle Arzttermine sind abgemacht«, dass ich viel an der Luft und im See sei und regelmäßig frisch und vollwert koche, hielt ich mir alle lauernden Sorgen vom Leib. Per Telefon ließ ich mir vom Seniorendienst Unverderbliches in einem blauen Plastikkorb vor die Türe stellen. Der Seniorendienst wechselte die blauen Körbe vor meiner Wohnungstür pünktlich und still aus, ohne zu klingeln. Das Dauerschlafen bekam mir nicht. Mein Herz wurde taub. Mein Gesicht verdoppelte sich. Schlafstreifen überzogen Bauch und Hüften. An seniler Bettflucht litt ich jedenfalls nicht. Erst duschte ich mich nicht mehr, wusch mich nur noch mit einem Waschlappen, den ich, weil er mehr nach mir als nach Seife zu riechen begonnen hatte, nur noch jeden zweiten Tag benutzte. Gesicht und Ohren, Achseln und das Untenherum zu waschen, war keine Mühe, die Füße waren das Problem. Die Füße ins Waschbecken zu schlingern, hatte ich zuletzt als älterer Student mit Waschgelegenheit trainiert, bevor ich meiner Frau begegnet war. Später, schon verheiratet, zwei Kinder, war ich gelenkig genug gewesen, mich unter gymnastischen Anstrengungen im zentralen Bereich zu waschen, indem ich auf dem einen Badewannenrand saß, auf den anderen meine Füße stellte, um den desinfizierten Badewannenboden nicht mit meinen Fußpilzfüßen zu berühren und meine Frau und Juliane und Jakob nicht zu infizieren. Solche Gelenkigkeit war mir abfüßen gekommen. An meinem 50. Geburtstag hatte ich es zum letzten Mal geschafft, mit meinen Füßen meine Nasenspitze zu berühren. Aus der Ferne, fand ich, stanken sie kaum. Natürlich hatte ich von Greisenverwahrlosung gehört und gelesen: Müll bis unter die Decke, Verschimmelungen in Töpfen und Tellern, Fußböden von der Haftkraft für die dritten Zähne, Sickergrubengestank etc., aber das betraf mich, da ich mein Leben gegen Null gestellt hatte, nicht. Meine Zeitungen verschwanden irgendwo außerhalb. Ich verbrauchte nichts außer Wasser und Wäsche. Ich schlief, aß, Haferflocken mit Wasser, ich sah fern, suchte Ohrenstöpsel, telefonierte zweimal täglich.

Die Wende setzte erst behutsam ein, als Mitte August mein Fußpilz wieder ausbrach. Fußpilz war die erste undichte Stelle im Lebenssystem, bevor die Torpedos von Krebs und Infarkt einschlugen. Fußpilz stülpte alles um. Wo Fußpilz war, war Schimmel überhaupt. Er wandert von den Zehen in die Darmzotten und Unaussprechlicheres, was ich im »Kursbuch Gesundheit« las, das mir meine Frau geschenkt und auf den Tag- und Nachttisch neben meinem Bett gelegt hatte. Fußpilz war der definitive Anfang vom ultimativen Ende, das sich unscheinbarst tarnende Wundmal der Sterblichkeit. Der Fußpilz trieb mich aus dem Säumelbett ins Leben zurück. In Gedanken. Ich wollte den scharfen Schmerz am linken kleinen Zeh loswerden, bevor er übergreifen könnte auf den rechten kleinen Zeh. Ich malte mir aus, Fußpilzsalbe zu kaufen bei einem alten, krummen und seit langem um Fußpilz wissenden Apotheker. Weil ich Apotheken so ungern betrat wie ein Vegetarier eine Metzgerei, wollte ich im Supermarkt Sagrotan besorgen, um alles in Sagrotan zu tunken, vielleicht meinen ganzen Körper samt der Bettwäsche in die Sagrotan-Badewanne zu tauchen und in ihr bis zu den weißen Haaren unterzugehen. Mit Sagrotan gurgeln und eine mit Gemüsebrühwürfeln versetzte Sagrotan-Suppe schlürfen. Soweit meine Handlungsziel-Bilder. Ich hatte nun nur noch das Weil-Motiv (Fußpilz) in das Umzu-Motiv (Fußpilz-Beseitigung) faktisch umzusetzen. Ich verließ das Haus. Niemanden, von dem ich auf der Treppe nicht gegrüßt wurde, kannte ich. Ich ging, um den meist zu schönen Apothekerinnen auszuweichen, in den Supermarkt und suchte Sagrotan. Die apothekerinnenschöne Kassiererin schnüffelte, was denn so seltsam widrig hier rieche. Ich war aber nicht allein, wir standen zu mehreren Alten an der Supermarktkasse, und immerhin war ich der Einzige, der sich nicht die passenden Euro-Münzen aus dem Portemonnaie oder der Hand klauben lassen musste. Ich zählte selbst die Münzen aufs

Band, verwechselte aber 5- und 2-, und die 10- und 20-Cent-Münzen. Ich kaufte bei einer unerreichbar schöngeschminkten Apothekerin, während der alte und krumme Apotheken-Besitzer zwischen den Mahagoniausziehregalen einen scheelen Blick warf, mit verdeckter Stimme eine Fußpilzsalbe, forte, nein rief sie laut: extra, und entfernte mich schnell. Das Leben begann wieder. Dir, nur vorerst vergessenem Herrgott, Dank: Ich war es nicht, der im protestantischen Kirchenportal Le Patron trank und rauchte! Ich saß auf einer Bank im Hafen und las statt der Todes- die Heiratsanzeigen: »Mit Schmerz beginnt der Lebenslauf, mit Rheumatismus hört er auf, deshalb sucht sie (59/174) für zwischendrin humorvollen Ihn (50–70 Jahre).« Darauf zu antworten, hätte ich meiner Frau nicht zumuten können. Wir wussten ja, dass die Ehe oder dergleichen auch zwischen 50 und 70 Jahren eine Gemeinschaft zum wechselseitigen Austausch von Fußpilz war.

Meine Renaissance begann in der Bio-Welt. In der Bio-Welt galten ungebügelte Hosen und ein Zwergelefantenarsch-Faltengesicht mit gilb geringelten Greisensträhnen eher als gesund. Ich fand ein Mittel auf Olivenölbasis. Die Olive tat gut von der Kopfhaut über die verhängnisvollen Innereien bis zu den Zehen. Geduldig badete ich täglich ein bis zwei Stunden nicht nur meine Füße mit Olivenzusatz und machte dabei Programme, wie alles mit mir von Grund auf anders werden könne. Die alte Frage, ob erst Staubwischen und dann Saugen oder andersherum, ließ ich ungelöst. Ich warf alles Alte weg und wusch den Eisschrank mit einer scharfen Lösung aus. Ich musste mir die Nasen- und Augenbrauenhaare schneiden, die meine Frau nie an mir gemocht hatte, die zu schneiden, Juliane und Jakob stets verlangt hatten, damit ich bei der Schulelternversammlung nicht für ihren Großvater gehalten würde. Ich hatte geschnitten und war dennoch für ihren Großvater gehalten worden. Ich würde alles waschen, ohne meine Frau nach Temperatur und Waschmittel zu fragen. Ich würde in die Bio-Welt gehen und mir aus dem Holzregal ein universales Waschmittel auf Olivenölbasis kaufen, sobald mein Fußpilz auch linksseitig abgeklungen sein würde.

Ich probierte mein neues, anderes Leben mit verhaltenen Spaziergängen und mäßigem Abendschwimmen. Weil die Gefahr, gesehen und womöglich noch erkannt zu werden, da am geringsten war, ging ich und schwamm ich am liebsten im Dunklen. Auf die weißen Arztsocken mit blauroten Ringelrändern, die meine Frau und Juliane, die am liebsten in der Wohnung barfuß lief, und Jakob, der am liebsten sockenlos in Mokassins lief, verachteten, konnte ich nicht verzichten, weil ich um meine kleinen Zehen mit einer Lotion auf Olivenölbasis getränkte Läppchen gewickelt hatte. An Büschen und Bäumen entlang drückte ich mich zum Schänzle, mein Badetuch mal vor meinen Bauch, mal hinter meine alten Beine haltend. Am dunkelsten Einstieg trat ich ins kühle, für Fußpilz tödlich kühle Wasser, verankerte mich an den Ketten oder Außenbordmotoren der Boote und lag wasserleichenhaft bäuchlings und rücklings in der Strömung, die Ohren unter Wasser, um das Bankettieren der Nachtschlemmer auf dem Uferrand nicht hören zu müssen, deren Blicken mich die Boote entzogen. Eine große Lust, leicht im schwarzen Wasser in den schwarzen Himmel zu schauen, Sterne zu sehen oder keine, echte Sterne und sich bewegende künstliche, den Mond zu sehen, viertel, halb voll, oder keinen Mond zu sehen, und wenn Bewegung war am Himmel, wenn Wolken den Mond freigaben, verdeckten, so dass es aussah, als schwimme der Mond in Wolken, war diese Bewegung ein posenhaftes Drama, während in schnellem Gleichmaß das Wasser um meine Schultern spülte, um Hintern oder Bauch, um die Füße und mir Wassergrasgirlanden um den Nacken legte. Ich war im Himmel, und mein Seekörper wurde fester, kalt. Ganz verströmen und ganz in sich sein. Ein unaufgeregtes Zentrum der Welt. Und gelassen ins Leben zurück. Das Lachen der Schmausenden, das Klingen der Gläser, die ins Wasser rauschenden Entenkörper, der Schrei des Reihers und das Kormoranflattern, das Oasengemurmel aus dem Stromeyer-Biergarten, die Biergartenbaumschatten über Laternen, die Lampenstafetten am Ufer, die gelben Laternenketten den Schweizer Berg hinauf, das Klacken der Autos, die über die Messinggitter im Boden der Autobahnbrücke fuhren nach Köln oder Italien oder Bazenheid. Meine Frau schwamm nicht gern im

Dunklen, sie war auf der Bank sitzen geblieben, während ich abgetaucht war. Wir hatten uns, sie erst mich, dann ich sie, gewärmt, wir hatten geredet oder geschwiegen und nur gelauscht und geschaut, wir hatten uns gerochen und gefühlt. Das Schlimmste an der Einsamkeit war, dass die Liebe nur über Gedanken und das Telefonohr, nicht mit den anderen Sinnen belebbar war. Vielleicht war noch schlimmer, dass man die Lebens- oder Todesangst nicht teilen konnte wie die Selbstverständlichkeit des Zusammenseins. Die Todesangst teilte sich in die Furcht, selbst zu sterben, und in die Furcht, die Geliebte könnte einsam sterben und würde erst nach Tagen, Wochen gefunden werden. Einmal hatte meine Frau nach einer Weile, nach der sie mich, dessen Kopf in der Dunkelheit schon nach wenigen Schwimmzügen nicht mehr sichtbar gewesen war, für abgetrieben, ertrunken gehalten, meinen Namen gerufen, dann geschrien, für mich unangenehmerweise meinen Vornamen, der dem ganzen Schänzle bekannt geworden war. Als ich nicht antwortete, nur Stille über dem Wasser, als meine Frau noch lauter schrie, hatte sich ein fremder starker Mann ins Wasser geworfen, um mich zu suchen, war aber schon nach wenigen Schwimmzügen unsichtbar geworden, so dass seine Frau zu rufen, dann zu schreien begonnen hatte, worauf der fremde starke Mann zurück gekehrt war und der Mann und die aufgeregten Frauen beschlossen hatten, mit dem Handy des fremden Mannes, der immer wieder mit seiner starken

Stimme meinen Vornamen über das Wasser hinaus vom still gewordenen, flüsternden Schänzle-Ufer aus geschrieen hatte, die Deutsche Lebensrettungsgesellschaft Schiffbrüchiger, in der der Mann Mitglied war, anzurufen und die Wasserschutzpolizei. Da war ich die Treppe zum Ufer hinaufgedömelt, wie man immer wackelte, wenn man aus dem leichten Wasser in die Schwerkraft zurück kehrte, fröstelnd und heiter so lange, bis ich erfahren hatte, welchen Todesschrecken ich meine Frau ausgesetzt hatte. Dabei hatte ich nur wenige Meter vom Ufer entfernt hinter einem Segelboot in der schwarzen Strömung gelegen, die Ohren unter Wasser, den Gesängen der Seeforellen und Kretzer lauschend. Seitdem hatte ich, wenn ich im dunklen Wasser gelegen und meine Frau auf der Bank gesessen hatte, in kleinen Abständen Hier gerufen oder eine vermutlich nur uns zweien vertraute Melodie gebrummt wie »Nun seid ihr wohl gerochen« oder »Geh aus mein Herz« oder auch einen älteren Beatles-Song, der den Jungen nicht im Ohr war. Nur gebrummt, meiner mindestens uneindrucksvollen Stimme wegen. Ich hatte mir angewöhnt, auch wenn ich seit Jahren nur noch alleine nachts schwamm und mir meine Frau auf die Bank sehnte, ein wenig in regelmäßigen Abständen zu brummen.

An das frühnächtliche Bad schloss ich einen Spaziergang an, der mich nicht überanstrengen sollte. Danach nistete ich mich, nur schwach beleuchtet von einem Hindenburglichtchen, auf meinem Balkon hinter einem

Schutzwall aus Kapuzinerkresse ein ins Geschwirre der Handy- und Balkongeselligkeiten meiner mir unbekannten Nachbarn und Nachbarinnen. Vermutlich wäre das anders, wäre meine Frau hier und hängte Wäsche auf dem Balkon auf und grüßte nach links und nach rechts und wüsste die Namen aller Kinder, die im Hinterhof tobten. Hätte ich eine Konstanzer Frau, hätte ich wenigstens einen Dalmatiner, wäre ich wahrscheinlich bekannt wie ein bunter Hund. Ich rief meine Frau an, um sicher sein zu können, dass sie auf ihrem dunklen Weg von den Überstunden nicht überfallen worden war. Die Handtaschenraube, das Niederschlagen, sogar Vergewaltigungsversuche an älteren Frauen stiegen in Köln von Jahr zu Jahr. Dachte ich an Köln, hatte ich Angst um meine Frau. Selbst an den Haltestellen der Kölner Verkehrsbetriebe wurde mit Leuchtschrift gewarnt, die Polizei warnte auf Pressekonferenzen, weil Diebe, Vandalen und Niederschläger und spätnachts auch Vergewaltigungsversucher alles, was alt war, bedrohten, besonders aber ältere Frauen, Frauen über 30. Ein Dieb war jämmerlich in der DRK-Kleidersammelbox umgekommen, in die man nur hinein, aber nicht heraus kam. Eine Studentin, 22, wurde ganz in der Nähe der Wohnung meiner Frau abgestochen, als sie sich in einen Hausflur retten wollte. Je länger ich diesen Badesommer alleine verbrachte, umso länger dauerte es, bis ich mich traute, ins Bett zu gehen und ruhig die Augen zu schließen. Und kaum lag ich im Bett, war ich mir ungewiss, ob ich die Wohnungstür verschlossen hatte. Die Balkontür abgeschlossen? Den Stecker des Bügeleisens gezogen? Keine Herdplatte an, die Antenne des Fernsehers ausgestöpselt? – falls das Sommergewitter, das ich auf dem Balkon vergebens erwartet hatte, doch noch am Morgen kommen sollte. So lange ich dauernd mit meiner Frau zusammen gewohnt hatte, hatte ich nie solche Ängste gehabt. Nie hatte ich Stock und Taschenlampe neben das Bett gelegt, an eine Schreckschusspistole gedacht. Nie hatte ich mir einen Sicherheitszettel geschrieben, auf dem alle Posten aufgeführt waren wie Türenschließen, Herdkontrolle, Wasserkocher, Bügeleisen. Nie war ich erst ins Bett gegangen, wenn ich kontrolliert hatte, dass ich alle Posten auf dem Sicherheitscheck auch mit Recht unter dem heutigen Datum abgehakt hatte. Mein mehrmaliges festes Zuschrauben der Wasserhähne in meinen einsamen Nächten bewirkte allerdings, dass die Hähne zu tropfen begannen, so dass ich einen Installateur rufen musste, der mir versprach zurück zu rufen, was er nie tat, weshalb ich selbst versuchte, Dichtungen auszutauschen, was mir, da das Austauschen von Dichtungen und Hahnenkolben nur theoretisch, nämlich nach meinem »Do it yourself«-Buch ein Pappenstiel war, keinmal glückte, vielmehr trat das Wasser darauf auch aus den Sockeln der Hähne, was ich nur mit um die Hähne gelegten Lappen und Schlaflosigkeit eindämmen konnte, bis meine Frau aus Köln einen Installateur in Konstanz angerufen hatte, der dann doch kam, weil meine kölngehärtete Frau lebenstüchtiger war oder zumindest so auftreten konnte. Meine Ängste und Katastrophen würden mir, wenn ich nicht alleine gewesen wäre, ziemlich komisch erschienen sein. Aber ich war allein. Und schlief gegen die Furcht, vergessen haben zu können, die Balkontür zu verschließen, nicht im Bett, sondern im Sessel auf dem Balkon hinter meinem Kapuzinerwall ein. Wie komme ich denn dazu, auf meinem eigenen Balkon zu flüstern, rief meine Nachbarin nachts um halb vier und weckte mich damit. Ich hatte, schrie sie, eine Affäre mit meinem Tennislehrer, der ist schon fünfzig. Oha, rief ihre Begleitung in die Nacht. Mit Stöpseln in den Ohren schlief ich ein. Ohne sie erwachte ich vom Getrampel und Gehuste meiner Obernachbarin, die pünktlich um fünf zu Bett ging, weil sie einmal, bevor diese abgeschafft wurden, nächtliche Prospekteinlegerin bei der Heimatzeitung gewesen war. Die Stöpsel fand ich unter dem Bett. Am etwas rötlichen Ohrschmalz an den Stöpseln klebte der Fußbodendreck, den zu entfernen, mich meine Frau schon vor drei Wochen angehalten hatte.

Da ich es aufgegeben hatte zu versuchen, gegen die Strömung zu schwimmen, nur in der Strömung verankert lag, trainierten weder das Baden noch meine Biergartenbesuche mein Herzkreislaufsystem nach dem Verliegen so, dass ich ohne Kollapsängste im September, wenn die Kinderlosen und wieder Kinderfreien und Rentner Urlaub machen durften, mit meiner Frau in Urlaub hätte gehen können, der zunächst aus einer gemeinsamen Schänzle-Woche bestehen sollte, um dann – aber das war noch nicht klar. Es war so schwierig, sich zwischen all den nahe liegenden schönsten Orten und Ländern der Welt wie der unaussprechlichen, aber sehr empfehlenswerten Insel Krk und all den fern und unentdeckt liegenden und gar nicht mal so teuren schönsten Orten und Regionen der Welt zu entscheiden, die uns unsere auch älter gewordenen Bekannten, die noch lebenstüchtiger waren als meine Frau oder weniger arbeiteten, ans Herz gelegt hatten. Außer Köln und dem Schänzle kannte ich von der Welt nur noch Kreuzlingen. Die Fülle des Möglichen bedrohte mein Herz, und deswegen musste ich wieder anfangen Rad zu fahren. Ich kam ja schon kaum noch zu Fuß die Anhöhe zu den mir lieben Kreuzlinger Biergärten hinauf, die ich aber nur umkreiste, weil ich meine mit der Rente verminderten Bezüge aufsparen wollte für unseren Urlaub, statt überteuertes Schweizer Bier zu trinken. Meine als tüchtig geplanten Radtouren über die Thurgauer Hügel, den bergigen Bodanrück, ausschweifend auf die andere, die nördliche Seeseite, hinein nach Österreich und durch Österreich hindurch, musste ich nach dem ersten, eine halbe Stunde dauernden Versuch aufgeben aus Atemnot und Muskelkrämpfen und weil der Riemen meiner Shorts meinen Bauch so drückte, dass ich noch vier Tage einen roten Leibriemen um meinen nackten Bauchwanst trug. Ich begnügte mich mit den flachen Seeuferwegen,

10 Minuten bis zum Biergarten des Kuhhorns, 10 Minuten bis zu dem des Kreuzlinger Hafens, 15 Minuten bis zum Biergarten von Bottighofen. Die Schweizer Biergärten waren mir Wende für meinen Weg zurück über die Grenze und in den Biergarten der Hafenhalle oder den Stromeyer-Biergarten, wo die Schweizer saßen und günstiges deutsches Bier tranken. In der zweiten Stufe fuhr ich erst 10 Minuten bis zum Kuhhorn, von dort 10 Minuten bis zum Kreuzlinger Hafen und noch 5 Minuten bis Bottighofen, wo ich meinen Atemspitzenfluss mit dem Peak-Flow-Meter maß und meinen Blutdruck, meinen Puls mit einem um das Handgelenk gelegten Manschettenmessgerät. Die Ergebnisse waren enttäuschend. Meine Niederlagen verhehlte ich in ihrem vollen Ausmaß meiner Frau. Als mir das Licht aufging, dass meine Kondition deswegen so fatal abgesackt war, weil mir mein Berufsleben fehlte, suchte ich nach einem Trainingsplan Behörden auf, aber nicht meine. Im Arbeitsamt, im Bürgerbüro, im Landratsamt, im Finanzamt, vor allem in der Universität und in der Stadtbibliothek lief ich über die Flure mit kleinen Treppen, dann mit größeren Treppen, maß meinen Atemspitzenfluss und Blutdruck und Puls in einer uneinsehbaren Ecke und war wieder enttäuscht und nutzte den Bus für meine Fahrt in den Stromeyer-Biergarten und trank mit Bedacht; denn im Hochschwarzwald war ein betrunkener 78jähriger Fußgänger vom Bürgersteig abgekommen und ein wenig auf die Fahrbahn geraten, wo ihn der

Wagen eines ebenfalls betrunkenen 72jährigen tot gefahren hatte.

Ich war nun mit 67einhalb so fit wie einer mit 76 und konnte dem Urlaub mit meiner jüngeren Frau etwas beherzter entgegensehen, weil meine sich so sehr, um ihr Defizit des späten Wiedereinstiegs wettzumachen, vom Amt verschleißen lassende Frau sich selbst als Alte Schachtel verstand. Alte Schachtel und Alter Sack waren unsere Koseworte, weil wir hofften, dass wir es in Wirklichkeit nicht seien. Sie war auch wirklich keine Alte Schachtel und würde für mich nie eine sein, aber ich war wirklich ein Alter Sack. Ich war nun so fit, dass ich die Auffahrt zur neuen Rheinbrücke bis zur Hälfte schaffte, ohne abzusteigen. Ein Erfolg, den mir der schier endlose Seniorenradfahrclub Münsingen, der die Auffahrt, ohne abzusteigen, mit Karacho hinauffuhr, etwas bremste. Doch der an mir an seinen Trikots erkennbare vorbeirasende Münsinger Seniorenradfahrclub, alle älter als ich, verfuhr sich heillos in den Schleifen und Sackgassen und dem Kreisverkehr der Autobahnbaustelle, während ich den Schwung der Brückenabfahrt nutzte, um bis zum abgelegenen Stromeyer-Biergarten zu kommen. Ich setzte mich an die Spitze des Biergartens, neben die Trauerweide, deren schwermütige Äste über dem dreckigen Wasser vor der Biergartenbucht so träge schwangen wie die Mikrofaserlappen in der Textilautowäsche. Hinter mir Schmatzen und Gläserklang. Jemand schlug eine laute Lache auf. Vor mir der, wie von einer sehr weichen Frauenhand geschriebene Weichbildbogen des Seerheins. Mit einer abrupten Wendung markierte der weiße Zeppelin die Landesgrenze in die Luft. An der Trauerweide neben mir lehnte ein Paar, küsste sich, dann umschlang sie ihn von hinten und drückte ihren roten Busen an seinen Rücken. Am Badeplatz platschte ein dicker Mann, dessen Badehose unter dem Bauch, der am vorgewölbten Nabel bald zu explodieren schien, unsichtbar war, mit zotteligen schwarzen Hunden. In lautlosem Takt tauchten die Paddler und Kanuten ihre Paddel ins Wasser und zogen in der Gegenströmung heim. In der Gänsehaut des Wassers streckten halbe weiße Schwäne ihren Hintern hoch, Haubentaucher stellten ihre Ohren auf und kickerten, die Rallen kickten spitz dazu. Noch hell, vom Wind bewegt, glänzte der Seerhein vor den schweren Amazonas-Bäumen an beiden Ufern. Die Segler abgetakelt. Das Fahrgastschiff Schaffhausen wand sich durch die grünweiß behelmten Schiffszeichen und trug, leise gleitend, unter den bunten Girlanden die auf die Reling gereihten Schattenköpfe der Sommergäste. Wohl war mir. Ich saß an der Spitze, vom Wind gekühlt, den Biergarten und die springenden Kinder im Rücken, und schaute über den gewellten See, die wüsten Bäume, die grünen Berge hinauf ins Schweizer Hinterland, zu Straßen, die ich früher bergauf und bergab geradelt oder gerannt, später gegangen war. Das marode venezianische Gottlieber Schloss leuchtete im Abendsonnenlicht, das den Himmel einzufärben begann, durch den aufblitzende Flieger sich kreuzende, dann verwehende lange Schwänze zogen. Die Sonne war hinter den Amazonas-Bäumen mit einer gleißenden Gloriole verschwunden, das Brandrot stieg den Himmel immer höher hinauf und verblasste über Violett zu einem weißen Nachtblau, in dem Mond und Abendstern silbrig wurden. Durch den düstren Pappelwall am Schweizer Ufer leuchtete Reklame beißend blau. Die Lichter gingen an, flackerten durch die Nacht an den Ufern des Sees. Im gelben Schein Gottliebens geduckte Heimeligkeiten. Drehte ich mich, sah ich die erleuchteten Fensterquadrate des Paradieses, die Laternenschnur des Schänzle, unter der jetzt Paare die Rotweingläser hoben, und die fernen Glühwürmchen eines immer währenden Gartenfestes zwischen den niedergebuckelten Fischerhäuschen. Ich holte mir noch ein Bier und verfolgte das Eindunkeln des Himmels, dem das Eindunkeln des Sees folgte. Der See begann nach See zu riechen. Die Feuchtigkeit mischte sich mit dem Schweinshaxenfett. Das Paar am Stamm der rissigen Trauerweide küsste sich, der Mann umschlang die Frau von hinten und drückte ihr seine Jeanslende in den weißen Hosenpo. Die Wiesenlichtungen auf dem Schweizer Seerücken unter dem nun gänzlich blassen Himmel unterschieden sich nicht mehr von den dunkelgrünen Waldkämmen, die sie tags umgeben hatten. Noch beim Küssen schlug der Mann unter der Trauerweide der Frau auf die Backe. Dann flohen sie. Um sich prügelnd. Die Mücken kamen. Die

Hosen hinuntergekrempelt, die Kapuze auf. In der angespannten Mückenfurcht verspürte man jeden Schnaken-Annäherungshauch. Selbst durch die Schuhe. Ich wedelte, ich schüttelte meine Beine. Die Annäherung hörte aber nicht auf. Es war ein Hündlein, das an meinen Schuhen schnupperte. Es war Fiffi. Er begrüßte mich so froh, dass er sich dabei um sich bog. Ich lugte scheel aus meiner Kapuze wie ein verdeckter Ermittler. Jakob mit Baseballkappe, eine aparte Schwarzköpfige, die ich von den Umzügen zwischen den Singener Hochhäusern Romulus und Remus nicht kannte, in einer an sich vorteilhaften, jetzt aber der Mücken wegen äußerst unvorteilhaft knappsten Hose. Meine Tochter Juliane mit ihren Morsbroicher Kindern, die meine Enkel waren und um sich schlugen, als seien Killerbienen hinter ihnen her. Fiffi zögerte, saß vor mir und zwinkerte mit den Augenbrauen. Ich kraulte ihn hinter den steilen Ohren. Jakob kam und legte Fiffi das Halsband um, entschuldigte sich bei meiner abgewendeten Kapuze, zog den störrischen, mir nachblickenden Fiffi davon und rannte den anderen nach. Juliane schob die Kinder in einen großen schwarzen Jeep. Da holte ich mir noch ein Bier und nun doch Frikadellen mit öligem Kartoffelsalat und einer fetten braunen Soße, weil es weder mein Konstanzer Arzt noch meine Kölner Frau sehen konnten. Ich blieb unter den Trinkern, im Murmeln unter schweren Bäumen, bis hinter dem geschlossenen Ausschank die Spülmaschinen ausgeräumt wurden. So weit war es also gekommen;

sie machten nicht einmal mehr den Versuch einer Annäherung. Und ich machte nicht den Versuch, die Auffahrt zur Rheinbrücke hinauf zu fahren. Mutige oder betrunkene Studenten sprangen von der Brücke aufrecht und nackt in den schwarzen Rhein, und ihre Kumpels, die auf Schiffe achteten, riefen: Es ist frei! Alles frei!

Und dann war der Sommer vorbei, von dem man angesichts der globalen Erwärmung in den noch kommenden 997 Sommern noch nicht wusste, ob er wirklich ein Jahrtausendsommer war. Er war ins Üble gekippt. Der See sank und stank. Die Schnorre war weit in den flachen See gewatet, um Schwimmtiefe zu erreichen, und riss sich beim ersten Schwimmzug das Knie an einem unter dem Kraut versenkten Fahrrad so auf, dass sich der See rot färbte. Dem Knusperle wurde der See zu warm, er wischte sich die Stirn mit Eiswasser aus der mitgebrachten Kühlbox und hickelte auf den Fußsohlenrändern über die Schänzle-Steine, um Studentinnen, während die sich gegenseitig eincremten, über das wahre Gesicht der deutschen Wehrmacht zu belehren. Der delikate Greis schaute mit dem Perspektiv hinter seiner Kajütengardine durch das in die Kajütengardine geschnittene Loch zu. Mit jedem Tag legte sich das Boot ein wenig mehr zur Seite, bis es kippte und der delikate Greis an die Kajütenwand rutschte und sich das Fernrohr an die Zähne stieß, die aber schon recht lückenhaft gewesen waren. Der Fischer hätte mit Gummistiefeln zu seinem nun weit draußen ankernden Fischerboot waten müssen, aber er fischte nicht mehr. Auf dem See lagen silbrig tote Aale, auf den Ufern braun tote Aale mit grausig aufgerissenen, spitzen Zahnmäulern, bauchoben trieben Felchen und Brachsen, ein 2 Meter 20 langer, mindestens 25 Jahre alter Hecht, weiblich. In Frankreich stellten sie Kühlzelte auf, weil die der Hitze erlegenen Alten die Kühlhäuser der Pathologien sprengten. Die Gletscher schmolzen und gaben längst nicht mehr vermisste Leichen frei. Inseln gingen unter. Das Matterhorn bröckelte. Das Wetter war, nur in seiner fatalen Zukunft nicht, unberechenbar geworden.

Würde man unter diesen Umständen unbedingt 150 Jahre alt werden wollen? An den Rändern des sich zu seiner Mitte verziehenden Sees bildete sich ein seifiger grüner Schlick, auf dem nie gesehene Frösche starr hockten und hersahen mit gelben Schlitzaugenkugeln. Über dem schönsten Bad Überlingen am Bodensee waren in zehn Kilometer Höhe zwei Flugzeuge zusammen gestoßen und explodiert. Der baschkirische Architekt Witali K. war über die dreißig Quadratkilometer große Unfallstelle geirrt, zog zerschmetterte Körper und abgerissene Glieder zwischen verbogenem Metall und aufgeplatztem Gepäck heraus. Seinen zehnjährigen Sohn Konstantin fand K. mit zertrümmertem Schädel, seine Frau Swetlana konnte er kaum noch identifizieren. Die vierjährige Tochter Diana hing im Gipfel eines Apfelbaums, äußerlich unversehrt. Danach fuhr Witali K. ins ferne Ossetien und baute das Familienhaus in ein Mausoleum um. Auf den Betten sammelte er die letzte Habe seiner Liebsten. Seine Arbeit gab er auf, sein einziger Lebensinhalt sollte das Erinnern an das vergangene Glück sein. Zwanzig Monate später erstach Witali K. in Zürich den Fluglotsen, den er dafür verantwortlich machte, und wurde in die Psychiatrie eingeliefert. Nun mied selbst der Ministerpräsident den See, kam nicht mehr, um sich »auf Schiff vor Alpen« in Kameras zu halten. Niemand wusste warum und wohin: Die Möwen waren fast verschwunden. Die Schweiz war keine Rettung mehr. Die Schweizer schlossen die Badestellen wegen Kolibakterien- und Entenwurmgefahr. Es gab keine Wolken zu zählen. Ich hatte den See oft geliebt über alles, über Nebel, über Touristen, über die Teuerung mit Seeblick, jetzt war er mir ekelhaft leid. Wir entzogen uns vor dem Seegestank in die Stadt. Wieder hatte ich vergessen, das Totemannsknöpfchen an meinem Handy zu drücken. Stündlich sollte ich mich melden bei Sibylle, nachdem ich nach meinem letzten Besuch in der Zwitscherstube auf dem Nachhauseweg mit einer Sturzentleerung zu Boden gegangen und nicht mehr hinauf gekommen war. Ein junger Mann musste mir unter die Arme greifen, aber ich war wieder zusammen gebrochen und hatte die Hosen voll. Was ist, lebst du noch, fragte Sibylle. Ich rufe dich gleich zurück, flüsterte ich und ging hin-aus, setzte mich in einen Stuhl vor dem Kuyu-Kebab, trank einen nüchternen Schwarzmeer-Tee und überlegte, was ich antworten sollte, wenn Sibylle fragen würde: Hast du es dir überlegt? Wenn mir peinlich wird, pfeift mein Atem, brennen Nase und Backen, lodern die Augenbrauen weiß im Feuer meiner Stirn. Peinlich war mir gewesen, als meine Familie die Treppe zur Wohnung meiner Frau herauf gekommen war. Unsere Enkel hießen tatsächlich Benjamin und Elise, und ich sagte wie alle Elli zu ihr. Die Konstanzer Biergartenbegegnung verschwieg ich. Wir waren, weil es bei Sibylle viel zu eng war, die Treppen wieder hinunter und um den Decksteiner Weiher gelaufen. Und es war gegangen. Die Eisenreifen der Erinnerung an sonntägliche Spaziergänge an der Seestraße waren nach und nach von der Brust gesprungen, damals Juliane und Jakob zerstritten voraus, Sibylle hatte mich Mufflon wie einen alten Bernhardiner hinter sich her geschleppt. Auf der Konstanzer Seestraße waren wir allen Amtskollegen begegnet, die sanftere Frauen, bravere oder keine Kinder hatten, in Eigentum wohnten undsoweiter. Nachdem Juliane und Jakob auf den Walkman gekommen waren, war ich bei den unumgänglichen sonntäglichen Spaziergängen an den See, die Seestraße entlang, bei Alpenwetter hinauf und über den Höhenweg nach Ermatingen unter dem Walkman mit Schubert und Schumann gelaufen wie Juliane mit Michael Jackson und Jakob mit Grimms Märchen. Juliane hatte meine Musik Grabestöne genannt. Juliane und Jakob hatten sich gelegentlich gegenseitig die Kopfhörer abgehört, aber nur, wenn Jakob zu Modern Talking gewechselt hatte. Schon damals musste ich die Höhenwege hinauf einen leichten Atemspray benutzen, den die vaterverbitterte Juliane mein Lungendope genannt hatte. Wenn ich jetzt zu Aussichtspunkten hinauf fuhr, hätte ich mir jemanden gewünscht, mit dem ich den Unterseeblick hätte teilen können. Mit jemandem reden. Sich vielleicht ein wenig umarmen. Jemanden sehen, dem man nicht gleichgültig ist, und wäre es nur Jakob gewesen, der sein Fahrtenmesser in Baumstämme warf. Am Decksteiner Weiher aber kannten wir niemanden, und ich war jetzt, weil der Opa schon vergeben war, der Apo, und Juliane hatte zu Elli und Benjamin gesagt: Ich glaube, der Apo braucht jetzt eine Pause. Muss er sterben, hatte Elli gefragt und mich bedenklich von der Seite angesehen. Dem Opa ist es nie zu viel, hatte Benjamin genörgelt. Wir hatten auf der Terrasse des FC-Heimes gesessen, meine Enkel hatten getrödelt oder waren die hohe Treppe hinunter und herauf gesprungen, hatten etwas gebettelt, Fiffi, von dem ich mir eingebildet hatte, dass er mich mit einem frohen Brauenheben wieder erkannt hatte, hechelte und hatte seine Schnauze auf Jakobs Sandale gelegt. Ich fand in den Gesichtern unserer Enkel mir Liebes von Sibylle wieder. Nach mehr hatte ich nicht gesucht. Es reichte mir, dass Jakob kurzbeinig war wie ich und Juliane meine Hexenschusshüfte geerbt hatte. Ich hatte in die Welt hinaus gehört und die Stimmen von Benjamin und Elli sofort heraus gehört. Warum sitzt du soweit weg, hatte Sibylle gemahnt. Das war eine Angewohnheit von mir, die nichts mehr besagte. Als wir gegangen waren, war ich hinter Sibylle und Juliane gelaufen, meinen zwei schönen Frauen. Jakob hatte Fiffi getragen. Auf dem versengten Rasen hatten Türken gelagert, ziemlich nackte Paare hatten sich umschlungen, stramme Wadenbuben Bälle gedroschen. Benjamin war müde geworden, und Juliane hatte ihn mir zum Tragen gegeben, was mir nur körperlich schwer gefallen war. Wir waren jetzt eine Familie. Hast du es dir überlegt, fragte Sibylle am Handy. Moment, antwortete ich, denn der Kuyu-Kebap-Wirt, der mich Opa nannte, brachte den Tee. Ich rufe dich zurück, sagte ich, wenn ich zu Hause bin. Ich war noch nicht reif für das große Familienversöhnungsfest. Die Sonne war in den Mond übergegangen. Konstanz schwärmte. So stellte ich mir Italien vor. Die Italiener hupten aus ihren schwarzen Autos. Pizzaschachteln überall. Ich drückte das Totemannsknöpfchen am Handy wegen Sibylles Infarkt-Kontrolle und lief langsam zum See, schaute über das leicht schwappende Wasser in die sternleere helle Mondnacht. Es blieb dabei: Des Menschen einziges Problem ist sein Tod. Seine Verschwindenskapazität. Ohne Gott flog er nicht, mit Gott flöge er nur nach Hause. Gerne hätte ich den Vorsitz des Vereins zur Abschaffung der Zeit übernommen. Es war ein Küssen und ein Kosen, ein Kichern und ein Rülpsen in den Nischen am See. Sibylle und ich hatten eine bestimmte Bank, auf der wir gekost und gefummelt hatten. Wenn sie besetzt war, ließen wir es. Es war damals noch nicht üblich, sich auf den Rasen des Stadtgartens und aufeinander zu legen. Es ändert sich alles, sagte ich mir, und ich mit ihm. Es hat sich nie etwas geändert, sagte ich mir, nur ich werde älter. Es nützt vielleicht was, sagte ich mir, also machen wir ein großes Fest. Noch immer schlugen die Biergärten ihr helles Sommerlachen auf. Ich wollte Sibylle anrufen und »Einverstanden« sagen, erwischte aber, weil mein Handy Sibylle programmiert hat, Juliane, die aber nicht da war, sondern ihr Mann. Ich habe noch nie mit meinem Schwiegersohn geredet. Ich drückte Beenden. Gleich darauf klingelte es, und mein Schwiegersohn sagte: Aber Apo, ich habe es doch schon gehört: Du machst eine Megasause zum 68. Auf der Lindenbank am Obermarkt saß mein Frisör in Rente und bot mir eine Bierdose ohne Pfand an, weil aus der Schweiz. Zu Hause sah ich mir im Fernseher an, was kam, weil ich zu doof war, einen Videorecorder zu bedienen. Es kam die Wiederholung eines Tierfilms, bei dessen Erstsendung ich schon geweint hatte. Ich lebe noch, sprach ich Sibylle auf die Mailbox, und jetzt machen wir zuerst Urlaub. Und dann reden wir über das Fest.

IV

Zum Glück

Je älter ich wurde, umso mehr wollte ich das, was unbestimmt vom Leben blieb, angenehm verbringen. Man wusste ja nie, wie rasch man ins Greisenkindsein und in den Tod beordert werden würde von einem Körper, der gestern noch dein Möglichkeitstrampolin gewesen war und der jetzt einfach nicht mehr konnte. Die Ohren wurden taub, die Fernsehtonskala wuchs, die Augen wurden starr, die Geschmackspapillen minderten sich auf 20%, also war der Unterschied zwischen Chili und Bourbon-Vanille zu 80% eine bloße Erinnerung, die Schwellkörper schwellten nicht mehr undsofort. Meine Frau wiederholte: Jungsein ist nicht eine Frage der Haut, sondern der Mentalität. Es klang wie ein Wartezimmerartikel. Aber Tempus vincit omnium, auch die Jungen erwischte es: Als ich so jung war wie die, habe ich auch noch meinen Bauch gezeigt, hatte die Studentin zur Studentin im McDonald's gesagt, als eine vier Jahre jüngere Schülerin vorüber gelaufen war mit Perle im Bauchnabel zwischen Top und Hose, die den engen Trapezrand des Tangas freigab.

Ich fuhr nach Köln mit Zügen, die pünktlich waren.

Neugierig las ich die in die Rücksitzhalter gepressten Zeitungen wegen der Todesanzeigen, die ich fürchtete. Immer mehr Jüngere starben. Ich las aus den Jahrgangsangaben der Todesanzeigen sowohl meine Überlebensfähigkeit wie meine Überfälligkeit. Zwar war die Überfälligkeit relativ, weil im alten Griechenland einer mit 18 Jahren, um 1750 einer mit 33 Jahren, 1920 mit 58 Jahren überfällig geworden war, in meinem Fall aber definitiv. Die ältere Nachbarin im Neigetechnikzug nach Stuttgart, die mich fast zum Wahnsinn getrieben hatte durch ihr unablässiges Auspacken und Einpacken von Tüten und Taschen, von nicht duftenden Butterbroten und stinkenden hart gekochten Eiern, spie mir unvermittelt aufs Hosenbein. Schon gut, tröstete ich und wischte mich mit den Papiertaschentüchern ab, die ich nach dem Rat meiner Frau immer bei mir trug. Nun hatte ich den Magen einer Alten auf meiner Hose und meinen Schuhen und ahnte, wie mein ausgespuckter Magen eine Altenpflegerin beleidigen könnte, die nach Feierabend klagen würde: Da hat mir so ein alter Arsch auf Hose und Schuhe gekotzt, und du musst noch freundlich sein. Ich fuhr nicht mit dem ICE bei dröhnenden Ohren durch Tunnels und Röhren, hinter denen für kurze Augenschnäppchen Deutschland eine Autobahn war. Ich verzichtete auf den Anblick des eine interstellare Station imitierenden Bahnhofs Frankfurt/Flughafen und des vor Verlorensein weinenden Bahnhofs Bonn/Siegburg. Ich fuhr langsam linksrheinisch, rheinromantisch. So träumerisch, wie es die harten Sitze des IC erlaubten, aufs braune Band des Rhein zu schauen, zu den Burgen hinauf auf den dunklen, weingrünen, ginstergelben Bergen, in den milchblauen Himmel darüber, sich dem gemächlichen Wiegen des Zuges hinzugeben, schien mir auch ein Glück. Doch blieb Unrast. Man wollte immer ankommen, obwohl das Ankommen letzten Endes eine Zukunft einleitete, die nur fatal enden würde. Dispers ist der Mensch: Er will voran, wohin er nicht will. Man wusste nichts über den eigenen Tod, man konnte ihn nicht proben. Das Paradoxe war, dass man mit dem Wissen um seinen Tod gegen das Wissen von seinem Tod lebte. Wir gehörten alle zur Gilde der Dennoch-Lebenden.

Meine Frau hatte sich ihrer unberechenbaren Arbeit wegen nicht im Voraus auf Urlaubstermine und Urlaubsorte festlegen wollen. Last-Minute, rief das arbeitsgejagte Herz meiner Frau. Also wartete ich ab, nachdem ich morgens Brötchen, die in Köln auffallend groß und grob sind, gekauft hatte, und fuhr von Endstation zu Endstation in den deprimierend langsamen und unbequemen Kölner Straßenbahnen und prägte mir die links- wie rechtsrheinischen Stadtteile und die romanischen Kirchen ein, vergaß aber schnell wieder die Lage und die Namen der romanischen Kirchen und wurde nicht überfallen, geschlagen, meiner Barschaft beraubt, obwohl ich in Konstanz nie solch mörderisches Piercing und so kompakte Kampfhunde gesehen hatte wie in den Kölner Verkehrsbetrieben. Nie auch so viele unter den

Sitzen der Straßenbahn hin und her rollende Kölschflaschen, die es in Konstanz sowieso nicht gab.

Dann waren wir soweit. Urlaub. Sofort. Die Arbeit meiner Frau wurde absehbar beendbar. Im ersten Reisebüro gab es Last-Minute nur noch nach Mauritius, was uns zu blau und weit weg war. Das zweite Reisebüro bot Last-Minute nur noch nach Grünkraut im Allgäu an. In Grünkraut lebte aber mein Vetter zweiten Grades, dem ich auf dem zugefrorenen See einen Eishockeypuck auf das Nasenbein geschlagen hatte. Uns blieb nur noch das Reise-Roulette für Spätestbucher: Wir garantieren Ihnen jeweils 1 Nacht zum Preis von 2 in einem Top-Hotel in einer europäischen Stadt. Ihr Risiko ist, dass Sie erst in letzter Minute wissen, wo gerade ein Platz frei geworden ist, zudem die Fahrtkosten. Ein Handy sei vonnöten. Es ging los.

Unser erstes Los traf Leverkusen. Ich reklamierte per Handy. Schon im Schatten des Bayer-Kreuzes gestattete man uns Münster in Westfalen. Wenn meine Frau nicht arbeiten durfte, war sie schnell müde. Noch vor Düsseldorf schlief sie ein. Meine Frau hieß jetzt Birga und war die zweitschönste Frau der Welt. Ihr Kopf war an das Fenster geknickt, und ihr dichtes blondes Haar hatte eine Mandorla um den Kopf geschlagen. Ihr Kopf rüttelte leicht am harten Zugfenster. Ich fütterte meine Hand ihr unter den Kopf als dämpfendes Kissen. Schlafend hatte Birga es gemerkt, schnupperte an meiner Hand und drückte fester ihren Kopf in meine Hand. Zu einem Kissennest waren meine krumm gewordenen Finger gut tauglich. Birgas blondes Haar hatte sich in den letzten Jahren mit Weißgold gemischt. Ich berührte eine blonde, leicht weißgoldene Haarspitze, ohne dass es Birga merkte. Durch die Spiegelungen der Zugtüren und Fenster, auf denen, wenn ein Gegenzug vorüberschlug, alles verschwamm, sah ich ihren Haarkopf in meiner Hand mehrmals. Es war ein stiller Sonntagvormittag-IC, man las oder schlief, nur von weit her ein Kopfhörerdummdumm, nur ab zu rief einer ins Handy, dass er, Hallo, sich im Zug zwischen Düsseldorf und Dortmund befinde, dass er, Hallo, gerade im Zug zwischen Dortmund und Münster sitze. Ich sah, wie eine schon nicht mehr ganz blonde Haarlocke über Birgas Ohrläppchen, das zart geteilt war, gekrochen war, ihr Ohr einfasste, in das ich gern gehaucht hätte, was ich unterließ, weil Birga an ihrem Abwehrschrei hätte aufwachen können. Ich sah ihren Hals. Und sah ich einen bloßen Frauenhals oder Frauennacken, dachte ich an Maria Stuarts sich unter dem Richtschwert auf den Holzblock pressenden Hals. Ich musste sofort die Phantasie schließen vor so viel Verletzlichkeit der Welt. Ich musste diesen Hals berühren mit meiner unmächtigsten Fingerkuppe, musste ihn luftküssen, was Birga schlafend schnurren ließ. Ich sah ihre spitze Schulter in dem so roten Pullover, dass sie ihn nur mir zuliebe, weil ich ihn ihr geschenkt hatte, außer Haus trug, um ihre Toleranz gegenüber meiner beginnenden Altersfarbenblindheit unter Beweis zu stellen. Ich sah ihren Rücken, ihre für mich magnetische Hüfte, den Ansatz ihres Pos, der sich im langen Hosenschenkel fortsetzte, über den der andere lange Hosenschenkel gelegt war, und zwischen ihren übereinander liegenden Schenkeln schauten die Fingerspitzen ihrer Hand hervor. Ich sah ihre Schuhfüße, mal pochend im Puls, mal gerüttelt im Zugrasen, und ich verbot mir, an das ICE-Unglück von Eschede zu denken. Gegen Münster in Westfalen protestierte ich per SMS, da es mir zu blöd war, ins Handy zu rufen: Hallo, wir sind jetzt schon in Ascheberg. Von Münster wusste ich nur, dass die Münsteraner Vielweiberei damit bestraften, dass sie die Delinquenten mit glühenden Zangen zu Tode zwickten und die malträtierten Körper in eisernen Käfigen hoch an einem Kirchturm den Raben zum Fraß aussetzten, was wir in unserem einzigen Urlaub nicht sehen wollten. Noch bevor Birga aufgewacht war, war das Hotel in Münster storniert und waren wir nach Amsterdam geschickt. Wir stiegen in Münster in Westfalen nur um und fuhren über Enschede in die Niederlande.

Am Centraal in Amsterdam verließen wir den Eurocity auf der falschen Seite und nahmen die Fähre zur Meeuwenlaan und beendeten unsere Last-Minute-Schnitzeljagd statt im Drei-Sterne-Grand-Hotel am Rembrandtse Plein auf einem Deich in Tuindorp Oostzaan, nahe Zaandam, und schauten in vorhanglose Wohnzimmer, Küchen, Arbeitszimmer, in denen Familien, Paare um einen Tisch saßen und aßen oder redeten, Gläser hebend, rauchend, die Ellenbogen aufgestemmt, die Köpfe in Hände gestützt, unter einer Lampe am Tisch Spiele spielten, Aufgaben korrigierten, das Handy weitergaben. Eine Familie brach aus dem Haus, jagte einen Hund ums Haus, der große Hund sprang mit fliegenden Ohren der Familie vor die Brust und warf sie auf den Rasen, der etwas größer war als ein grünes Saunatuch zwischen den erhellten Familienhäusern. Der Hund machte auf dem grünen Saunatuch scharf kehrt, seine Ohren flogen andersherum, und er warf die sich aufrappelnde Familie erneut aufs Gras und leckte ihr die Gesichter. In den vorhanglosen Zimmern saßen Paare unter einer flauschigen Kamelhaardecke in Filzpantoffeln vor dem Fernseher, lagen in Sesseln und lasen, gingen in der hellen Küche hin und her, schnitten Brot, legten die Brotscheiben in einen mit einer Häkeldecke ausgebetteten Korb, arrangierten Käse und Wurst auf eine Porzellanplatte in vermutlich blauem Delfter Muster, Gurken, Zwiebeln, gossen Flaa in Schüsseln. Und wenn sich ein Paar bei seinen stillen strengen Gängen durch die Küche, ins Ess- oder Wohnzimmer hinein und aus dem Ess- oder Wohnzimmer wieder heraus, begegnete, küsste es sich schnell im Vorübergehen, strich sich flüchtig über die Stirn, das Haar, den Halsansatz, die Hand, den Po, wenn sie oder wenn er sich bückte, um etwas aus dem Kühlschrank zu holen. Ein Paar war an den Esstisch im vorhanglosen Wohnzimmer getreten und hatte eine weiße Decke aufbauschen und auf den Tisch sinken lassen, strich die Falten glatt, die Ränder, faltete blaue Servietten darauf, stellte vermutlich in blauem Delfter Muster gehaltene Teller darauf und Gläser mit hohem Stiel, übertrug das Abendbrot vom Tablett auf den gedeckten Tisch, nickte sich zu und begann zu essen. Dann lief alles rückwärts. Das Abendbrot kam vom Wohnzimmer in die Küche, die weiße Decke in die Schublade. Der Hund schlief auf dem Teppich, Juliane und Jakob saßen vor ihren PCs, an ihrem Schreibtisch, die Eltern vor dem in der Nacht im hellen Fensterrechteck immer bunter flimmernden Fernseher. Einzelne rauchten aus dem Fenster. Telefonierten am Fenster und sahen zu uns herauf und sahen uns nicht. Dann gingen nach und nach alle Lichter aus, und der Seewind wehte scharf über den Deich von Tuindorp Oostzaan. Wir saßen, gegen den Wind umschlungen, in einem Monade-Ei mit Blick in die Welt, die kein Garten der Lüste war. Der Wind auf dem Deich von Tuindorp Oostzaan lehrte uns den Herbst.

Noch auf der Fähre zurück ins richtige Amsterdam der Grachten schickte uns das Last-Minute-Los nach Lyon. Seit einigen Jahren litt ich sehr unter Zugsitzen; der Hintern tat mir einfach nach ein paar Stunden weh. Birga litt bei längeren Fahrten unter Wadenkrämpfen. Sie musste dann ein wenig hin und her gehen. Ich wollte sie zwischen Amsterdam und Lyon regelmäßig wecken, damit sie aufstand und ins Bord-Bistro ging und sich

Wasser kaufte, in dem sie eine Magnesium-Tablette auflösen konnte. Ich hätte sie dabei gern begleitet, um sie bei unvorhersehbarem Schlackern des Zuges zu stützen, aber die Gefahr war groß, dass ich bei einem Ausschlag des Zuges in die Gangsitzreihe geflogen und nicht wieder hochgekommen wäre. Überhaupt waren alte Männer in Zügen etwas Unappetitliches und trugen oft Strickwesten wie ich. Birga konnte es nicht ausstehen, wenn ich sie, als wäre sie mein Mündel, regelmäßig zum Beinevertreten weckte. Lyon war wie angekündigt: weiter Himmel, südlich steinern und voller Thymian, fachwerklos. Die SMS hatte uns das Hotel Cour des Loges im Herzen der Altstadt angewiesen. Ob es dem Portier des Renaissanceprunkes peinlich war, dass er uns abweisen musste, war nicht erkennbar. Eine SMS als Beweis reichte nicht, und fünf Sterne waren in der Last-Minute-Roulette-Pauschale nicht vorgesehen. Wir schlugen uns in die Hände und ließen uns nicht entmutigen. Die nächste SMS schickte uns zum Grand Hotel Chateau Perrache am Bahnhof Lyon-Perrache: der ganze Erker- und Türmchenschmelz des späten, lüsternen 19. Jahrhunderts, gewissermaßen Stein gewordener reiner Thomas Mann. Vier Sterne waren auch nicht vorgesehen für uns, wir wurden weitergereicht in das traditionsreiche Sofitel Royal Lyon an der Place Bellecour, ebenso viel Sterne, gleiches Problem. Nun schlugen wir uns nicht mehr victory in die Hände. Glückswillig diskutierten wir die Frage, an wem es gelegen habe, sich auf das Last-Minute-

Roulette einlassen zu müssen, nicht aus. Vor dem Hotel Charlemagne beim Bahnhof Lyon-Perrache ließen wir das Taxi gleich warten, ebenso vor dem Hotel Globe et Cecil, nahe der Place Bellecour, und fuhren zum Mercure Plaza République an der Place de la République, wenige Schritte von der Place Bellecour entfernt. Bester Hoffnung hatten wir das Taxi bezahlt und fahren lassen. In die drei Sterne des Mercure Plaza République hätten sie uns reingelassen, wäre es nicht bis unter die Dachgaupen ausgebucht gewesen. Wir warteten, schon etwas in Last-Minute-Stimmung, auf ein neues Taxi. Birga hatte sich wegen der durch die Fahrten schmerzenden Hüfte mit halbem Po auf ihren roten Ziehkoffer gelehnt; ich versuchte, mich ganz auf meinen schwarzen Ziehkoffer zu setzen, brach aber ein und wäre fast gefallen. Dabei war eines meiner Lebensideale, mit leichtem Gepäck, halb vollem Koffer durch die Welt zu ziehen, am liebsten nur von Hotelzimmer zu Hotelzimmer. Nur musste man erstmal eines haben. Die Luft aus Thymian und Lavendel und Lamm und Meeresfrüchten wurde abendhoch, die Häuser glänzten, in den Gassen erblühten die Lampen zwischen den Blumengattern, zwischen denen weiß gedeckte Tische unter weit in die Gasse geneigten roten Markisen standen, die sich fast mit den ausragenden roten Markisen vom Restaurant der Gassengegenseite die Nasen rieben. Darüber wurde das schmale, aber sehr hohe Himmelsband dunkelseidenblau, darin ein abnehmender Mond einen Stern unter sich her zog. Rhone und

Saone flossen schnell, leise, tief und nachtgrün dahin. Im Hotel Axotal Perrache am Bahnhof Lyon-Perrache, zwei Sterne, waren wir willkommen.

Wegen der zu vielen Zugstunden, wegen der Taxifahrten zwischen dem Bahnhof Lyon-Perrache und der Place Bellecour war meine Phlebitis, die oberflächliche Venenentzündung, wieder ausgebrochen, die mich plagte, seit ich im Amt, weil mir ein neuer angesichts meines Ausscheidens nicht bewilligt worden war, immer auf demselben alten Stuhl gesessen hatte. Ich spürte jeden Muskel in meinen angeschwollenen Unterschenkeln, als habe jeden Muskel ein Chirurgenlehrling plastiniert. Meine Krampfadern zirpten. Die Behandlung der oberflächlichen Venenentzündung war einfach und kompliziert. Einfach war, viel Acetylsalizilsäure zu sich zu nehmen und Ballaststoffe, das Gewicht zu reduzieren, einen Stützstrumpf anzuziehen, die Beine hochzulegen und unbedingte Ruhe einzuhalten. Kompliziert war, sich dabei möglichst viel zu bewegen. Ich verließ mit Birga das Hotel und saß an der Place Bellecour und legte hinter einem Blumengitter meinen brennenden Stützstrumpf auf einen Stuhl des Restaurants, dessen Markisen noch eingezogen waren. Ich schaute aus dem Blumenbunker auf Espadrilles und italienische Schühchen, Birkenstock und Springerstiefel, Nike und Adidas und erkannte Birgas Schuh sofort. Den Moosfuß, den hohen Spann, das Konterfei der Zehen in der weichen Schuhspitze, den Knöchel, über den eine angestrengte blaue Ader lief, das Katzenballenhafte zwischen Tritt und Flug. Birga brachte mir Balisto, das es auch in Lyon gab. Als doch ein Kellner kam und Tische und Stühle von der Kette ließ, bewegte ich mich bis zu einer Bank in der Rue Victor Hugo. Birga ging, ich sah ihrem Gehen nach, das ganz und gar Birga war, vom Wallen der Haare über den Schultern bis zum Gondelschlag der Füße. Nur einmal hatte ich mich in Köln geirrt, als ich einen Rücken, den ich für Birga hielt, fast umarmt hätte. Ich hätte merken müssen, dass es nicht Birgas Haar gewesen sein konnte. Auch trug Birga nie einen Hut. Immer war es das Haar, das ich als Erstes erkannte in der Menge der Köpfe zwischen Tüchern und Kappen und Hüten. Ich hatte mich so auf die Bank in der Rue Victor Hugo gesetzt, dass ich meinen Fuß auf einem niedrigen Straßenpoller ablegen konnte. Der alte Franzose neben mir, mit ziemlich violetten Füßen in den Espadrilles, einen Stock zwischen den blauen Leintuchschenkeln, sprach mich an. Ich wollte mich nicht darauf herausreden, dass es daran lag, dass er gleichzeitig rauchte, dass ich ihn nicht verstand. Auch der alte Brite neben ihm mit einem noch röteren Gesicht als meinem wollte offenbar das Altersleid teilen. Der alte Franzose mit noch erstaunlich dunklen Haaren wies mit seinem Stock auf mein hochgelegtes Bein, der alte Brite kramte aus der rechten Tweedtasche, nachdem er sie in der linken länger vergeblich gesucht hatte, seine Nahsichtbrille. Ich schaute nach Birga aus und dachte: Was geht Briten und Franzosen meine Phlebitis an, und lächelte. Ich sah Birga nicht. Ich konnte nicht antworten, weil ich, was mir beruflich heimgezahlt worden war, auch Englisch nicht so beherrschte, dass ich dem alten Briten hätte Phlebitis oder wenigstens eine oberflächliche Venenentzündung erklären können. Ich lächelte in europäischer Seniorensolidarität, umso mehr man als Deutscher noch immer etwas höflicher sein sollte als andere. Mein Lächeln war auch unschön, weil hinter der hängenden Unterlippe die braunen Zahnstummel, die mein Zahnarzt transludent nannte, hervor traten. Keine Birga, die mich erlöst hätte. Sie konnte, weil sie Juliane wie Jakob Nachhilfe gegeben hatte, sowohl Französisch wie Englisch; sie hätte eine oberflächliche Venenentzündung wenigstens umschreiben können. Ohne Birga war ich nicht nur mit Phlebitis nichts. Schwer und schmerzend lag mein Fuß auf dem Poller, und ich hing an ihm. Birga trat aus einem Geschäft auf der anderen Seite der Rue Victor Hugo, ich erkannte sie unter den Menschen am Lichtflow, sie kam durch die Menschen auf mich zu, und es war, wie wenn der Sonnenglanz in langen Streifenfächern durch das Laubgeäst des Dschungels brach. Birga winkte mir. Ich nahm das Bein vom Poller. Ihr Haar fiel über mich, sie küsste meinen grinsenden Mund. Sie amüsierte den alten Franzosen und den alten Briten. War ich vorher fast nichts gewesen, war ich jetzt wieder die Welt.

Von Prag hatten wir nicht viel. In Prag regnete es nur. Es goss aus Kübeln. Allein auf dem kurzen Fußweg, für den uns kein Prager Taxi befördert hätte, vom Bahnhof zum Hotel Ostas wurden unsere Schuhe eingeweicht. Wir waren noch nie in Prag gewesen und hätten gern den Hradschin gesehen, den Wenzelplatz, die Karlsbrücke, das Schwarze Theater, Kafkas Grab und was man so weiß über Prag und von den Berichten der Bekannten, die alle schon in Prag gewesen waren. Oder wir hätten wenigstens irgendwo viel Bier getrunken. Wir lagen im Hotels Ostas in trockenen Schlafanzügen bäuchlings auf dem einen Bett und auf dem Heizkissen so, dass jeder abwechselnd das eine oder andere Knie wärmen konnte. Weil ich wegen meiner abgeschliffenen Zähne und wegen der erschlafften Lippe undeutlich artikulierte, las Birga vor, was in Prag so alles zu sehen gewesen wäre. Sie las und nahm nach dem Umblättern meine Hand in ihre. Sie hatte immer wärmere Hände als ich. Es regnete und regnete immer noch, wir hörten durch das Fenster des Hotels Ostas das Sprühen der Autos. Das ganze Zimmer war, bis auf das Autosprühen, gefüllt mit Birgas Stimme, die so schön war, dass es auch an ihr gelegen hatte, dass wir unsere Köln-Konstanzer Ehe mit dem Telefon aufrecht erhalten konnten. Diese Stimme sollte nie aufhören. Nie. Es war eine Illusion, ich wusste das. Aber man durfte es sich nicht eingestehen. Meine ja, aber Birgas Stimme durfte nie verstummen. Es war nicht nur die Stimme, es war die Zunge, die ich hörte, wie sie im Mund umher stob, wie sie an die Zähne stieß, ich hörte das Plappern der Lippen, ihr Schmatzen und Schmecken. Dass ich dann doch einschlief, bedauerte ich.

Erst hinter Nürnberg wurden wir unterrichtet, dass man uns nach Köln leite, ausgerechnet nach Köln. Kein Protest half. Mir schwante, es würde ein Ibis sein. Es war das Ibis am Barbarossaplatz. Wir taten in Köln, was Birga in ihrem Köln noch nie, nur ich, der Rentner, getan hatte: Wir kauften uns eine Tageskarte der Kölner Verkehrsbetriebe. Wir wollten uns einen Überblick verschaffen. Von Überblicken in Köln konnte ich nie genug bekommen. Gewohnt, mich von Erhöhungen aus orientieren zu können, fühlte ich mich im flachen, von undurchschaubarer Straßenführung überzogenen Köln wie im Labyrinth ohne Ariadnefaden. Wir fuhren mit der 1 von Junkersdorf nach Bensberg. Mit der 9 vom Hermeskeiler Platz nach dem alpinen Königsdorf. Mit der 7 von Zirndorf an den Hermeskeiler Platz, auf den die Öde der Dürener Ebene schon einwirkte. Mit der 12 von Merkenich nach Zollstock/Südfriedhof und wieder, weil wir verdöst waren, nach Merkenich zurück. Meine Idee, von Fenstern der Bahnen der Kölner Verkehrsbetriebe sich eine Übersicht über Köln verschaffen zu wollen, schlug fehl. Ich verwechselte Sürth mit Hürth, Niehl mit Riehl, Kiebitzweg und Iltisstraße, Herler Ring und Herler Straße, Gutenberg- und Universitätsstraße, Gottesweg und Melaten, im Westen erwartete ich fälschlich den Südfriedhof, im Süden den Ostfriedhof. Mit der Sortierung der romanischen Kirchen wurde es gar nichts. Nur den hohen Dom erkannte ich auf Anhieb.

Es war ein Glückstag, denn es brannte kein Wagen der Kölner Straßenbahn aus, keiner blieb im Tunnel der Poststraße auf der Strecke liegen. Das Schönste, das mir Liebste an unserem Kölner-Verkehrsbetriebe-Tageskarten-Abenteuer, das weniger zum Überblick als vielmehr zur Steigerung meiner Kölner Unübersichtlichkeit beitrug, war Birga. Besonders Birgas Parfüm, das sie ihrem Hals zur Feier dieses dienstfreien Tages in ihrer Arbeitsstadt Köln aufgetupft hatte und das ich Birga nannte. Wann hätte ich je so lange neben Birga sitzen und an ihrem Festparfüm schnuppern können? Und nun saß ich Stunde um Stunde und Wendeplatz für Wendeplatz mit Birga in Birgas Birga. Zwischen Maria-Himmelfahrtstraße und Vischeringstraße begann mein Unglück. Es war ein Knattern und dumpfes Werkeln in meinem Bauch wie in einem Elefanten, der gerade eine Badewanne voller Wasser eingerüsselt hatte.

Bei der Stegerwaldsiedlung musste ich räuspern und mit den Schuhen scharren, die unter den Sitzen kollernde Früh-Kölsch-Flasche heimlich anstoßen, damit mein Bauchgewitter nicht aus unserer Birga-Birga-Gondel dröhnte. Ich wusste, dass Birga meinen Darmauftrieb gehört hatte, ich drückte ihre Hand, sie drückte dagegen. Ab der Deutzer Messe drängte es mit aller Macht nach außen. Als wir über die Deutzer Brücke fuhren, die ich auf Anhieb erkannte, wähnte ich Erleichterung für meinen Gasometerbauch. Am linken Rheinufer wuchs die Explosionsgefahr. Den Krach meiner ausbrechenden

Leibesturbulenzen hätte ich noch bei aller Scham hinnehmen können. Ich fürchtete mehr den Gestank. 70% der statistisch weltweit gemittelten 18 Fürze eines Menschen am Tag waren harmlos. Meine würden zu den übrigen gehören. Seit meiner Zurruhestellung hatte ich mir angewöhnt, mich zu Blutreinigungszwecken auf einer Zwiebel-Sauerkraut-Basis zu ernähren. Und schlimmer: Ich hatte mir zum Trost für den vom Regen weggespülten Zug durch die Prager Gemeinde vor der Abfahrt aus Prag die ganze Schultertasche voller Prager Büchsenbier gekauft und sie samt und sonders am Vorabend ausgetrunken. Schon am Morgen war mein Prager Klosturz im Ibis am Barbarossaplatz übelriechend gewesen.

Als jüngerer Mann hatte ich auf die wenigen Unterleibskonvulsionen mit Baucheindrücken reagiert. Die Darmkloake nach innen furzen. Das nutzte nichts mehr, weil ich meinen Bauch nicht mehr einziehen konnte. Der Bauch beherrschte alle meine Sinne. Zur Ablenkung biss ich mir fest in die Zunge. Ich roch und hörte Birga nicht mehr. Ich war nur noch Selbstkoloss mit tönendem Darm. Zwischen Piusstraße und dem Gürtel rief ich mir zu: Alter Maltersack, das schaffst du! Zwischen Leyendeckerstraße und der Äußeren Kanalstraße beschimpfte ich mich als voll gesoffenen Prager Biermastochsen und befahl: Du leitest das jetzt über Ohren und Haupthaarspitzen ab! Am Westfriedhof dachte ich nur noch an Kapitulation. Und hielt es doch durch bis Böcklemund, wo ich aus der Linie 3 stürzte und mich in das griechische Lokal Akropolis rettete, aber nur bis knapp hinter die Klotür.

Nun war nirgends mehr etwas frei für uns außer in Oberstdorf. In Oberstdorf wanderte man, wenn man nicht im Flecken Weißbier trank, auf das Nebelhorn. Auch ich bin früher einmal, noch Junggeselle, nachdem ich mein Zelt vom Rad geladen und aufgebaut hatte, trotz der langen Tagestour noch schnell am späten Nachmittag von Oberstdorf, 815 Meter über dem Meeresspiegel, auf das Nebelhorn, 2224 Meter über Normalnull, gelaufen und war vor Sonnenuntergang wieder in Oberstdorf und hatte dort viel Weißbier getrunken. Nach 20 Höhenmetern schnaufte ich, nach 30 Höhenmetern hatte sich meine Lunge nicht beruhigt, nach 40 Höhenmetern musste ich stehen bleiben. Nach 60 Höhenmetern keuchte ich wie früher nach einem Dauerlauf nicht. Beim Versuch, mein Taschentuch zu ziehen, fiel ich um. Ich setzte mich auf und fiel wieder einfach um. Ich hatte, nachdem ich wieder zu Luft gekommen war, nicht die Kraft, die 60 Höhenmeter wieder hinunter zu gehen. Birga schnallte sich den Rucksack vor die Brust und schulterte mich. Ich hing über Birgas Rücken wie eine riesige angezogene Nacktschnecke. Birga hatte meine Hände gefasst. Meine Kinnstoppel schrubbten ihren feinen Birga-Hals. Wie Äneas Anchises schleppte Birga auf ihrem wehen Kreuz ihr Ehegewicht Schritt für Schritt auf schmalen Füßen. Ich konnte nicht verhindern, dass meine Knie gegen ihre Kniekehlensehnen stießen, meine neuen, in Oberstdorf erst gekauften, nun nutzlosen Stiefel ihr in die Fersen. Nach 57 Höhenmetern hinab strauchelte Birga, und ich plumpste über sie und drückte sie in den Oberstdorfer Staub.

Die letzte Station unseres Reise-Roulettes, 1 Nacht gewohnt, für 2 bezahlt, war Venedig. Die Zugfahrt von Oberstdorf nach Venedig tat meiner Phlebitis wohl. Ich legte mein Bein hoch auf die Schultertasche voller Gösser-Bierdosen. Und ich ging die 50ste bis 60ste Minute jeder Stunde durch die Waggons, um das Bein zu bewegen. Kurz hinter Mailand geschah das Ungeschick, dass mir, der ich eben über einen zwischen den Sitzreihen gestapelten Rucksackturm, auf dem drei über den Gang hinweg mit mir unverständlichen Flüchen mir Unbekannte Karten spielten, geklettert war, der Servicewagen entgegen kam. Da fiel einer der Rucksäcke aus der Ablage und mir auf den Kopf, weshalb ich einen Reflexschritt tat und mit meinem Fuß genau unter das Rad des Servicewagens geriet. Es waren die Zehen des Fußes des anderen, des durch eine oberflächliche Venenentzündung nicht gereizten Beines. Meine Füße ruhten nun beide auf der Gösser-Schultertasche. In meiner erzwungenen Zurruhestellung konnte ich nun endlich lesen in den Venedig-Prospekten, die ich seit Jahren schon, wenn nicht Jahrzehnten bei mir trug auf allen meinen Reisen, die zumal Reisen von Konstanz nach Köln und zurück waren. Italien und Venedig besonders waren regulative Ideen für die verpasste Hochzeitsreise geblieben. Ich freute ich mich auf Venedig, und Birga versicherte mir wiederholt, dass sie sich auch freue.

Die Gehbehinderung in einem Bein und die Schmerzen in den Zehen des anderen zwangen mich, im Hotel sitzen zu bleiben. Ich saß in einem Sessel mit Fußstütze über den braunweißen Landhausfliesen des Empfangs des Hotels Pellegrino & Commercio und las in den Venedig-Führern, die Birga nicht mitgenommen hatte, die sich in den Stunden, die uns blieben bis zur einen Nacht statt zwei, Venedig hatte ansehen wollen. Der Chef oder Kellner des Empfangs fragte mich halbstündlich, ob ich neues Wasser haben wolle. Grazie, antwortete ich. Das Pellegrino nötigte mich öfter noch als sonst seit meiner Prostataerweiterung aus dem Sessel und humpelnd zu Toilette. Ich durfte Birgas Ankommen nicht verpassen, um meinen kleinen Geheimplan ausführen zu können, wozu ich Wasser brauchte.

Ich war wieder eingenickt in meiner Sesselverdammnis im Hotel Pellegrino & Commercio. Ein hagerer Mann mit weißem Sommeranzug und weißem Sommerhut war an mich herangetreten und rief wiederholt: Sie sind Deutsch! Er hatte ein flammendes Gesicht, in dem die scharfe Nase wie Gabriels Schwert stand. Er schrie schon wieder akzentfrei: Sie sind deutsch! Was hätte ich darauf antworten sollen? Ich antwortete: Grazie! Der asketische Staubmantel reichte mir aus seiner weißen Umhängetasche die Antwort der Christlichen Schriftenverbreitung in D 42490 Hückeswagen auf wichtige Fragen:

»Gibt es ein Leben nach dem Tod?« Vor dem Tod, dachte ich und dachte an Birga. Der Empfangskellner fragte mich, ob er mir ein neues Fläschlein Pellegrino bringen solle, das so überteuert war, dass ich dafür im Stromeyer-Biergarten mehrere Biere bekommen hätte. Grazie, antwortete ich. Der Kellner verstand mich.

Und dann kam Birga. Etwas erledigt, aber strahlend und voll von San Marco und Rialto und Seufzerbrücke, Canal Grande und Accademia, die aber in der Eile nur von außen, wo sie am Kartenständer den Fiffi von Carpaccio entdeckt hatte, den ich mir schon im Kölner Wallraf-Richartz-Museum gekauft hatte, aber ohne zu wissen, dass er Carpaccio und Venedig entsprungen war. Während sich Birga die Comedia dell Arte-Maske Junges Mädchen aufsetzte, spülte ich mit Pellegrino schnell die Tablette hinunter. Es dunkelte tiepolohellblau, veroneseviolett, tintorettoschwarz. Nirgendwo sonst, dachte ich mir, denn ich konnte es ja nicht sehen, gehen die Abendlichter so verheißend, so doppelt an zu Wasser und zu Land wie in Venedig. Endlich: Unsere Braut-Nacht 1 statt 2 in Venedig! Ich hatte mir dafür die Pille aufgehoben, die mir ein Amtszimmerteiler zum Abschied geschenkt hatte: Du wirst es nicht bereuen! Den wohl durch die blaue Pille plötzlich wieder aktiven Springhoden hustete ich aus der Leiste in den Hodensack zurück. Durch die wehenden Satinvorhänge des Zimmers im Pellegrino & Commercio drang kein Touristikgebrodel. Nur die Tauben aus dem Hinterhofschacht und der Husten eines Amerikaners über uns, der nach jedem Hustenanfall stöhnte: My Dear. Birga bestand auf einem Bad. Dem entstieg sie wie Botticellis Venus. Die blaue Tablette wirkte.

Birga saß weich und weiß zerfließend in der Badewanne. Ich saß auf dem Rand der Badewanne, was nicht nur wegen meiner Bein-und-Fuß-Beschwerden anstrengte, sondern auch, weil die Venezianischen Hotels mit einem Quadratmeterpreis kalkulieren mussten, der nur den Schmal- und Kleinwüchsigen entgegenkam. Gegenüber Birga war Botticellis blonde Venus höchstens die drittschönste Frau der Welt. Blond und erhitzt zerfloss Birga in der Zwergenwanne. Schon malte ich mir aus, wie das Wasser über ihren Bauch, ihren Schoß, durch die Schenkel abrinnen würde. Doch das Wasser floss aus der Badewanne nicht ab. Im Gegenteil: Durch den Abfluss hatte sich verfärbtes Abwasser mit noch unschöneren Einlagen gedrückt. Vermutlich nicht nur vom hustenden Amerikaner über uns. Erst kam ein Hausdiener vom Pellegrino & Commercio mit einem Schwall Italienisch, lief rufend weg und kam als Installateur zurück mit einem schwarzen Hausmädchen und mit Eimern, Kehrblechen und Lappen. Birga floh tropfnass ins Zwergenbett. Mein Kollege hatte Recht gehabt: Die blaue Pille wirkte nur bei Lust. Die Lust war mir vergangen. Das Pellegrino & Commercio verzichtete kulant auf die zweite zusätzlich zu zahlende Nacht. Grazie, antwortete ich.

V

Fünf alte Männer

Nirgendwo auf der ganzen Welt, von der ich aber nur das linksrheinische Konstanz gut, das schweizerische Kreuzlingen befriedigend und Köln mangelhaft kannte, hatte ich mich außer in den schattigen Tobeln des Thurgauischen Seerückens so fürchterlich verlaufen wie in Köln. Der schwarze Kölner Dom, die Zülpicher-, die Mauritiuskirche eines Irrlichts Spott, mal da, dann wieder gründlich weg, mehr un- als sichtbar. In den aussichtslos verbauten, gekrümmten, um sich kreisenden Kölner Straßen fand ich noch weniger Orientierung als in den in sich gekrümmten Straßen von Aachen. Düren war mir unbekannt.

In Aachen hatte Jakob eine Zeit kurz gewohnt, zuerst in der Jakobsstraße, danach, nachdem er einen anderen Job und eine neue Freundin hatte, in der Vaalserstraße, wo sie am hässlichsten ist und das monströse Klinikum sich sehen lässt, danach, solo, in der Richmondstraße zwei Wochen, schließlich in Kornelimünster, arbeitslos, weil in dieser Branche keiner älter als 40 wurde, und solo, weil er sich in die Tochter des Münsterbäckers verguckt hatte. Nicht alle süßen Teilchen, die er bei der Bäckerstochter nach längerer Wahl kaufte, aß Jakob auf. Trotzdem wurde er in den vier Wochen so dick, dass er sich Hosen von mir lieh. Nie verloren Fiffi, der damals noch nicht Fiffi gewesen war, und ich die Orientierung in Kornelimünster. Der Ort war klar gegliedert und überschaubar von der halben Höhe. Auf die ganze Höhe waren der Vor-Fiffi, der damals, umgerechnet, so alt war wie ich heute, und ich nur ein einziges Mal hinaufgepfiffen. Abwechselnd waren der Vor-Fiffi und ich stehen geblieben und hatten so getan, als müssten wir rücksichtsvoll den anderen ein wenig verschnaufen lassen. Nirgendwo auf der Welt war es übersichtlicher als auf den Höhen der Plateau-Eifel. Unter einem fast schon atlantisch hohen Himmel schaute man unverstellt über ferne Fernsehtürme, Teleskope, Hochmoore, Hochhäuser und Shetland-Ponys, die mit weiß wehenden Mähnen zwischen exakt bis an den Horizont gezogenen Zäunen standen. In der Tiefe der Täler aber dünsteten die Städte wie Aachen oder Bad Münstereifel, in dem ich und Vor-Fiffi auch nie die Orientierung verloren hatten, als Jakob dort für eine Stiftung eine neue Software installiert hatte, weshalb ihm der Direktor Dr. K. Rotte mit einem Schadensersatzprozess gedroht hatte und Jakob schnell unbekannt verzogen war. Bad Münstereifel war neben Kornelimünster die übersichtlichste Stadt, die ich wegen meiner Familie habe kennen lernen müssen. Hatte ich aber mit dem mir lieben Vor-Fiffi den Weg vom Aachener Dom, der durch seine erhabene Lage an sich mehr

Orientierung bot als der Kölner Dom, zum Aachener Bahnhof, vor dem eiserne Hengste mit wehenden Mähnen immer auf derselben Stelle standen, suchen wollen – oder auch umgekehrt von den Hengsten zur Innenstadt, waren wir erst nach reichlichen Serpentinen und noch mehr Rückschlägen ans Ziel gekommen, manchmal, entnervt, mit einem Taxi, vor allem dann, wenn wir schon wieder um Omas Schnapshaus im Kreis gelaufen waren. Der Schnellimbiss Beim Ostfriesen schien geeignet, um uns Ruhe zu gönnen. Vor-Fiffi lag mit der Schnauze am Boden und pinselte müde mit seinen Vor-Fiffi-Brauen zu mir hinauf, als ich das Angebot mit der falschen Brille studierte. Es bestand aus Kebab-Variationen. Krabben gab es nicht, und als ich für Fiffi Wasser, mich Jever-Bier, für uns beide einen Kebabteller bestellt hatte, fragte der Ostfriese: Waas dat? Dat isset, antwortete ich. Noch während Fiffi mit seinem trotz seines Alters hübschen, schmalen, roten Zünglein das Wasser aus dem ostfriesisch blau gemusterten Napf schlappte, wurde er nervös. Er stand steif. Richtete die Ohren auf. Sein Schwanz wechselte zwischen wildem Wedeln und Starre. Er machte Ansätze zum Hinausrennen. Seine Hinterbeine zitterten. Er wickelte die Leine zweimal um meinen Tresenhocker. Er reckte die schwarze Nase und witterte in schnellem Wechselspiel der Nasenlöcher. Vor dem Ostfriesen hatte Jakob gestanden. Mit seiner Freundin, von der ich nur wusste, dass sie Germanistin war und er sie Hildegard von Bangen nannte. Und mit Juliane, deren Haare rot brannten. Juliane schob einen Kinderwagen, in dem vermutlich der erste unserer nun zwei Morsbroicher Enkel gelegen hatte. Ich duckte mich unter den Tresen und hielt Vor-Fiffi die Schnauze zu. Sie lasen das türkische Menü des Ostfriesen. Mal schüttelte Juliane, mal Jakob den Kopf. Einträchtig, als hätten sie sich nie so bis aufs Blut gezankt, dass wir Kontaktsperre hatten verordnen müssen. Vor-Fiffi jaulte durch die zugehaltene Schnauze. Ich versuchte, ihn zu bestechen, womit sich alle Fiffis bestechen lassen: unter dem Bauch kraulen. Er legte sich aber nicht auf den Rücken, um sich mit angezogenen Beinen kraulen zu lassen, er schlug nach mir mit dem verschlossenen Maul. Der Ostfriese, der wahrscheinlich ein abgebrochener Maschinenbaustudent aus Düren war, beugte sich über die Theke und hielt mir den Pappteller mit dem Kebab hin. Bevor ich Vor-Fiffi hätte springen lassen müssen, um dem unechten Ostfriesen den Teller abzunehmen, waren Juliane und Jakob und Hildegard von Bangen vor dem Schaufenster des Ostfriesen verschwunden. Ich war gerettet und überließ Vor-Fiffi den Kebab-Teller. Da betrat Juliane, ziemlich schwanger, den Ostfriesen und fragte: Haben Sie eine Toilette? Ich drehte mich unter die Theke zu Vor-Fiffi, der die Zwiebelringe zur Seite warf. Ja eijentlisch schon, hatte der Ostfriese geantwortet, aber nit wirklisch. Was das heißen solle, hatte Juliane gerufen und ihren Bauch gezeigt. Dat heißt, dat wer nix konsumiert, der pinkelt hier ooch nit. Juliane war gegangen, Vor-Fiffi war satt, ich konsumierte ein weiteres Jever, und meine Frau stürmte herein, schrie: Sie haben keine Toilette für eine schwangere Frau? Das wird Konsequenzen haben, rief meine Frau und stürmte wieder hinaus. Dat jibbet doch nit, beugte sich der Ostfriese über die Theke zu mir und Vor-Fiffi hinab und wollte Zuspruch. Den gab ich reichlich. Wollte meine Familie nichts von mir wissen, so verriet ich sie am hellichten Tag.

Bevor ich nach Konstanz zurück gefahren war, hatte ich die romanischen Kirchen von Köln präpariert. Fuhr ich nach Köln zurück, las ich im Zug die Broschüre »Die romanischen Kirchen von Köln«. Und kaum war ich wieder in Köln, verlief ich mich in Köln und verwechselte alle romanischen Kirchen und war wieder statt bei St. Pantaleon bei St. Cäcilien heraus gekommen. Melaten war das Übersichtlichste in Köln: exakte Quadrate, ordentlich durchnummeriert. Ich hatte, Melaten nur von der Linie 1 aus kennend, die backsteinrote, spätromantische Mauer entlang der Aachener Straße für die Haupteingangsfront gehalten und hatte über den Betriebshofseingang Melaten betreten und hatte den Haupteingang an der Piusstraße nebst WC erst erreicht, als es fast zu spät gewesen war. Nur fast: Ich pinkelte nicht in, sondern nur auf meine Hose. Es war die helle Radfahrerhose. Ich setzte mich aufs Mäuerchen am Eingangstor und hoffte auf Sonne für meinen peinlichen Hosenflecken. Meine Fersen stachen, mein rechter Meniskus bohrte, meine Leisten und mein linker Springhoden zogen und zerrten, der übliche Schmerz vom Hals über die Beckenwirbelknochen, über die Innenschenkel bis zu den Zehen, der, hoffte ich, ischiasverursacht sein konnte, bitte nicht vom tückischen Oberschenkelkrebs, dessentwegen einem ein Bein amputiert wurde, und dann starb man doch schnell und einbeinig. Immer schon war ich auch an den Halssträngen empfindlich gewesen. Deshalb fuhr ich nie in so genannten Interregio-Expressen nach Köln, in denen junge und alte Lümmel die Fenster aufrissen, so dass nicht ihnen, aber mir, der ich hinter ihnen saß, der Sturm um die Halsstränge tobte. Ließen sich Interregio-Expresse bis Singen am Hohentwiel nicht vermeiden, saß ich stets auf der ersten Bank hinter der Abteiltür, weil sich an der ersten Bank hinter der Abteiltür eines Interregio-Expresses das Fenster nicht öffnen ließ. Zwar war mein Hosenfleck jetzt schon so verblasst, dass er als lässliche Altmännersünde hätte durchgehen können, doch wäre ich nun aufgestanden, hätte drohen können, dass der Schmerz im Bein einen Bandscheibenvorfall oder doch den gemeinen Oberschenkelkrebs bestätigt hätte. Ich hörte dem schrillen Pfeifen der entwichenen Papageien zu, die es so wild nur in Köln, und vor allem auf Melaten, gab, hoch über den Kölner Zedern des Libanon. Wenn ich den Kopf schräg hielt, verstärkte sich mein Innenohr-Tinitus. Zwar waren die schmalen, rissigen Kölner Radwege die unangenehmsten der mir wenig bekannten Welt, doch sie waren darin gnädig, dass sie in kurzen Abständen Verweilpausen vor Ampeln gewährten. Die kurzen Strecken zwischen den Ampeln auf den unkomfortablen Kölner Radwegen bewältigte ich aber nicht mehr. Ich musste auf der Aachener Straße, wenn jüngere und viel ältere Radfahrer und vor allem Radfahrerinnen mich zu überholen ansetzten, schnell vom Radweg abbiegen, so tun, als wolle ich in einer Bäckerei Laugenbrezeln einkaufen, die in Köln für einen, der aus Konstanz kommt, ganz unessbar waren, obwohl die Laugenbrezeln in Konstanz für einen, der aus Stuttgart kam, fast noch unessbarer waren als die in Köln.

Fünf alte Männer bewegten sich auf fünf Wegen auf Melaten zu. Es waren dies der Witwer aus Klettenberg, der Heimser aus Lindenthal, geschoben vom Engel, der Russ (der Hund) aus Sülz, der Polymoribunde vom Inneren Grüngürtel und ich. Der Polymoribunde, wie ihn sein Arzt wenig scherzhaft genannt hatte, zu Deutsch der Vielfachsterbenmüsser, der Witwer, der Russ liefen vom Inneren Grüngürtel, etwa vom Museum für ostasiatische Kunst oder vom Geusenfriedhof, aus Klettenberg, aus Sülz auf Melaten-Tor I, Tor II, Tor III an der Aachener Straße zu, der Heimser wurde von Lindenthal her vom Engel auf den Haupteingang zugeschoben, wo ich saß. Der neue Haupteingang war umpanzert von Blumen-, Grabstein- und Grabpflege-Bauten, ausufernd, kruschtig, zwischen Biotonnen und Leuchtreklamen wie überall bei Friedhöfen. Nur die Namen waren kölnisch: Dahmen, Du Mont, Greven, Lingen, Lingen, Schnütgen, Wallraf, Weskott, Wirtz. Nachdem der französische Kaiser verfügt hatte, dass in seinem Reich die Toten nur noch außerhalb der Stadtmauern und allein von den Kommunen beerdigt werden durften, entschieden die revolutionär gewordenen Kölner Patrizier sich für das alte Leprosengelände Melaten an der Straße, die damals schon nach Düren und Aachen führte, aber noch nicht danach hieß. Nach Melaten waren aus dem ganzen Rheinland Lepraverdächtige gegangen, geführt und geschoben worden, auf Melaten waren Leprakranke, die sich nur mit Glocken, Klingeln, Schnarren, welche die noch Lepralosen warnen sollten, bewegen durften, zu Tode gepflegt und eingegraben worden, im Wirtshof Melaten war Bier steuerfrei ausgeschenkt worden, von Melaten aus hatten Tageslichtuntaugliche Richtung Westen, Düren und Aachen, reisende Kaufleute geschröpft, entmantelt und entpelzt und gebläut. In der kaiserlich-kölnischen neuen Melaten-Mauer war zu lesen gewesen: »Ob du arm bist oder reich/Ob du lebst oder bist bleich/Dies ist zuletzt ganz gleich/Jeder einzeln Mensch auf Erden/muss zuletzt zu Staube werden/Drumb oh Wanderer stehe still« undsofort mit Vaterunser. Diese des tüchtigen Baumeisters Wallraf würdigen Verse von 1810 radierte unfreiwillig ein durchgegangenes Pferdefuhrwerk aus, weshalb sie 1836 von dem »Cölner Comite zur Errettung gefallener Jungfrauen« neu gestiftet wurden und immer noch unweit des Tores II von 1810 zu lesen waren, ebenso TRANSI NON SINE VOTIS MOX NOSTER – »Geh' nicht vorüber ohne fromme Gebete, Du, bald der Unsrige.« Es näherten sich Melaten der Witwer aus Klettenberg, der Heimser aus Lindenthal, geschoben vom blonden Engel, der Russ aus Sülz, der Polymoribunde vom Inneren Grüngürtel. Und ich saß schon auf dem Mäuerchen neben dem Haupt- und Piuseingang, aber die Sonne war doch nicht durchgebrochen.

Der Heimser: Als der Schlaganfall den Heimser zur exakten Hälfte ruhig stellte, war klar, dass er in seiner Wohnung nicht würde überleben können, auch wenn, was er tat, der Sohn ihn fleißig besuchte, ihm half, so oft er konnte. Der Heimser kam in das Heim, das einen mit Ach und Krach bezahlbaren Platz hatte. Der Sohn hatte aus der Wohnung eingepackt, was sich als persönliche Habe in einem Zweibettzimmer unterbringen ließ: ein Album mit Familienfotos, die Lieblingstasse, obwohl er nun aus einer Schnabeltasse trinken musste, die alten, rasierschaumweißen Lederpantoffeln, als DIN-A-4-Druck Die Kreidefelsen von Rügen, wohin der Heimser immer schon einmal gewollt hatte wie andere nach Venedig. Und ich sorge dafür, dass du, wenn es dir besser geht, wieder zurück kommst in deine Wohnung, hatte der Sohn wiederholt versichert. So lebte der Heimser im Heim auf Vorbehalt. Das tröstete, war das Klo verschissen und schrie der Zimmergenosse: Der Lahme wars, der hat seinen Darm nicht im Griff. Alles versaut, schimpfte der blonde Engel und wischte. Der Heimser brauchte keine Fotos, er sah seine Wohnung vor sich, vom Eingang an lief er im Kopf durch die Wohnung, durch alle Zimmer, sah jede Ecke, jeden seit langem von ihm gesäuberten Staubwinkel, das Geschirrservice seiner Frau, deren Mutter, seiner Mutter. Als den Sohn mit 54 ein Sekundentod auf den Flur des Amtes warf, stellte sich heraus, dass der Heimser schon lange keine Wohnung mehr hatte, kein Geschirr, keine Bilder, keine Modelleisenbahn, alles hatte der Sohn verscherbelt. Nur die Lieblingstasse und die Kreidefelsen von Rügen waren ihm geblieben, die Pantoffeln hatte der brünette Engel entsorgt. Der Heimser trat das Erbe seines Sohnes an und bezahlte damit den blonden Engel, damit er ihn einmal im Monat zum Grab des Sohnes nach Melaten schob. Ein Grab seiner Frau konnte der Heimser nicht besuchen. Die Frau war auf dem Weg zu einem amerikanischen Krebsspezialisten bei einer Flugzeugexplosion in zwölf Kilometer Höhe – das mochte sich der Heimser nicht vorstellen, er sagte für sich: am Himmel zerstäubt. Wenn der rote Engel ihn nach Melaten schob, drückte die Windel im brandwunden Po, was er dem Engel nicht sagte. Es war nicht das Heim, nicht die Lähmung, die dem Heimser das Leben verzichtbar machten, es waren der Dreck, die Belästigungen, die angewiderten Vorwurfsaugen aller Engel. Dachten nicht alle: Ein schnelles Ende wäre das Beste für ihn? Das dachte er nicht. Er dachte: Wenn schon, dann lieber übermorgen als heute. Als wäre man eine Katze und wünschte sich sieben Leben. Wenigstens zwei oder drei. Aber keines mehr, in dem seine Frau, sein Sohn Regie führen würden. Ein Leben, in dem er mit zwei lebendigen Beinen und Armen würde, wenn schon nicht hinauf klettern, so doch von den Kreidefelsen auf Rügen hinunter sehen können; und würde er fallen, finge ihn ein Engel auf. Der Heimser trug es leicht, dass er wegen seiner matschigen Sprache niemanden mit seinen immer weiter zurück reichenden Erinnerungen behelligen konnte. Sollte der schwarze Engel doch plappern aus seinem vollen Leben, dass sie nun nicht mehr mit dem, von dem beim letzten Melaten-Gang die muntere Rede gewesen war, zusammen lebe, sondern mit einem, der täglich eine Dose ungesalzener, fettfrei gerösteter Erdnüsse fresse, weil er nicht mehr rauchen wollte. Von den Erdnüssen nahm er zu, als er wieder zu rauchen begann, nahm er wieder ab, so ging das hin und her. Ein Vorteil des Alters war, dass man sich das Rauchen nicht mehr abgewöhnen wollte für eine gesündere Zukunft. Im Heim war das Rauchen verboten, der Heimser hatte auch nie geraucht. Noch war der Himmel über den altehrwürdigen, aber grünen Bäumen von Melaten etwas blau, das sah er noch, und die Papageien pfiffen darin, das hörte er noch.

Der Witwer: In der Summe blieb man, während die Zeit verging und schaute man sich nicht auf die Zähne, die Hände, ins Spiegel-Gesicht, von innen besehen derselbe. Nur die anderen wurden immer älter. Und so sollte das bleiben. Sie hatten fast nie über den Tod geredet, er käme sowieso, nicht über die Reihenfolge ihrer Tode. Die Kinder redeten über die Reihenfolge und waren der Meinung, es wäre eine Katastrophe, wenn die Mama vor dem Papa stürbe. Sie war vor ihm gestorben, und es war eine Katastrophe gewesen. Er war nun Witwer, und seine Füße blieben wie in frischem Teer stecken. Er wischte sich die Tränen nicht mehr ab. Das Leben geht weiter, sagten die Kinder. Sie brachten Essen, die Enkelkinder, einen neuen, größeren Fernseher, den verwitweten Schwager, der sagte: Glaub mir, das Leben geht weiter. Die Kinder führten ihn in seine Stammkneipe, wo er das Kölschglas hob. Das Leben war weiter gegangen. Die Kinder machten sauber, kauften ein, wuschen die Wäsche. Der aufgedrängten Renovierung hat er sich wehrhaft widersetzt und gewonnen. Dann machte er selber sauber, kaufte ein, kochte, brachte die Hemden in die Bügelstube. Die Kinder sagten: Es war doch keine Katastrophe, dass Mama vor Papa gestorben ist. Sie kamen jetzt, sich streng abwechselnd, manchmal sonntags, weil er kochte, als wäre er Mama, was die Enkelkinder mochten. Der Witwer ging auf Melaten, wann immer es ihm einfiel. Es fiel ihm oft ein. Aber er trat nicht an ihr Grab. Die Vorstellung ihres Zerfalls unter der Erde war eine zu große Grausamkeit. Er wusste nicht, ob er sich neben sie oder gar auf sie legen lassen sollte oder sich ein Grab in den Lüften wünschen. Er fragte sich, was er von sich halten sollte, weil er, um dem Wir-Museum zu Hause zu entkommen, sich eine neue Stammkneipe suchte, in der man seine Frau nie gekannt hatte; weil er um Erinnerungsplätze, an denen sie zufrieden oder verstritten gewesen waren, einen Bogen machte. Er räumte die Wohnung aus; die Kinder besuchten ihn nicht in der neuen in einem anderen Viertel. Er wusste, dass sein Traum, am Tage seines Todes, den er genau spüren würde, Kinder und Enkelkinder um sein Sterbebett zu versammeln, ein Schaum war. Die Kinder waren froh, dass sein Leben weiter ging, und würden ihm den Verrat an ihrer Mutter heimzahlen. Anonym würde er sterben und anonym seine Asche in den Rasen geharkt werden. Nur die Einzugsermächtigungen würden alles überstehen. Das Leben war zur Erleichterung aller weiter gegangen, aber es war eine Katastrophe geblieben.

Der Polymoribunde: Der Polymoribunde gehörte einerseits nur bedingt dazu, andererseits ganz besonders. Er war kein alter Mann, er war 51. Als er sich am Auge hatte operieren lassen sollen, musste er seinen Allgemeinzustand diagnostizieren lassen. Der Arzt seines Vertrauens schielte über die Lesebrille und brummte. Dann schickte er ihn zu mehreren Fachärzten seines Vertrauens. Der Polymoribunde hatte sich nicht unwohl gefühlt, besaß jetzt aber schlechte Gefäße, die Folge würden sein Herzinfarkt und Schlaganfall, Thrombosen,

Embolien undsofort. Selbst Aspirin half hier nichts mehr. Der nächste Facharzt schob ihn in die Röhre und diagnostizierte eine Geschwulst im Hirn, die sich nicht als gutartig herausstellte. Die Augenoperation sagte er ab, ihm reichte die Lesebrille, auch wenn er nun Gefahr lief, unter ein Fahrrad, die Straßenbahn zu geraten oder die Treppe hinunter zu stürzen. Eine Gefahr, die auch einen Polymoribunden nicht gleichgültig ließ. Deshalb blieb er einfach sitzen und zu Hause. Er zog sich die Lesebrille auf und las. Das war sein Beruf. Und konnte er nicht mehr lesen, öffnete er den Rotwein. Zu Telemann trat er auf den Balkon, rauchte, besah sich von seinem hoch gelegenen Balkon die Fensterlichter im Uni-Center, im Klinikum, das Arbeitsamt blieb immer dunkel. Als er noch jünger als 51 gewesen war, hatte er die These, dass man sich wirklich nur in Effi Briest oder Madame Bovary und in Filmschauspielerinnen verlieben könne, für hellen Wahn gehalten. Phantasie war kein Lebensersatz, höchstens eine Lebensmittelergänzung. An seinem fünfzigsten Geburtstag hatte er Mitarbeiter auf ein Schiff in Rodenkirchen eingeladen, das danach abgebrannt war. Über den nächsten runden Geburtstag brauchte er sich wohl keine Gedanken mehr zu machen. Er war nun 51, polymoribund und las. Sah man mit Geduld zu, sah man, wie die Fenstermuster in den Schachbrettern des Klinikums, des Uni-Centers wechselten, aber nie erloschen. Wettete man mit sich darauf, welches Licht als Nächstes erlöschen würde, verlor man meist. In dieser Höhe störte niemanden der etwas schwarzgallige Georg Philipp Telemann. Der aus vielen Gründen Sterbenmüssende saß, trank, rauchte und nahm sich vor, sich mit Melaten vertraut zu machen. Nie verließ er die unaufgeräumte Wohnung. Immer trug er, immer mit dem Schlimmsten aus heiterem Himmel rechnend, auf dem Weg nach Melaten frische Unterhosen.

Der Russ: Du Russ, du Hund, sagte zu sich selbst der Russ, der Hund. Weil er, wenn er nicht in seinem weiten schwarzen Radmantel über Melaten wanderte, gern in seinem ererbten, von Wasser und Wasserrosen umgebenen, durch bespießte Zäune vor der Klettenberger Welt gesicherten Haus Weißhaus saß oder lag im Schlafanzug, den er Nacht- und Morgen- und Hausrock nannte, melancholisch wie ein Russ, sagte er sich, obwohl er weder einen Backenbart trug über hohen Backenknochen noch slavisch schräge Augen hatte und statt Wodka Brennesseltee in den Innentaschen seines Radmantels mit sich schleppte, solange es hell war. Im Dunkeln ging auch der Russ nicht über Melaten. So ein Hund war er auch wieder nicht. Hund nannte sich der Russ, weil er, falls er nicht gerade melancholisch war, sich für zynisch hielt. Weil der Russ, der Hund, weil die zwei in ihrem geerbten, weitläufigen Haus und Gelände Weißhaus jenseits der Luxenburger Straße nichts zu tun hatten als im Morgen- und Abendrock zu sitzen, zu liegen in Park und Haus Weißhaus, weil sie mit fünfundvierzig jegliche unfreie Arbeit hatten kündigen können, waren sie Todesforscher geworden. Genug Platz war in Haus Weißhaus für Totentänze, Todesbilder, für mehrere in Mahagoni gefasste Zimmer voller Todesbücher. Es gab ja kaum ein Buch ohne Tod. Zwar hatte ein Vorfahre die Ziehbrücke über den jetzigen Seerosengraben zum Haus Weißhaus schleifen lassen, aber hinein kamen dem Russ, dem Hund niemand außer den Zugehfrauen. Die Zugehfrauen durften über die Brücke zum Haus Weißhaus nur gehen, wenn der Hund den Russ und der Russ den Hund über Melaten schleppte in ihrem weiten schwarzen Radmantel, in dessen zahlreichen Innentaschen Totenbücher steckten und Fliedertee-Flachmänner. Und kamen sie zurück, mussten die Zugehfrauen verschwunden sein, musste alles sauber gewischt sein, auch die Rücken der Totenbücher, die goldenen Rahmenränder der Totenbilder, hatte die schmutzige durch saubere Wäsche ersetzt zu sein, hatten Küche und Keller gefüllt zu sein gemäß den Mails, die Russ und Hund den Zugehfrauen in der Nacht schickten. Zugehfrauen ohne E-Mail würden die beiden nie einstellen.

Und was gabs von mir altem Mann noch zu erzählen? Zu ihrem Geburtstag hatte ich meiner Frau regelmäßig einen roten Pullover geschenkt, zu unserem Hochzeitstag Gladiolen. Gladiolen schenkte ich meiner Frau nicht mehr, da sie mir zur Silberhochzeit gestanden hatte, sie habe Gladiolen nie gemocht. Den letzten roten Pullover hatte ich meiner Frau auf den Geburtstagsgabentisch gelegt, als Juliane auf den Tisch drei adrett eingeschlagene Päckchen gelegt hatte, in denen jeweils ein roter Pullover verpackt gewesen war. Nach dem Ende des Lebensabschnittes Gladiolen und roter Pullover, bevor meine Frau nach Köln umgezogen war, hatte meine Frau mir gegen unsere Einsamkeit eine rote Keramiktomate geschenkt, in die man eine Kerze stellen konnte. Beim rötlichen Schein der mit weit aufgewinkeltem Mund lachenden Tomate saß ich allein auf dem kleinen Balkon, auf dem wir, wenn meine Frau mich im Forellschen Haus besuchte, zusammen flüsterten, um die Nachbarn nicht bei ihren Balkonpartys zu stören. Während der Verdrusszeiten im Amt hatte mir meine Frau geraten, mich zur roten Tomate auf den Balkon zu setzen. Einmal hatte ich sie in der Nacht ans Schänzle getragen und dort das Teelicht in der Keramiktomate angezündet und mit der Tomate Gewitter geguckt und mir dabei ausgemalt, wie es wäre, wenn Juliane und Jakob wenigstens auf der Nachbarbank säßen, die Enkel aufgeregt klatschen würden: Dat Jewitter kütt, denn ich konnte mir nicht vorstellen, dass es in Leverkusen-Morsbroich so ein Gewitter würde geben können wie über dem Bodensee. Das Gewitter war gekommen, hatte das Teelicht ausgeblasen, und ich war mit der kalten Keramiktomate in der Hand zurück gekehrt auf unseren Balkon, von dem der Bodenseesturm die Fleißigen Lieschen meiner Frau gefegt hatte. Die hinab geschmetterten Blumenkästen hatten die vor die unteren

Balkone aufgehängte Wäsche grün und rot gefärbt. Wie sollte ich mich entschuldigen? Ich tat gar nichts. Ich dachte: Mich kennt und grüßt hier niemand. Ich dachte: Einmal kommt meine Frau wieder, die klärt das dann. Den Balkon hatte, da ich mir, wie alle Männer, sagte meine Frau, besonders Väter, zischte Juliane, aus Heimpflanzen wenig gemacht hatte, meine Frau angelegt. Meine Frau und Juliane hatten Unrecht. Ich hütete die Hinterlassenschaft meiner Frau wie Augäpfel. Wir überbrückten unsere Einsamkeiten am arbeitsfreien Sonntag, vor oder nach der »Lindenstraße« durch Telefonate, in denen ich ihr den Wuchs der Fleißigen Lieschen beschrieb, über meinen schier vergeblichen Blattläusekampf im Dschungel des Kapuzinerkressewalles klagte. Ich erntete den Kapuzinerkressesamen für meine Frau, die Samen gern in ihre Tasche steckte, um ihn verstohlen in einen stadtkölnischen Blumenkübel zu stecken oder schnell über den Zaun des Geusen- oder Ketzerfriedhofes zu werfen. Das Rot der Tomate war inzwischen so verschossen wie das Rot der ersten Pullover. Meine Frau schlenderte in Köln, sofern es ihre Arbeitszeit erlaubte, durch Blumengeschäfte, um zu überlegen, was sie täte, hätte sie einen Balkon. Die Existenz des Morsbroicher Gartens ließ darauf schließen, dass Juliane in der Pflanzenliebe ihrer Mutter glich. Juliane hatte mir in unserer größeren Familienwohnung untersagt, den Balkon ohne Begleitung zu betreten, weil ich einmal ihren Basilikumkasten übergossen und ruiniert hatte. Jakob hatte die Pflanzenliebe geteilt, aber nach seinem dritten Umzug aufgegeben. Unsere gemeinsamen Konstanzer Balkonpflanzen erschwerten im Sommer meine möglichen Reisen nach Köln. Oder sollte ich Jakob bitten, von Singen herüber zu fahren? Zugehfrauen fand ich allein vom Wort her verdächtig. Für jedes Blumengießen hatte Jakob eine Woche Fiffi verlangt, den ich liebte, aber keine Woche lang. Hätte ich einen Nachbarn, eine Nachbarin, mit der ich mich grüßte, hätte ich sie bitten können. Mit dem Stromableser grüßte ich mich höflich, aber den Stromableser konnte ich nicht bitten, unsere Balkonpflanzen zu gießen.

Ich schaute dem Heimser zu. Er saß oder lag sehr schräg im Rollstuhl. Seine eine Gesichtshälfte hing. Sein eines Augenlid ließ nur einen Spalt der Pupille sehen. Obwohl es eher schwül war, lag eine bunt gemusterte Schottendecke über seinen Beinen. Wenn mich nicht der Falltod ereilen würde, würde des Heimsers auch mein Schicksal werden. Ich würde nicht durchhalten, jegliche Nahrung zu verweigern, angesichts des blonden Engels, der einen schon unverschämt engen roten Pullover trug. Haben wir etwa schon wieder geschissen, schimpfte der Engel, eine neue Windel gibt es aber erst im Heim! Auf dem Friedhof die Windeln zu wechseln, hätte etwas Perverses. Nie hatte mich meine Frau der Bredouille ausgesetzt, bei Juliane, bei Jakob, erst recht nicht bei unseren Morsbroicher Enkeln die Windeln wechseln zu müssen. Julianes erste Windeln waren aus

Bio-Baumwolle gewesen, die von selbstbestimmten Bauern in Südamerika angebaut wurde. Vielleicht sähe alles anders zwischen uns aus, hätte ich wenigstens einmal Julianes Baumwollwindel gewechselt, ihr den Po angehoben und das Braune abgewischt, die Windel gewaschen und aufgehängt, ihren Po angehoben und mit Penaten gesalbt und ihr eine frisch duftende weiche Windel umgelegt, wobei Juliane lustig gequietscht hätte. Vielleicht wären wir dann heute zwei Herzen und zwei Seelen, die zwischen sich ein Morsbroicher Enkelkind Engelchen-Flieg machen ließen. Vermutlich lauerte der Heimser hinter seinem fast geschlossenen Auge auf die Ankündigungen des Todes. Der Heimser hatte sie oft beobachten können an seinen Zimmergenossen, die er überlebt hatte. Das Sterben begann mit dem raschen Verlust der Sinne, wie das Leben mit dem langsamen Erwerb der Sinne begann. Erst hörte man nichts mehr, dann sah man nichts mehr, dann roch und schmeckte man nichts mehr. Dann wurde man ohne Gebiss ins Sterbezimmer gefahren, die Schlinge, mit der einem post mortem das Kinn hoch gebunden wurde, schon um den Hals. Der Heimser probierte es: Er hörte noch den Engel plappern. Er sah noch den weißen Schokoladenbauch des Engels zwischen dem Beckenhosengürtel und dem roten Pullover. Er roch noch was, es roch nach Mensch, es roch süß, und der Heimser erinnerte sich noch recht gut eines Geschmackes. Da begannen die Wipfel über Melaten sich zu biegen und zu rauschen.

Der Himmel über den Bäumen wurde kölngrau, fast so schwarz wie der Kölner Dom. Kühle kam auf. Die Papageien schwiegen in den Wipfeln. Die Gärtnerinnen und Gärtner flohen in ihre grünen Dreiradwagen. Erst schien der Regen in den Wipfeln Halt zu machen. Dann rann er durch die Blätter, tröpfelte, fiel dann durch die Blätter und auf mich. Ich floh dem Engel nach. Der Russ floh mit dem Hund, es flohen der Witwer und der Polymoribunde unter das Vordach der Alten Trauerhalle.

Der Engel hatte einen himmelblauen Schirm aufgespannt, mehr über sich als dem Heimser, und war weit voraus auf der Mittelachse. Dem lief ich hinterher; ein Engel kannte sich hier aus. Sie hatte schon passiert Berta und Theo Burauen und das Genossenschaftsgrab der Barmherzigen Schwestern nach der Regel des hl. Augustin, den Landrat, dann Aachener Polizeipräsidenten, dann Koblenzer Oberpräsidenten, dann Reichstagspräsidenten, schließlich nur noch Melaten-Gast nicht auf ewig, aber bis zur Auflassung: Max Wallraf. Der Bariton Wolfgang Anheißer war am Neujahrsabend im Kölner Opernhaus verunfallt und lag unter einer abgebrochenen steinernen Stimmgabel. Der Regen rann mir vom Nacken den Rücken hinunter, umso unangenehmer, als mir der Kölner Regen besonders sauer schien. Bei der Grabkapelle der Sofía Czory am Kriegerdenkmalsrondell wäre ich dem eilenden Engel fast so nahe gekommen, dass ich die Linien des englischen Höschens unter ihrer zum Anfassen weichen Cordhose hätte erkennen können, hatte mich aber übernommen und musste sehr verschnaufen, musste dann humpeln bis zur einzigen Rettung ins Trockene auf Melaten, weil ein spitzes Steinchen in meiner linken Sandale rieb und stach, so sehr ich auch schlenkerte und schleuderte. Unter dem Vordach der Alten Trauer-, jetzt Abstellhalle klappte der Engel den himmelblauen Schirm zu und schüttelte ihn, als wäre er ein Fiffi, in Tropfenbogen, so dass der Witwer nasekraus augenblitzte. Ich setzte mich auf die andere Seite der einen grünen Bank, weit weg vom Witwer, und während ich teilnahmslos zu der schmuck- und erwähnungslosen Grabstätte Malmedé, Egon Gerhard und Edit, schaute, versuchte ich durch Sohlenschürfen und -krümmen des spitzen Steinchens ledig zu werden, traute mich nicht, die Sandale zu öffnen wegen des Geruchs, der in den Sandalen älterer deutscher Socken nisten könnte.

Der Witwer war, von Tor II her, an Du Mont, Wittgenstein, Delius, Himmelseher, Herstatt und an den für Napoleon gefallenen Soldaten vorbei gekommen. Die Frauen, die auch Melaten mit Gießkannen und Stiefmütterchen beherrschten, waren auf den Grabsteinen, wenn überhaupt anwesend, dann dem Namenszug des Mannes untertan und hießen geboren anders als tot. Der resolute Engel wahrte keinen Abstand, sie hob den Heimser aus dem Stuhl, ließ ihn, dass die eine grüne Blechbank stöhnte, fest und direkt neben mich plumpsen und setzte sich selbst in den gut wattierten Rollstuhl, die nassen Schuhe überkreuz. Es flüchtete auch der Polymoribunde zur Alten Trauerhalle mit einem sehr gramen 51jährigen Gesicht, denn er hatte, von Tor 1 aus, gezählt: der Komponist Willi Ostermann: 69 Jahre; der Kapellmeister Christian Reuter: 71; Hans Jonen dichtete: »Am Aschermittwoch ist alles vorbei« und starb mit 66; Jupp Schlösser (»Schau nicht auf die Uhr«) wurde 81; Charly Niedieck, die »Ulknudel«, 62. Und er war jetzt schon dran. So viele hatten gelebt und waren gestorben, die Neandertaler zum Beispiel, da blieb es recht relativ, ob man als einer von Aber-Billionen 51 oder 75 Jahre gelebt hatte. Leben konnte man nur, wenn man die Zeit vergaß, die Zeit aber vergaß einen nicht. Der Vielfachsterbenmüsser zögerte erst am Rande der Bank, die Schuhe einwärts, setzte sich dann, etwas mir Unverständliches nuschelnd, neben den Witwer. Der Engel fuhr ein wenig im Rollstuhl des Heimsers unter dem Vordach der Alten Abstellhalle und rauchte in den Regen. Ich sah in des Engels langem Haar das Haar meiner Frau, als sie noch jünger und unbekümmert ums Färben gewesen war. Und schämte mich sofort: Nie sollte sie im Rollstuhl sitzen. Und wenn doch, dann noch zu meiner Zeit, so dass ich sie würde schieben oder wenigstens auf Krücken würde begleiten können. Es fehlte noch der Russ. Wer, schalt sich der Russ, war er denn? Nichts als ein melancholischer Hund, der seinen schwarzen Radmantel um sich schlug und unter dem schwarz verfilzten Schlapphut, vom Tor III her, eine kleine Weile dem Regen trotzte. Die Taschen voller Tand und Kram. Dagegen: War Franz Leuffen Sanitätsrat und Stadtphysikus gewesen, hatte Heinz Schacht mit dem Hauptmann von Köpenick brilliert, hatte Rita Wordel »Psalmen op Kölsch« gedichtet, dagegen war René Deltgen des Teufels General und Heidis Großvater gewesen und war Willy Birgel für Deutschland geritten. Vor den Kindergräbern sagte sich der nasse Russ: Und du bist nur ein Hund, und du bist nur ein Hund. Er entschloss sich, sich verbrennen zu lassen, seine Asche gedenkenlos in den schlammigen Wassergraben seines ererbten Weißhauses von einer, am besten moslemischen Zugehfrau ausleeren zu lassen, damit sich seine Asche auflöse in die Aberbillionen Biographien der namenlosen Wasserflöhe und Stabtierchen, aus denen seit 1669 sein vom Hürther Duffesbach gespeister Weißhauser Wassergraben bestand. Kein Archäologe würde ihn je ausgraben können. Vom durchweichten Schlapphut troff dem Russ der Regen auf seine Grünteenase. Da wollte der Russ ins Trockene und quetschte sich in seinem pudelnassen Radmantel ziemlich breit und grußlos zwischen den Polymoribunden und den Witwer auf die grüne Blechbank. Da saßen wir Stangengockel nun hinter einem Engel, der, wenn er keck vor der Bank auf und ab fuhr, uns die Brust reckte, an uns frech vorbei sah zu den jungen Gärtnern in den vorbei rappelnden Dreirädern.

Der Engel schickte aus dem Rollstuhl des Heimsers allerlei SMS, vermutlich nicht nur an Melaten-Gärtner. Ein Streifen heller Bauchhaut mit blau tätowiertem Seeadler, der sich den Bauchnabel griff, hatte sich frei gemacht zwischen dem roten Pullover des Engels und dem silbern beschlagenen Ledergürtel. Ich schämte mich sofort: Wenn es Juliane wäre! Juliane hatte, wenn ich sie berührt hatte, sofort eine Haut bekommen, die ich nicht Gänse-, sondern holländisch kippevell genannt hatte. Wir alle sahen den Seeadler. Nur der Polymoribunde schaute beharrlich am auf und ab rollenden Engel vorbei. Ich hatte meiner Frau nur gesagt, ich wolle heute das Krieler Dömsche besichtigen. Das hatte meine Frau gefreut. Dass mich zum Krieler Dömsche Melaten zog, hatte ich verschwiegen. Von Melaten wusste meine Frau so wenig wie ich vom inneren Auge, mit dem meine Frau jüngere Männer ansah.

Der Russ ging, als es zu regnen aufhörte, durch Tor III zum Weißhaus und liebte seine Zugehfrauen. Der Witwer mied das Grab seiner Frau, wollte sich nichts vorstellen müssen. Den Heimser schob der blonde Engel ins Heim zurück. Die Frau zerstäubt, der Sohn ein Betrüger; er hatte seine Pflicht auf Melaten getan. Und was tat der Engel mit dem Seeadler über dem Nabel? Sie kaute Kaugummi so, dass alles zu sehen war, weiß und rot, und spie ihn aus. Der Polymoribunde ging zurück zu seinen Büchern und umgriff die Lesehilfe in seiner Manteltasche, der Halt, der ihm blieb, bis die Lesehilfe, an dessen Nasenhöckern sein Hautschweiß klebte, in den Orkus geworfen würde, neben das Entrümpelungsauto fallen und von einem Freizeitjeep überfahren werden würde. Und ich kam von Melaten, weil meine Frau sicher noch im Amt war, an der Kleinen Kneipe nicht vorbei.

VI

Auerbachplatz

Junge Leute saßen schon zum Morgenbrot auf den Bürgersteigen des Weyertals und lasen mit gebeugten Brillen, während sie dabei im Kaffee rührten, fröstelnd in der Frankfurter Zeitung. Wir liefen auf der sonnenbeschienenen Seite der Straße. Unsere schwachen Schatten schleppten wir leicht. Ich sah mich öfter um, um mich zu freuen, dass mein schmeichelhaft schmaler Schatten nicht den viel schmaleren Schatten meiner Frau erdrückte. Wir hielten uns an der Hand, was an unseren Schatten nur zu sehen war, wenn wir einen uns entgegen kommenden Hund zwischen uns durchließen. Unübersehbar war in unserem Viertel das hohe Bettenhaus des Klinikums. Meine Frau hatte weniger Angst als ich, obwohl meine Konstanzer Darmspiegelung ein Klacks mit negativem Befund gewesen war. Ohne meine Frau loszulassen, riss ich aus dem grünen Wuschel eines Kübels vor einem Bistro eine rotgelbe Kapuzinerkressenblüte, die wir mit unserer gemeinsamen Hand drückten. Ich winkte Sibylle etwas nach. Wenn man die winkende Hand sinken ließ, sie in die Tasche steckte und der Straßenbahn nachschaute, war das wie ein Verrat. Meine Frau musste sich einer Magen- und Darmspiegelung unterziehen, weil okkultes Blut in ihrem Stuhl gefunden worden war, Sibylle hatte starr abgelehnt, dass ich sie, beduselt von der Narkose, mit ihrem Auto abholte. Sie wollte schnell mit einem Taxi kommen. Zu oft hatte ich die, wie sie meinte, sehr überschaubaren Ringe verwechselt, die Plätze nicht auseinander halten können und war zügig, um nicht als Kleinstadtfahrer enttarnt zu werden, am Chlodwigtor oder Bayenturm heraus gekommen statt am Barbarossaplatz. Zwei Tage hatte sich Sibylle entleeren müssen. Ein bekömmliches Hühnchen wollte ich zum Willkomm bereiten. Immer wenn meine Frau auf dem Klo purgieren musste, hatte ich ihr Französisch Kochen zu Rate gezogen, das noch aus der Zeit stammte, als wir geglaubt hatten, wir würden einmal in unserem Leben wenn schon nicht bis Spanien, dann wenigstens bis in die Normandie kommen. Kein Poulet aux champignons, kein Poulet sauté au curry, das Sibylle so wenig mochte wie alles indische Essen, ein Poulet à la crème sollte es sein. Auf dem Markt auf dem Auerbachplatz entschied ich mich für ein holländisches Freiland-Hühnchen mit bleichem, porigen kippevell. Die Zwiebeln und Möhren, die ich versehentlich süddeutsch Gelbe Rüben genannt hatte, kaufte ich bei einem Türken mit Kölner Akzent. Sibylle liebte Hühnchen. Meine Frau betrat jetzt vielleicht die Säle der Praxis am Ubier- oder Rudolfplatz, die nichts als Magen- und Darmspiegelungen durchführte.

Ich trug das Marktfrische in einer dünnen grünen Plastiktüte nach Hause, die erst, als ich die Wohnungstür aufschließen wollte, riss. Säße Sibylle noch, bekleidet, ihre Handtasche, stellte ich mir vor, fest haltend, als wäre sie meine Hand, in der Reihe der Magen- und Darmspiegelungsfälle auf einem Stuhl, hinter dem eine Holzleiste angebracht war, damit der Stuhl nicht an der Praxiswand scheuern konnte? Ich sollte das Hühnchen in Stücke schneiden und dann zusammen mit den Zwiebeln und den Gelben Rüben braten. Ich holte die Geflügelschere, die wir uns statt der Reise in die Provence gekauft hatten und die meine Frau von Konstanz mit nach Köln genommen hatte, um sich für sich allein ein Poulet aux champignons zu braten, was sie aber, weil sie allein war, nie getan hatte. Sibylle musste sich jetzt vielleicht ausziehen und stünde fröstelnd da, so kannte ich sie. So sollten sie nicht andere kennen. Keine SMS, keine Nachricht in der Handy-Box. Ich wechselte zwischen Hühnchen und Computer, mit dem ich die Wahrscheinlichkeit einer negativen, also dem Befunde nach positiven Darmspiegelung eruieren wollte. Als ich den Computer öffnete, schlug die E-Mail an.

Der belesene Polymoribunde mailte: »Dem Major war vor kurzem ein Vorderzahn ausgefallen, und er fürchtete, den zweiten zu verlieren, und mit diesem Mangel um eine junge Geliebte zu werben, fing an, ihm ganz erniedrigend zu scheinen.« (J.W. Goethe). »›Sieh mich doch an, Amalie! Die Runzeln meiner Stirn. Die

Falten meines Halses! Und die tiefe Rinne da von den Augen den Schläfen zu! Und hier – ja, hier in der Ecke fehlt mir ein Zahn‹, – Casanova riss den Mund grinsend auf.« (A. Schnitzler). »Alte Männer schauen sich als Erstes immer auf die Zähne. Fortgeschrittener Zerfall, den er an Haaren und Zähnen, Haut und Knochen immer schon erlebte und mit immer größerer Aufmerksamkeit und Angst beobachtete. In jedem Augenblick konnte diese Angst vor dem Verfall ausbrechen, der Schrecken, den das Vergehen weckt.« (M. Walser) »Schlimm nur die Zähne. Ich habe sie immer gefürchtet; was man auch dagegen tut: ihre Verwitterung. Überhaupt der ganze Mensch! – als Konstruktion möglich, aber das Material ist verfehlt: Fleisch ist kein Material, sondern ein Fluch.« (M. Frisch) »Schrecke hoch, kann nicht schlafen. Bin sowieso krank. Wird wahrscheinlich von Tag zu Tag schlimmer. Kann bald nur noch im Bett liegen. Krankenhaus. Rehabilitation. Mit alten Männern. Fühle mich wie Mitte Fünfzig. Erster Herzinfarkt.« (R. Koch) »Ein glatzköpfiger Herr, Mitte fünfzig, setzte Blutegel an seine traurigen Altmännerbeine.« (G. Grass) »Die ersten Anzeichen, dass eine Schwelle überschritten worden ist und die lange Talfahrt in Richtung Tod begonnen hat, machen sich meistens erst im Alter von etwa fünfundvierzig Jahren bemerkbar. Dieser Mann war schon über sechzig, man konnte hoffen, dass er bald sterben würde.« (M. Houellebecq) »Der Soloposaunist muss seinen Posten aufgeben und kriegt das Gnadenbrot als

2. Posaunist. Zwischen 50 und 60 trifft es jeden. Das Schlimmste ist: Sie wollen es nicht wahrhaben, dass sie alt sind.« (F.C. Delius) »Wenn du einem Arzt gestehst, dass du fünfundfünfzig oder gar sechsundfünfzig bist, fühlte er sich total entlastet. Er muss dir nicht mehr helfen, sondern dir nur noch beibringen, dass du dich mit deinem Zustand abzufinden hast. Übers Alter kann man sich mit Jüngeren nicht verständigen.« (M. Walser) »Immer diese Schocks, wenn man nach längerer Zeit Gleichaltrige trifft: Das kann doch nicht wahr sein! dass ich so alt bin!« (H.H. Hiebel) »Als ihm Haare aus den Ohren wuchsen, wussten wir: Es war vorbei.« (A. Stadler)

Der Heimser hätte gemailt: Nie schlafe ich vor vier Uhr ein. Um Viertel vor zehn schaltet der Engel Fernseher und Deckenlicht aus. Manchmal schaut der Engel mir dabei noch in die Augen. Nun brennt nur noch mein Bettenlämpchen, halb lahm ausgestreckt liege ich in meiner Osramglocke, gegen des Nachbars Geröchel, Geraschel, Geschnarche habe ich das Ohr am Kissenradio, Klassikkanal. Die Sinfonie aus der neuen Welt. Ob im Sommer leicht, ob im Winter schwer – schön ist es, zugedeckt zu liegen und noch zu leben. Ich schließe mit dem Schlüssel, der nur mir gehört, den Kontinent meiner Erinnerungen auf, der mehr Länder hat als Afrika. Bis ich einschlafe um vier, streife ich durch meinen Kontinent und komme zur Ruhe, wenn es vier Uhr ist. Heute fahre ich auf dem Rennrad durch die Eifel. Die Hosen mit dem Hinternleder sitzen exakt. Die Schuhe so zu binden, dass sie weder drücken noch schlabbern, ist Vorlust aufs Fliegen. Bei der ebenen Anfahrt zur Eifel verliebt sein ins Hinhören, wie die geölte Kette über die Zähne und Ritzel surrt, mühelos umspringt von Zahnkranz zu Zahnkranz; feine Mechanik zwischen Maschine und Kunst. Den Berg hinauf die Tropfen zählen, die auf den staubig gewordenen Rahmen fallen. Einen Tachometer gibt es noch nicht, ich messe das Hinauf und Herab nach den Atemfahnen am frühen Morgen, nach dem Muskelzucken ums Knie, nach dem Griffwechsel von den Manschetten der Bremse zum Oberlenker, nach den weißschwarzen Straßenpfählen. Und oben, aufgereckt aufatmend, der Griff an den Unterlenker, hinabgebeugt, den heißen Hintern hoch, die Kappe nach hinten gedreht. Der Wind ist nun mein allerbester Freund. Wie ein Luchs hinter der dunklen Brille, in der sich meine Augen spiegeln, sehe ich die Straßenstreifen wegfetzen, die Ideallinie der Kurve vermessend. Fliegendes Raubtier nun. Unbekümmert um totes Vieh am Straßenrand und Dosen. Will nur noch sausen. Am Rur-, am Urftstausee entlang. Ich sehe die Einfahrten nach Nideggen, Schmidt, rapple mit gelockerten Muskeln durch Strauch und Kesterich, lasse Homberg hinter mir, fahre wie eine Kniemaschine am Dreiländerbach-Stausee entlang. Sitze ab, wo ich immer absitze, am Brunnen in Simmerath, unter der Linde in Eicherscheid. Wenn ich mich erinnere, sind die Blüten der Linde in Eicherscheid geöffnet, so riecht Sommer, und die rissige Holzbank klebt von Linden. Simmerath verlassend, wächst die Kraft, sie nimmt nicht ab. Ich bin auf schmalen Reifen Herr der Landschaft. Bin die Sonne über den weiten blauen Eifelhöhen, bin der Tau in den Tälern, die nur Fachwerkhäuser zulassen. Langsam zieht Frieden in mein geschütteltes Fleisch. Immer ende ich in Münstereifel. Auf der steinig gezähmten Erft rudern hastig die bunten Enten. Süß drücken mir die Brückensteine in den Radhosenbauch. Mein Gesicht ist reines Salz. Mit der Ruhe stolzer Erschöpfung sehe ich allen Menschen nach. Sie queren, kommen zurück. Sie betreten ein Geschäft, treten heraus, bleiben stehen, allein, zu zweit vor einem Schaufenster. Sie beugen sich über Kinderwagen. Seit der Engel mich scheinbar schlafend fand, ist es so lange her, dass jetzt halb zwei sein müsste. Da kommt Irina. Immer ist Münstereifel der Ort, an dem es Irina gibt. Ich wäre ja nichts, gäbe es Irina nicht. Wir laden das Rennrad ins Auto. Wenn wir die Autotüren zuschlagen, sitzen wir in der warmen Opel-, dann Ford-Glocke. Golf gab es erst, nachdem Irina gestorben war. Die Glocke ist Irinas Duft und der ihrer Zigaretten. Sie weiß, dass ich nach Berg und Tal sanft schnurrend durch die Kurve ausholend gefahren sein möchte. Manchmal hält sie vor den Kurven meine Hand, manchmal lege ich meine Hand auf ihr Knie. Ich sage kein Wort. Irina summt zum Radio. Immer enden wir in Zülpich. Dort wissen wir einen Ort. Ich trinke Wasser, weil ich zurück fahre, Irina Ahrwein. Wir bereden uns, während wir das

Essen wählen. Manchmal strecke ich meinen Mittelfinger über den Tisch und berühre Irinas Fingerwülstchen über den Knöcheln, die lackierten Fingernägel, die Reste der Schwimmhäutchen im Sehnental. Wie immer bestellen wir die Eifel-Forelle. Während wir warten, heben wir die Gläser. Mein Wasser, ihr Wein. Ein süßer Missklang. Der macht Irina lachen von den Augenbögen, der entfalteten Stirn hinab zum hoch gezogenen Mund. Ich, sage ich, liebe und danke – da ist es vier Uhr, und ich schlafe endlich ein.

Der Russ mailte: Während des jugoslawischen Krieges hat man Alte und Moribunde mit Hunden auf den verminten Todesstreifen gejagt. In heißen Ländern legte man die Toten in Felsenlöcher und rollte einen schweren Stein davor, damit sie, seien sie noch nicht ganz tot, nicht wieder heraus kämen. In Westfriesland legten sich alle Mitglieder der Familie zu den Sterbenden in die Schlafkoje, so lange, bis sie neben der erkaltenden Leiche zu frieren begannen. Auf Borneo kochte der Älteste der Sippe den Kopf des Toten aus und schlürfte die Suppe in kleinen Schlucken, um sich Weisheit und Erfahrung des Gestorbenen einzuverleiben. Männliche Kelten brieten sich die Hoden ihrer Väter in Baumnussöl und verschlangen sie auf ex. Im mittelalten Japan galt als außerordentlicher Liebesbeweis, wenn der Lieblingsfrau, bevor sie einen Zahn verlieren und alt werden konnte, der Kopf abgeschlagen wurde. In niederen Kreisen des alten Japan wurden die Alten jeden Geschlechtes auf Totenberge hinaufgetragen, wo sie allein auf den Tod warten mussten, während das Dorf zum Fest zusammengerufen wurde. Bei den Tscherkessen wurden ausgewählte Greise während eines religiösen Festes vergiftet oder erschlagen. In primitiven Nomaden-Gesellschaften wurden sie einfach seitlich des Pfades zurückgelassen. Die sibirischen Korjaken und die Tschuktschen erwürgten die Alten nach komplizierten Zeremonien in Anwesenheit der gesamten Gemeinschaft. Alt gewordene Eskimos wurden feierlich dazu überredet, freiwillig ein Kanu zu besteigen, wobei man ihnen hinein half, und nicht mehr zurückzukehren. In Deutschland sind die Angehörigen zu 15% beim Sterben im Krankenhaus anwesend, davon 83% weiblich, 27% entscheiden sich bewusst gegen eine Anwesenheit im Krankenhaus, 48% können aufgrund von äußeren Umständen erst beim Begräbnis anwesend sein. Die hinduistischen Pyronesen ignorierten den Tod. Sie glaubten, die Menschen kehrten als mächtige zauselige Wolken wieder, zu denen der Rauch der Verbrannten aufgestiegen war und die wilden Greisenköpfen ähnlich sahen. Deshalb setzten die Pyronesen alles daran, ihre Alten sehr alt werden zu lassen. Zweimal im Jahr wurde das berauschende Wolkenfest gefeiert, bei dem alle Pyronesen auf dem Rücken lagen und mit den Wolkenköpfen scherzten.

Die Hühnchenknochen knackten. Die Geflügelschere zerbiss das Brustbein. Okkulte Blutungen. Bei Sibylle ging es ins Weiche, das das Gefährliche ist, das Okkulte. Gern machten die Magen- und Darmspiegelungsspezialisten einen Scherz: Erst führen wir Ihnen die Kamera von hinten und dann von oben ein. Und was, wenn Gewächse gefunden wurden? Bösartige? Ich briet die Hühnchenstücke in Butter mit Karotten- und Zwiebelscheiben, von denen ich weniger nahm, als vorgeschrieben waren. Dennoch machten mich die Zwiebeln weinen. Ich hätte meiner Frau wenigstens die Hand halten sollen. Das war weder erlaubt, noch hätte es Sibylle zugelassen. Ich bestäubte die Hühnchenteile mit Mehl und wendete sie mit dem hellen und festen Holzlöffel, während unser, nein mein Konstanzer Holzlöffel braun, fast schwarz geworden und von Fiffi angenagt war. Zu oft schon hatte ich in Köln Zucker und Salz verwechselt, als dass es mir auch diesmal passierte. Bevor ich mit Pfeffer und mit Bouillon ablöschen konnte, war wieder Post im Kasten.

Der Witwer mailte: Hallo Senis, nutzt das Internet. 88% aller Senis wünschen das Internet, nur 18% nutzen es. Internet-Hilfe unter: www.reife.de. Immerhin die Hälfte glaubt, dass die Altersghettos in Florida positiv seien. Wer dort aber krank und pflegebedürftig wird, fliegt raus. Protestlink: www.florida.no.com. Die Hightech-Medizin verschlingt Milliarden, doch den Pflegebedürftigen wird vielfach das Nötigste vorenthalten. Der Berliner Internist und Rettungsmediziner Michael de Ridder, 53, klagt eine Spaßgesellschaft an, die sich dem Jugendkult verschreibt und die Alten vergisst: www.verwahrlost-und-verendet.de. Nicht nur der ökologische, auch der soziale Super-GAU droht: www.hans-peter-dürr.de. Demenz und Depression sind weltweit die häufigsten Alterskrankheiten. Die Heilungschancen bei Altersdepression sind jedoch hoch: www.seni-depri.de. Forever Young. Mehr Energie – Kreativität – Lebensfreude, weil mehr Sauerstoff im Blut, im Schlaf, ohne Diät: Bestellungen unter www.add.brain.com. Gratisprobepackung des Multivitalstoff-Präparates Nobilin Q10: www.medicom.de. Billige Pillen über www.pharma-shopping.de. Alltags-Stress und Hektik zehren an Ihren Abwehrkräften: Atro-Abwehrkräfte-Plus: www.proVita. de. Übrigens: Bekommen alle Senioren bei Vorlage des Personalausweises bei McDonald's alle Gerichte um 10% ermäßigt. Wenn das nicht gewährt wird, hilft: www.grauer-einspruch.com.

Wo verwahrte meine Frau Brühwürfel? Ich fand keine Bouillon. Also nahm ich das Hühnchen vom Herd, lief zum nächsten Supermarkt, der in Köln Stüssgen hieß. Sobald ich ein Taxi sah, sah ich hinein. Wenn ich kein Taxi sah, dachte ich mir eins. Mit dem Brühwürfel kam ich aus dem Stüssgen so schnell nicht wieder hinaus, weil einer alten Frau, die auf einem Kölschkasten saß und still viel weinte, der Geldbeutel gestohlen worden war. Die Kassiererinnen und der Geschäftsleiter sperrten die Kassen und die Ausgänge. Eingelassen wurden dicke blaue Security-Männer, die alle Taschen von uns allen außer dem Geschäftsleiter und den Kassiererinnen untersuchten. Ich war es wirklich nicht, ich hatte andere Sorgen. Wer protestierte, sich wehrte, schwieg schnell unter den Sicherheitsmännerblicken. Nur Bouillonwürfel, das kam dem einzigen schlanken blauen Security-Mann spanisch vor. Ich hätte nicht scherzen sollen: Einem alten Mann greift man nicht in die Tasche! Als sich dennoch heraus stellte, dass ich es wirklich nicht gewesen war, war ich erleichtert. Es stellte sich heraus, dass es niemand gewesen zu sein schien. Bevor sich die meist jungen Security-Männer der alten weinenden Frau zuwandten, floh ich durch die wieder geöffnete Tür und löschte die gepfefferten, gesalzenen Hühnchenstücke, die tunisbraun geworden waren, mit der aufgelösten Bouillon ab. Eine halbe Stunde sollte, was einmal geflattert war, auf kleiner Flamme dünsten. Eine halbe Stunde würde die Durchleuchtung des Magens und des Darms meiner Frau dauern. Ich hütete mich, mir etwas Genaueres vorzustellen, vor allem nicht die Körperlage meiner zumindest teilausgezogenen Frau, und versenkte mich in die Mails.

Der Polymoribunde mailte neue Lesefrüchte: »Altern ist eine Zumutung.« (Loriot) »Alt gehört sich nicht.« (S. Berg) »Wie zwei insekten sind die alten eheleute ineinander verbissen, wie zwei tiere, die einander auffressen, einer schon halb im leib des anderen drinnen.« (E. Jelinek) »Naja; eh Eins vor Alter stirbt, muss man Vieles ertragen.« (A. Schmidt) »Gegen das Alter hilft nur der Aufstand.« (S. Peters) »Aber er hat Mundgeruch, und außerdem riecht er alt und verwest, so wie ein Buch, das zu lange im Regen auf dem Balkon lag und jetzt schimmelt.« (Ch. Kracht) »Jetzt fange der Großvater an zu ›älteln‹ – einen derartigen Geruch bringe man mit noch so vielem Bürsten nicht mehr aus dem Kittel.« (Th. Hürlimann) »Sein Geruch früher war immer zitronig und holzig gewesen. Jetzt roch er pilzig und süß. Er roch alt.« (Th. Bayer) »Er atmete mühsam, er spürte den Geruch seines alternden ergrauenden Haars, er roch die verwaschene Feuchtigkeit seiner Bartstoppeln, die Seife, die darin versumpft war, und er atmete den Geruch seines Gehirns, von dem Dünste ausgingen, wie von altem Mauerwerk, von dem der Zement schimmelte, und das von dunkel tropfenden Nestern voller unbekannter Ungeziefer besetzt war.« (W. Hilbig)

Der Heimser hätte gemailt: Ich sehe die Bilder unter meiner Osramglocke. Ich habe die Bilder stets so gesehen, dass ich sie, wenn ich kein Museum mehr würde betreten können, in meinem Kopf magaziniert hätte. Wie hingetupft steht dunkel jedes Blatt vor dem weißlichen Himmel, unter dem ein fernes, grauweißes, gezacktes Gestade liegt mit heller See und Schiffstrichen darin. Es ist Bruegels Kornernte. Vor blassem Himmel und Meer wölben sich gelbe Hügel, umgeben von tiefgrünen Waldsäumen, darinnen geduckte Häuser stehen und Menschenpunkte. Ich gehe durch die Schneise des mauerhohen Kornfeldes und trage den roten Krug zu den Schnittern, deren weiße Blusen mehr leuchten als

Himmel und Meer. Mit ihren langen Sicheln schlagen sie ins Feld. Wir sitzen, ich liege, die Beine aufs abgeerntete Feld im Schlaf gestreckt, den müden Arm hinter die schwarze Kopfkappe gesteckt, unter dem Baum, wir essen Mittag aus dem Korb, vom weißen Tuch auf den gelben Stoppeln, wir löffeln, wir trinken, schmatzen, plaudern. Hüte beschatten uns. Die Kornhocken wie Zelte mit Büschelfrisur. Ich laufe voraus zum blauen Seerosensumpf von Monet, zu Paul Klees Irrem Mädchen, an Picasso gehe ich schnell vorbei. Ich laufe zurück zu Stefan Lochners gar nicht süßem Jüngsten Gericht. Kreuzigungen mag ich nicht. Die Martyrien der Heiligen beschau ich mit Schauern. Durch van Goghs Flammende Kornfelder lässt sich kein roter Krug tragen. Zurück zu Giotto, voraus in den Dschungel des Zöllners Rousseau. Von Dürer sehe ich allein die schrägen Augen seiner alten Mutter. Von Geertgen tot St. Jans Johannes nur die an das melancholische Bartgesicht gelegte Hand. Und immer läuft mir Carpaccios Fiffi aus Hieronymus Zelle nach. Wäre der Engel jetzt gekommen, wäre es Mitternacht. Aber der Engel hat Frühschicht. Statt des Engels schaut der schwarze Pfleger herein, den ich Lumumba nenne, und findet mich scheinbar schlafend. Nach Mitternacht betrete ich mein liebstes Bild: Pieter Bruegels Anbetung der Könige im Schnee. Der Schneefall hängt vor dem Bild wie ein Vorhang. Ich trete durch den vorhanglosen Schneevorhang. Ich gehe schwarz und sehr gebückt, einen schwarzen

Hut tief über dem Kopf, hin und her zwischen den breiten Dorfhäusern mit breiten, seltsam glatten Schneedächern, aus denen rote Backsteinschornsteine ragen. Ich stehe, auf Schneestöcke gestützt, am Eisloch. Ich sitze am Feuer. Ich bin es, der links über den Königen auf schweren schwarzen Beinen auf einen Zaun zuläuft, der das Zauntor öffnet, der das Haustor öffnet, der hinter dem Bild in der Stube verschwindet, in der Irina auf mich wartet. In Irinas Stube brennt ein anderes Feuer als in Pieter Bruegels Triumph des Todes. Das Feuer wärmt meine Hände, Irina wärmt meine angefrorene Wange. Ich bin Gustav Klimts Kuss, Irina ist ein wenig Egon Schiele. Dann schlafe ich ein, es ist vier Uhr. Über uns ein Himmel und Wolken wie bei Poussin.

Nachdem die mit der Bouillon abgelöschten Hühnchenstücke zugedeckt gedünstet hatten, sollte ich sie aus der Brühe nehmen, warm stellen, die gesiebte und noch einmal aufgekochte Brühe mit Eigelb verquirlen. Die Eier hatte ich vergessen. Zum Stüssgen und den Wachmännern lieber nicht. Noch stand der Auerbachmarkt. Nach den Taxen schaute ich noch genauer. Ich begab mich sofort zum Freilandeiermann aus Hürth, der auch Oliven und Schafskäse verkaufte, eine Baskenmütze trug und Kölnisch mit französischem oder auch Voreifeler-Akzent sprach. Eine dünne grüne Plastiktasche gab es nicht, ich trug die Eier in meinen Händen nach Hause, mit denen ich Sibylle zum Abschied die Hände gehalten hatte, obwohl es nicht kalt gewesen war. Gesetzt: Es war Krebs?

Der Witwer mailte: Hallo Senis: Knochenschäden durch Käse: 17% der untersuchten Skelette von Pompeji und Herculaneum litten am Brucella-Keim, der schweres chronisches Fieber mit Schüttelfrost und Gelenkschmerzen verursacht. Das Bakterium gilt als potenzielle Biowaffe. Rohe Milch von Kühen, Schafen, Ziegen meiden: www.muellermilch.de. Neue Leiden alter Männer: Pharmafirmen erfinden mit neuartigen Testosteron-Gelen die Männer-Wechseljahre: Vergesslichkeit, Missbehagen, sexuelle Schwäche? Falsch: Mit 84 hat man nur 17% weniger Testosteron im Blut als mit 30. Wer sich künstlich Testosteron verabreichen lässt, riskiert: Herzinfarkt, Thrombose, Leberschäden, Prostatakarzinom, Brustspannungen, Schrumpfhoden. Gegenmittel: www.blitz-illu.de. Aufgepasst: In dänischen Altersheimen werden Pornos als Hormon-Therapie gegen Altersdepression von der Kasse bezahlt: www.zentralinstitutfuerseelischegesundheit.de. Erst langsam entdeckt die Wirtschaft die Senioren: Obwohl inzwischen viele ältere Menschen mobil telefonieren, gibt es weltweit noch keinen einzigen Hersteller, der auch seniorengerechte Handys anbietet: www.seniorengerecht.de. Hallo Senis, tut was dagegen: www.grauepather. de.a.ch!

Die Brühe war nicht nur mit Eigelb, auch mit Sahne zu verquirlen. Das hatte ich gewusst, hatte vorab Sahne gekauft. Aber mich vertan und saure statt der süßen Sahne erwischt. Auf dem Weg zum Stüssgen kam ich auf dem zwischen fahrradvollen Hauswänden und den auf dem Gehsteig parkenden Autos knappen Bürgersteig nicht an einem alten Mann mit einer Gehhilfe vorbei. Der war in Pantoffeln, Trainingsanzug und spuckte nach langsamem, tiefen Aufröcheln vor sich und versuchte, erst mit dem Pantoffel, dann, als es ihm nicht gelang, mit dem Reifen der Gehhilfe den gelblichen, aber nicht blutigen Rotzer wegzuwischen. Ich sah weg, sah ein Taxi, schaute vergeblich hinein. Und wenn es Krebs war, Operationen, Dienstunfähigkeit, wer pflegte dann meine Frau? Ich suchte in Köln eine dem Erdboden nahe Wohnung. Ich fütterte und wusch meine Frau, die von alle dem noch nichts wusste und etwas nackt auf einem hygienischen Schragen der Spezialpraxis beim Chlodwig- oder Haubrichsplatz lag. Würde die Pflege und das Gepflegtwerden die Liebe ablöschen? Was bliebe von Liebe bei einem künstlichen Darmausgang? Was bliebe, wenn ich für Sibylle nur noch der Darmausgangsleerer war? Sibylle war und blieb gesund! In mir wuchs der Tod rascher, als ich fürchtete. Ich wars, der weit voran ging auf dem Weg allen Fleisches.

Der Russ, der Hund, mailte: In Banares am Ganges, der heiligsten Stadt der Hindus, werden seit altersher tote Kinder und tote reine Männer, die sich ihr Leben lang nichts als fromm kasteit haben, mit Steinen beschwert und in den Ganges geworfen. Die normalen alten Sünder werden verbrannt auf Scheiterhaufen, welche die heilige Stadt Benares tagaus, nachtein illuminieren und mit einem schwelenden Dampf überziehen. Das Wichtigste ist, dass im Flammenglust endlich der Schädel der Toten knackt, aufbricht, damit die Seele aus dem irdischen Körper hinaus kann zu Gott. Die fälschlich als Barbaren bekannten Skythen (2500 a. C.) öffneten ihren Toten, sofern sie von Stand waren, den Kopf und füllten ihn mit Kieselsteinen. In die Muskeln träufelten sie konservierende Substanzen. In die ausgeräumte Bauchhöhle steckten sie Räucherwerk, Zyperngras, Safran, Sellerie, Anis, Dill, damit der Leichengeruch überdeckt werde. Die Schnitte vernähten sie kunstvoll mit Pferdehaar. Dann zogen sie den Toten pelzbesetzte Unterwäsche an, eine Filzkapuze, hohe Lederstiefel und einen Umhang aus Murmeltierfell und fuhren sie 40 Tage durch die Gegend, um sie dann in mit Holzbalken versteifte Erdkammern zu legen. Die Pferdehaarnähte haben bis heute gehalten. Im Bregenzerwald wurden die Schädel und Schenkel der Toten ausgegraben, fein beschriftet mit Namen, Lebensdaten und gekreuztem Eichenlaub in haltbarer Tinte und aufgeschichtet im offenen Beinhaus. In manchen Gegenden Afrikas pflegt man die Toten, sobald sie von der heißen Sonne mumifiziert sind, dort an den Tisch zu setzen, wo sie immer gesessen hatten, ihnen als Ersten Speis und Trank anzubieten, und, wenn sie Speis und Trank nicht annehmen, die in ein Loch in der Erde zu schütten, aus dem sich die Toten im Jenseits bedienen können. Bei arabischen Sippen wurde das Glied des Vaters in einer getrockneten Ziegenbockblase um den Hals getragen. Otto der III. soll in seine Lederkappe das Auge seiner Mutter Theophanu eingenäht haben. Im Südflandrischen war es der größte Liebesbeweis, dass man den Sterbenden versprach, ihnen einen Klingelzug in den Sarg zu legen, damit sie die Angst vor dem Scheintod überwanden. In Münster, Osnabrück, Koblenz und München hatten die Bestattungsunternehmen den größten Erfolg, die die Toten in mit Teinacher Mineralwasser beschrifteten Wagen abholten. Heute greift es um sich, sich ein Handy in die Urne zu wünschen.

Ich konnte die mit der süßen Sahne verquirlte Sauce noch nicht auf das warm gehaltene klein geschnittene Hühnchenfleisch gießen und auf einer vorgewärmten Platte servieren, weil Sibylle noch nicht da war. Warum denn? Komplikationen? Hätte ich sie mit dem Auto abgeholt, hätte ich jetzt vergeblich rund um den Rudolf- oder Friesenplatz einen Parkplatz suchen können. So trat ich ans Fenster und wieder ans Fenster, sah kein Taxi und setzte mich vor den Computer.

Der Heimser hätte gemailt: Gestern wanderte ich unter der Lampenglocke auf die Dreispitz, wie ich es, der ich war und der ich bin, das letzte Mal vor über zwanzig Jahren getan habe. In der Autotür sitzend, schnüre ich meine schweren Stiefel. Das Herz will schon los. Die Luft ist dick vom Bergwiesengeruch. Mir ist, als sollte ich jodeln können. Noch ist das halbe Tal verschattet.

Die Dreispitz ist von Rotstein und Schafhorn verdeckt, noch nicht zu sehen. Eine Weile springt ein Alpenhündchen um mich. Auf der rissigen Holzbank mit dem letzten Blick ins Tal müssen die Füße ausruhen. Ich schaue ins Tal, das die höher steigende Sonne füllt, das Herz misst ungeduldig das Schafshorn aus. Das Alpenhündlein schlappt aus dem Brunnen und trödelt bergab. Zwischen Rotstein und Schafshorn wird das Wiesengras zum Felsenmoos. Am felsigen Sattel zwischen Schafshorn und Rotstein versöhnen sich Herz und Füße und ziehen mich gemeinsam am selben Strang hinauf. Den Atem in Takt bringen, den Schweiß ablecken. Bevor ich hinunter gehe vom Sattel zum Anstieg zur Dreispitz, esse ich einen grünen Apfel. So lange ich mir noch vorstellen kann, wie meine festen weißen Zähne in einen grünen Apfel beißen, will ich noch leben. Ich höre in mich, höre die Lunge, spüre das Reiben der Hose im Schritt, höre das Bimmeln der losen Bundhosenschnallen, fühle unter den unter die Rucksackriemen gestopften Fäusten das Malmen der Schultern bei jedem Tritt. Der Engel schaut herein, es wird nach Mitternacht sein. Im Gleichmaß der Schritte vergeht die Zeit. Wo das Schneefeld am Nordhang beginnt, kühle ich mit Schnee meine Brust, wechsle das nasse gegen das trockene Hemd. Rotstein und Schafshorn sind Knäblein geworden. Eine dunkle Spur führt über das Schneefeld. Hier weiß ich Gemsen. Am Pass zur Südseite packt mich die Sonne. Nun beginnt die Lust. Die Sicht weit über Gipfel und Täler, das Herz feuert die Füße an. Jetzt kann ich stumm jodeln. Dohlen hüpfen und stürzen sich kühn in den Wind, der sie in den Himmel wirft. Mir scheint, es ist schon jemand vor mir hier. Bevor ich Irina erkennen kann, ist es vier und schlafe ich ein.

Es war ganz unwahrscheinlich, dass es glimpflich abgelaufen war. Wenigstens wäre, wenn meine Frau vom Praxisschragen in den Bettenhochturm des Klinikums gekommen wäre, es nicht das letzte Stadium gewesen, bei dem sich eine Operation gar nicht mehr lohnte. Ein Wein sollte es sein zum Poulet à la crème. Kerzen auf dem Tisch, das Hühnchen wollte ich mit frischen Walnüssen garnieren, die meine Frau sehr liebte, wenn ich sie knackte. Im Bio-Laden kaufte ich Bienenhonigkerzen und Baumnüsse aus dem Bergischen Land, einen Bio-Beaujolais. Die spitzen Enden der bergischen Walnüsse sperrten, wenn ich sie knackte, das Maul auf wie lachende Delphine. Alles war nun da, nur Sibylle nicht.

Der Polymoribunde mailte: »Zum Beispiel, dass ein naher Mensch/vor Schmerzen schreit und stirbt/der Tod schlechthin – ein Fakt, das nicht/für Gottes Schaltplan wirbt.« (H. R. Kunze) »Töten Sie mich – oder Sie sind ein Mörder!« Letztes Wort Kafkas.« (W. Schnurre) »Fleuch wa du wilt/des todtes bild/Stätz auff dich zielt.« (16. Jahrhundert) »Das ganze Leben, sagtest du dann/ist ungesund, sagtest du,/denn es führt zum Tode, sagtest du.« (F. Roth) »Mir schaut der schwarze Tod zu beyden

Augen aus/Ich werde von mir selbst nicht mehr in mir gefunden.« (A. Gryphius) »Es gab eine schöne Bemerkung von Ehrenburg in einem Gespräch mit Sartre: ›Wenn der Kommunismus gesiegt hat und alle ökonomischen Probleme gelöst sind, beginnt die Tragödie des Menschen. Die Tragödie seiner Sterblichkeit.‹« (H. Müller) »Mein Leben verläuft wie nach einem Todesurteil, dessen Vollstreckung auf einen späteren, noch unbekannten Zeitpunkt verschoben wurde. Ich könnte Josef K. sein.« (H. Frick) »Bis an mein Ende trage ich mich mit der Idee, dass ich es bald haben werde.« (Jean Paul) »Immer dieses blöde Todesgeraune! dachte ich und lachte, immer dieses idiotische innerliche Todesgeflüster!« (W. Genazino) »Doch macht/die Angst vorm Tod und seiner ewigen Nacht/mir trotzdem grelle stechende Beschwerde.« (Ph. Larkin) »Der Gedanke an den Tod muss hart trainiert werden wie etwa eine Spitzenleistung im Sport.« (F. Hodjak)

Ich stand wieder am Fenster. Kein Taxi. Von ferne heulten die Rettungswagen. Leute gingen unter mir von links nach rechts und von rechts nach links, querten die Straße oder nicht. Eine Alte schlurfte und tat bei jedem Hauseingang so, als müsse sie die Klingeln studieren. Es war die alte Frau aus dem Stüssgen, die geweint hatte, weil ihr der Geldbeutel geklaut worden war. Als sie von einer Klingeltür zurücktrat, stolperte sie rückwärts über die Haustürstufe. Manche traf es besonders. Dass ich, viel mehr noch dass meine Frau, manche sein könnten, war die Angst meines Lebens. Ich trat vom Fenster zurück.

Der Heimser hätte gemailt: Ich trage einen schwarzen seidenen Hausrock; er ist luftleicht und schmeichelt. Erhole dich, mein Geliebter, von den Mühen des Tages, höre ich Irina, meinen Engel, rufen aus dem Badesaal im Schloss meiner Erinnerung. Sie singt und schwimmt in der heißen Badewanne. Irina liebt das nächtliche Baden. Ich liebe, wenn sie, ein weißes Handtuch über den Haaren, ins Zimmer, das wir unsere Kemenate nennen, treten wird und aus ihrem nicht zugeknoteten seidenen roten Bademantel ihre Brüste und ihre blond gelockte Scham lachen werden. Irina pfeift wie ein Heckenvögelchen. Sie wird ihren Bademantel abstreifen, das weiße Tuch wird ihr wie eine Turbankrone ragen. Wir werden zusammen unter die Decke kriechen. Irina steht, die Füße im grünen Badeschaum, nackt aufrecht in der Wanne und spült mit lauwarmer Dusche die vom Schwamm leicht errötete Haut. Das Wasser formt aus ihren Schamhaaren ein gekringeltes Bärtchen. Wir werden beinahe eingeschlafen sein im vom Bade warmen Bett. Während ich, der ich war, einnicke im schwarzen Mantel auf dem Ehebett, liege ich, der ich bin, lahm unterm Deckenlicht. Mein Kamerad, der mein Kamerad nicht sein will, schnarcht. Der Engel hat hereingeschaut, so wird es Mitternacht sein. Irina wird den Eingang ihres Geschlechtes an die Spitze meines Geschlechtes stupsen. Ich werde noch stiller werden. Es ist wie ein heiliger

Moment. So lange ich diesen Moment erinnern kann, will ich leben.

Der Polymoribunde mailte: »Man sagt, er sei jetzt weise,/Doch wer so spricht, der irrt./Es schweigt in jedem Greise,/Was ihm begegnen wird.« (G. v. d. Vring) »Was können Sie einem Menschen zum Trost sagen, der vor dem Tod steht? Nur das eine: Ich werde bald an deiner Stelle stehen.« (W. Jens) »Am Ende der Welt haue ich mir die Ohren ab, werfe sie über den Zaun, der am Ende der Welt auf mich wartet, gehe zurück und fange noch mal von vorne an.« (Fr. Kretzen) »Wir sehnen uns nach Hause/aber wissen nicht wohin.« (J. v. Eichendorff) »Schade, dass wir ins Paradies mit dem Leichenwagen fahren.« (St. J. Lec) »Unter jedem Grabstein liegt eine Weltgeschichte.« (H. Heine) »Aber jetzt/sind wir noch ein bisschen jung/jedenfalls jünger, als wir es später/noch sein werden können.« (L. Fels)

Ich trat wieder an das Fenster. Ich öffnete es, versicherte mich, dass die alte Frau nicht vor unserer Haustür lag, schaute die Straße hinauf und hinunter. Das Taxi, das in unsere Straße einbog, könnte das Taxi mit Sibylle sein. Es hielt vor Sibylles Haus. Ich beugte mich weiter aus dem Fenster. Es öffneten sich alle vier Türen des Taxis. Der Fensterrahmen drückte mir arg in den Bauch. Der Fahrer stieg aus. Ein Kind sprang aus dem Taxi: Benjamin. Sibylle stieg aus. Und Juliane und ihr Mann, der mein Schwiegersohn war. Ich schreckte vom Fenster zurück. Noch ein Kind sprang aus dem Taxi: Elli. Als ich wieder hinunter schaute, winkte mir Juliane. Hi, rief sie, Daddy! Einen Film, in dem eine erwachsene Tochter ihren alten Vater mit Hi, Daddy begrüßte, hätte ich sofort ausgeknipst. Ich drückte den Türöffner und hörte die Stimmen, die Schritte meiner Familie herauf kommen.

VII

Das Fest

Oh, wie herrlich leuchtete mir der Mai. Ich habe eingeladen. Und alle werden kommen. Ein Freund von Jakob, der vorübergehend in Bregenz eine Logistik einrichtete, kannte im thurgauischen Klawil eine Gelegenheits-Beiz Schweizerland, die zu Anlässen zu mieten war. Erreichbar mit dem Seehas und Postbus. Den kurzen Anstieg schaffte selbst ich. Ein Königssitz: zwischen den im Aprildunst gerade noch sichtbaren Türmen von Lindau und Konstanz die endlos gerunzelte Eiszeithaut des Sees, aber immer frisch, aufgestickte Segelblüten. Verträglich gesäumt von den hellen Industriequadern von Friedrichshafen, von den bunten Schlosskästen von Meersburg, von den roten Flecken der Dörfer ringsum. Vor dem unbelebten Schweizerland sitzend auf einem vergessenen Stuhl, über dem der rote Flieder blühte, fragte ich mich, wie viele diese Schöne Aussicht über See und Land schon gehabt und verloren hatten? Wie viele, wenn es dagegen ging, versucht hatten, mit diesem ins Gehirn gebrannten Bild mild zu sterben? Die Natur war eine bedeutende Malerin, wie sie zu nuancieren wusste die frischen Frühlingsgrüns über den winterbraunen

Schilfkrägen, das gelbe Weidengebälle, die lackgrünen Pappelstangen, die Laubbögen und das Tannendunkel die Hänge hinauf, herab, in denen die Flachsschöpfe brannten, die Löwenzahnwiesen, ein gelberes Gelb gab es nicht. Wie sie alles zu verbinden wusste mit blauen Untertönen von Wasser, Dunst und ewigem Himmel, der seine Färbung dem See lieh, durch den die ersten Ausflugsschiffe ihre Kiele zogen. Und, mit Brille, schneescharfe Bergkonturen neben dem Pfänder.

Es war ein Bild nur, kein Ton vom See herauf zum Schweizerland. Hier summte es in den gelben Pflaumen. Fern ein Kuckuck im Busch. Nah eine Amsel, hell empört vielleicht über eine schleichende Katze. Am noch nicht entrollten Nussbaum schmiedete ein Specht eine Liebespost. Ein Kohlweißling torkelte. Und nun umarmte die Sonne mein Gesicht. Ich gab mich ihr hin, bis es langte. Das Schweizerland schlief. Eine Hummel kroch durch einen verzogenen Fensterrahmen hinein. Was ich erkannte, war verheißend: Bank, gekachelter Ofen, Täfer, dunkle Holztische. König über dem See, richtete ich mein Fest ein: hier vor dem Haus die versprochenen langen Tische und Bänke; da unter dem Vorbau Most, Wein, Bier, Orangina und blaues Rivella für die Kinder; unter dem roten Flieder ein Wassernapf für Fiffi. Den Grill würde die Schweizerland-Gelegenheitswirtin, Frau Rutishauser, besorgen und bedienen. Ich kümmerte mich um das Fleisch, die Salate, die Suppe. Es war schon ausgemacht, dass Jakob mit einem von seinem Freund geliehenen Jeep uns die Schüsseln herauf fahren würde. Eine Weile saß ich noch im einzigen Stuhl unter dem summenden Flieder, schaute und war stolz auf meinen Familienmut. Da strich, während die Amsel zeterte, eine graue Katze heran, verharrte, eine Pfote hochgezogen, wagte es und slalomte mit steilem Schwanz um meine Beine. Natürlich hieß sie Büsi und folgte und sprang mir auf den Schoß. Ich spürte unsere Herzen klopfen. Ihr würde Fiffi kein Feind sein. Großes Landbehagen. Büsis warmer Bauch. Meine Restlunge voller kühler See- und Bergluft. Breit aus die Flügel beide, hinab, der Postbus blies ins Horn bei jeder Kehre, der See stieg näher, mit dem Seehas heim, wo ich sofort mit dem Planen begann. Es ist ideal, sagte ich meiner Frau. Wir freuten uns. Nein, schlug ich ihre Hilfe aus, das ist mein Fest, jetzt bin ich der Vater. Als ich aufgelegt hatte, wollte ich noch einmal anrufen. Es war belegt. Dann rief sie an, wir hatten uns überschnitten. Wir wollten uns noch nachrufen, dass wir uns liebten, versicherten uns aber ausführlich des Wetters und der Termine, wann wer anreisen würde. Der 18. Mai musste strahlen über dem Fest außerhalb der Ofenstube, über dem prunkenden See, über dem prächtigen Land im Blust der knorrig stehenden Birnen und Äpfel über letztem Wiesenschaumkraut und schon zottelig hohem Löwenzahn.

Das Barbarossa war dicht. Der Hirschen war dicht. Der Bayerische Hof ausgebucht bis Weihnachten. Das

Insel-Hotel wollte ich nicht (Juliane: päber Knicker). Pensionen mochte ich nicht. Der Buchner-Hof belegt von einer Seniorenradgruppe, ebenso der Peters-Hof, das Bilger-Eck wäre mir, wäre es nicht von einer Seniorenradgruppe bestellt gewesen, zu laut gewesen. Also doch das Halm oder Insel-Hotel. Dort tagte Altana. Frag doch in der Schweiz, riet meine Frau. Und tatsächlich: jede Menge Betten frei. Zum Schänzle, wo die Bänke noch leer standen, zur Grenze, eingekettet in Seniorenradgruppen, zum Trompeterschlößle, wo mich die Blumen betörten und der Wirt, der auf den Zinnen seines Hauses sang. Ich buchte, lief am Grenzzaun zum kleinsten Urwald der Welt, saß im Pappelpalast und schaute über den Rhein nach Deutschland. Die Schaffhausen wand sich um die Seezeichen, eine Schulklasse sang sommerlustig, ein Reiher hüpfte auf, legte den Hals zusammen und flog mit schwerem Flügelschlag davon. Nie habe ich einen Reiher aufgeregt und schnell fliegen gesehen. Geselliges Gemurmel vom Biergarten über dem Wasser, im Düütsche dusse, wo die Schweizer ihren günstigen Wechselkurs verzehrten. Drüben war der wirkliche Urwald; ich blieb in meinem Pappelthron, bis über dem Amazonas die Sonne rot in den Dschungel des Rieds gerollt war. Im Widerschein des Untergangs flatterten die Kormorane in die vom Schiss weißen Schlafbäume, wurden die lautlosen Flugzeuge des Deutsch-Schweizerischen Luftkrieges am Himmel enttarnt, weil ihre Schweife kreuz und quer angezündet wurden von letzten Restfeuern der Sonne aus dem Dschungelhinterhalt. Ein Grenzer kam vorbei, sein Hund hätte mich am liebsten vom Pappelhochsitz gebissen. Ich sagte Nobyg, da sah der Grenzer von mir ab.

Mit dem Schweizer ICN eine Station über den Berg, um Frau Rutishauser zu erpressen, dass ich, würde sie nicht nachlassen vom Preis für Dôle und Iselisberger im Schweizerland, deutschen Wein bringen würde. Ich verstand nicht, was die gelegentliche Schweizerland-Wirtin redete bis auf das, dass sie sich frage, ob ich nicht Schmuggel im Sinn hätte, dass ihr Schwiegersohn jedoch bei der Schweizer Grenzwacht einen höheren Posten habe. Also einigten wir uns auf ihren Weinpreis und darauf, dass sie ein Ruchbrot liefere, für das ihre Tochter, die Frau des Zöllners, im ganzen Thurgau berühmt sei. Ich tröstete mich in der Weinfelder Kirche, die von außen neuromanisch bollig schien, sich innen aber als ein lichter, gerankter Jugendstilsaal herausstellte. Weil in der Schweiz der ICN nicht mehr kostete als der Seehas, nahm ich zurück von Weinfelden wieder den ICN von Biel/Bienne her, glitt über den Berg, den früher nur zwei Loks zusammen geschafft hatten. Auf den Terrassen schnurrten die Bauernhäuser in der Sonne; Säntis und seine Gesellen stiegen bis Kehlhof mit hinauf, im Alpstein wäre ich gern noch einmal gewesen, und verabschiedeten sich dann ins Thurtal. Der liebliche Untersee, durch den ich gerne einmal geschwommen wäre, lockte den ICN hinab, der sich zum Obersee drehte, durch den geschwommen zu sein, eingefettete Maulhelden gern behaupteten. Ich hätte in Konstanz den langen ICN entlang zurück zur Grenzkontrolle laufen müssen, entwischte aber durch eine Lücke des lächerlichen Zaunes auf dem Bahnsteig direkt nach Konstanz, in dem wir ja schon waren, und wurde hart gebüßt vom deutschen Grenzschutz in einer prallen giftgrünen Hose, an dem Handschellen, Pistole und weitere Instrumente schwarz hingen. Der Grenzschützer sprach württembergisch, hatte einen goldenen Appenzellerstern im Ohrläppchen und schüttelte den Kopf: Sie in Ihrem Alter! Ich liebte meine Heimatstadt.

Hörst du das Gewitter, fragte ich meine Frau Amanda. Sie hörte es nicht, erinnerte sich aber an Konstanzer Maigewitter, die ein Himmel von Westen herrollte, der blauschwarz den rosenfarbenen Nachschimmer der im Amazonasdschungel ertrunkenen Sonne überschoben hatte. Und nun, sagte ich, könntest du sehen, hätte ich mir ein Fotohandy gekauft, das, unterbrach mich Amanda, habe ich nie verlangt, ich habe dich nur aufgefordert, das olle Wählscheibentelefon zu ersetzen, das kaum noch jemand bedienen kann, ich habe dich nur inständig gebeten, dein Handy bei dir zu führen für alle Fälle, könntest du sehen, fuhr ich fort, wie der Sturm über die Kastanienberge herfällt, wie er die Gischt der weißen Kerzen schleudert, wie die gebeutelte Blätterbrandung um sich schlägt, und wenn sich die Äste befreien könnten, sausten sie mit ihren Kerzen auf und davon. Alles wankt und schwankt in grünweißer Erregung unter dem Sturmhimmel, der den Mondfleck hinter Wolken vertrieben hat. Wie von schnaubenden Rössern eine wilde verwegene Jagd. Durch die Schneise meines Fensterlichtes schnitt der Schatten einer großen Krähe ins Baumbeben und segelte heim ins windige Nest. Jetzt, Amanda, erinnerst du dich noch der Ruhe vor dem Regensturz, die du, hörtest du mich noch, nicht hören könntest am Telefon, aber den Regen, den Wasserfall auf die Bäume, wie der Himmel sich ausgoss und den Sturm ertränkte, das gleichmäßige Prasseln der Sintflut auf Bäume, Häuser, Straßen, mir ins Gesicht. Gern hatten wir solche Augenblicke an den Fenstern unserer Zimmer erlebt und uns von Fenster zu Fenster als Nachbarn begrüßt. Stimmen durch den Wasser-, den Blüten-, den Blätterbruch. Ich beugte mich vor in den milder werdenden Regen. Auf nackten Sohlen kehrte ein Paar kreiselnd und singend von einem Tanz in den Mai heim. Sie vermutlich slavisch, er britisch, zusammen deutsch. Sie küssten und tanzten zum Europa-Wohnheim und wuchsen im Mairegen dem Himmel zu, schon überragten sie die Laternen, trugen auf ihren Köpfen Kastanienkronen. Ich hätte mir Schuberts Der Tod und das Mädchen aufgelegt, Bayern 4 Klassik brachte aber Schuberts Rosamunde zu Gehör.

In den Ferien waren sie gerne mitgegangen auf den Markt. Juliane meist links, Jakob rechts. Juliane hatte gezogen und mein Handdirigat überboten. Jakob hatte ich an lascher Hand ziehen müssen. Schräg gestaffelt liefen wir zum Markt. Bald waren sie entsprungen. Aber nie hatte ich sie aus den Augen verloren. Während ich beim Eier- und Flädle-Mann Schlange stand, waren sie um den Bratwurststand gestreunt, um die Bäckerwagen, die sie riechen mochten, um die Landmetzgerwagen, die sie nicht riechen mochten. Deutlich hielten sie sich an der stephansschulabgewandten Seite des Marktes auf. Am liebsten waren sie zu Herrn Josef und seiner Frau mit der dicken Brille gerannt und hatten Rosenkohl abgewogen und Bohnen, Salat in Zeitungspapier gewickelt, hatten kassiert und falsch heraus gegeben, wofür sie leichten Spott und ein paar Groschen bekommen hatten. Immer hatte ich sie bei Herrn Josef und seiner Frau mit der dicken Brille finden können. Ich kaufte, was ich für das Fest brauchte: Eier beim Sohn des Flädle-Mannes, Pilze, Tofu, Kerbel, Radieschen, keinen Bärlauch, Oliven und feinstes Olivenöl bei Dr. Baskenmütze, rote Zwiebeln, beim Käsemann, der mit den Jahren nicht weniger alt geworden war als ich und der immer noch alles, was er verkaufte, vom Feinsten nannte, süße und saure Sahne und die Butter vom Fass, die die beste der Welt sei. Manche Marktbetreiber waren nur noch erinnerte Namen: Hörenberg und Schächtle. Meistens hielten Marktfrauen länger durch als Marktmänner. Auch Herr Josef und seine Frau mit der dicken Brille waren ankündigungslos verschwunden. Ich hatte es erst gemerkt, als ich Herrn Josef, der sich nach Jakob und

Juliane erkundigen würde, begrüßt hatte, aber der war nicht Herr Josef gewesen. Was Juliane und Jakob verdient hatten, wurde sofort auf meine Kosten verschleckt. Auf einer Sonnenbank vor dem Münster, Jakob bei den Spielgeräten. Ich hatte Juliane den Jakobsweg erklärt und die goldene Madonna auf der hohen Säule. Oder wir hatten im rotweißen Geviert des Lanzenhofes gesessen unter der grünquadratisch eingefassten Linde des Lanz von Liebenfels. Die Sonne schnitt eine strenge Diagonale in den Gerichtshof. Juliane hatte sie mit ihren Sandalen auf den harten, gelblichen Buckelsteinen festtreten wollen, aber die Schattenlinie war stärker als sie gewesen. Juliane trampelte wütend: O Mensch! Jakob tat es ihr tölpisch nach. Auf dem Heimweg zur Mama spielten sie ihr Vornamen-Erfinden; heute hieß die Mama Gwendolin (Juliane), Jasmin (Jakob); sie konnten sich nicht einigen. Vielleicht war ja allein die Tatsache, dass ich, wie sie argwöhnen würde, ihr einen unablegbaren Namen auferlegt hatte, der Grund für Julianes Wut. Als die Kinder aus der Wohnung waren, war mir unterlaufen, vor ihnen am Telefon meine Frau meine Frau zu nennen. Juliane hatte gerufen: Da krieg ich den Blutrausch, und hatte aufgelegt. Ich mied das Münster, den Lanzenhof, hockte mit meinen Taschen erinnerungsfrei im Biergarten des Zeitlos, das weder Juliane noch Jakob je gekannt hatten, hörte dem Kies unter den schweren Schuhen der Marktleute zu, schaute, gut eingehegt von Haus und dichter Hecke, zum schiefen, graugoldenen

Spitzturm der Stephanskirche, um den ein Falkenpaar rüttelte.

Immer bin ich hübsch grün gewesen und Rad gefahren. Ich mietete mir zu meinem Fest einen Mercedes. Aus dem zuverlässig surrenden Ledersessel sah sich die Welt wie im Cinemax an. Hätte meine Frau nicht so mörderischen Arbeitsstress gehabt, hätte ich ihr mit der Freisprechanlage rühmen können: Jetzt stehe ich auf unserem Fleck bei Hegne und vor und unter mir der Gnadensee wie Mendelssohns Italienische, die Reichenauer Glasdächer blitzen, die Uferdörfer drängeln sich zusammen unter den schweren Herrenhäusern des Seeruggs. Ah, hätte Amanda oder Rosamunde gesagt und Sehnsucht bekommen. Ich fuhr zu Bachs Wohltemperiertem Klavier durch die langsam schon dunkelgrün werdenden Straßen des Bodanrückens, wo wir einmal alle vier einen schlafenden Rothirsch überrascht hatten. Vielleicht hatte er sich auch nur ein wenig zum Sterben hingelegt, was wir den Kinder nicht sagen mochten. Und nun gebremst von Wallhausen herab, den guten Stern in den Überlinger See getunkt, über dem der Heiligenberg protzte, der weiße Turm von Hohenbodman leuchtete, über dem frommrot die Birnau lachte und die nicht minder leuchtenden Hochhäuser des Überlinger Burgbergs stutzten. Da Amanda es nicht fragte, fragte ich: Und erblickst du nun unsere Heimlichkeit Seefelden? Unter dem Bismarckturm breitete sich das Konstanzer Weichbild zwischen Klinikum und Schänzle aus, die alten Türme, die neuen Fabriken, wir hörten den Zug unsichtbar rollen unter uns weg nach Köln, aber diesmal ohne dich und ohne mich. Dass ich wieder im Stromeyer-Biergarten saß, sagte ich Amanda nicht. Ich schaute über den eindunkelnden See hinüber in die Schweiz, die lichtlos lag hinter dem Pappelgatter, hinüber zum Pappelpalast im kleinsten Urwald der Welt, zu den zwei Lichtern des Kuhhorns im Pappelgatter, wo auch unsere Kinder den Hunden Stöckchen ins Wasser geworfen und gekreischt hatten, wenn die Hunde sich vor ihnen ausschüttelten, während wir hinter ihnen saßen und die Sorgen besprachen, beschwiegen, manchmal so gedämpft, dass Jakob und Juliane nichts hören konnten, manchmal beschrien. Die Nacht senkte sich von oben, die Lampenschnur am Schänzle, die bunten Glühbirngirlanden des Stromeyer begrüßten sie. Ich triumphierte im Mercedes-Sessel über die Rheinbrücke heim und hätte Amanda, um ihr ein wenig Sehnsucht zu machen, gerne gesagt, dass ich Fleischküchle mit Kartoffelsalat und Bratensoße gegessen hatte, so fein, wie es nur die Schwaben zubereiten können. Aber Amanda war nicht da.

Meine Liebste, es ist nur darin eine glückliche Entfernung, als ich mich allein intensiver an uns erinnern kann. War nicht die Erinnerung das Paradies, aus dem man nicht vertrieben werden konnte? Die Entfernung ist unglücklich darin, dass die Erinnerung keinen Geschmack und kein Ohr hat, dass ich deine geplagten Hände nicht umfassen kann, dein Haar und Hälschen nicht schnuppern kann. Traurig ist die Entfernung, weil sie die Probe des letzten Aktes ist in dem Stück, das doch nicht, wie erhofft, abgesetzt werden wird. Brach nicht, wem es just passieret, das Herz entzwei? Ich habe mir einen Mercedes gemietet, muss ich dir gestehen, den ich mit ausgestreckten Armen, schauend über den Gnadensee zu deinem Land, nach Allensbach lenke, wo ich beim Urvieh Ferdinand Rumsteaks zum Grillen für unser Fest kaufe. Auch eine Biometzgerei bleibt eine Fleischhauerei, die auch ich nicht riechen mag. Ich fahre nicht über die Autobahn, die man so nicht nennen darf, sondern unsere alten Wege über Radolfzell zum Hohentwiel, wo ich Schafsschinken kaufe. Die immerschwarzen Basaltberge tragen einen maigrünen Bart, und auf die weiten gelbweißen Wiesen schneit der Blütenschimmer von den Streuobstbäumen. Äpfel sind nicht Birnen; Birnen sind füllige Einzelgänger; Äpfel stehen verknorrt in Reih und Glied. Nun schreibe ich dir vom Hegauhaus, graublau schläft vor und hinter der Konstanzer Münsternadel weit entfernt der kleine und der große See, die Glasdachinsel blitzt, Raps macht die Hänge schmerzend licht, und die Hummeln tragen gelbe Schuhe, der Himmel reicht bis nach Köln, der Rhein auch, man muss nicht nach Venedig, um Mahler durch die Adern tönen zu hören. Ich liebe dich.

Am Nebentisch träumten frische Postrentner unter aufgespannten Schirmen vom Rest ihres gesunden Lebens: nur noch reisen, reisen, reisen und etwas Soziales. Altenhilfe zum Beispiel. Hospiz aber lieber nicht. Eigentlich war, dass man die Enkel mal betreute, schon sozial genug. Die Frage der Pöstler war, ob man das, was man schon gesehen hatte, noch einmal sehen sollte oder ganz Neues. Noch mal die griechischen Inseln oder erstmals in die Mongolei? Nirgendwohin, wo die Pöstler schon gewesen waren, war ich je gereist. Immer nur Alpsteingebirge und Todtnauberg. Was hätte ich gern noch gesehen? Prag ohne Regen vielleicht. Moskau nicht, Salamanca schon. USA nicht, Umbrien schon. Berlin nicht, Köln schon. Griechenland war mir zu heiß, Oslo stellte ich mir zu kühl vor. Über Ladakh hatte ich schon zwei Filme gesehen. Worin sollte die Mecklenburger Seenplatte schöner sein als der Bodensee? Ließe ich mich auf die weite Welt ein, würde sie endlos. Alles wäre eine Verheißung, die auch eine neue Verheißung nicht würde erlösen können. Manches wollte ich nicht erleben: nicht alle schönen Münder küssen, nicht, dass ich doch zum Mörder werden könnte, nicht, dass ich mir einen Spreißel ganz allein und ohne Hilfe aus der Fußsohle ziehen müsste. Ich hätte vielleicht noch gern erfahren, ob der Mensch mal Menschen ohne Krankheit und Tod schaffen würde und wie er die Probleme, die sich daraus ergeben würden, lösen würde. Aber das musste ich nicht erfahren, ich brauchte auch nicht zu wissen, ob der immer etwas eklige Realsex durch saubersten Imaginationssex ersetzt werden würde. Hätte ich gerne um meinen Tod gewusst?

Die Pensionäre waren jetzt in Australien. Meine Verströmungslust reichte nur bis zum Hohentwiel. Ich verstopfte meine Ohren mit Schumanns Rheinischer Sinfonie. Ich war und blieb hier vor Ort und in Köln. Das genügte meinem Auflösungsverlangen. Voller Entgrenzungswohlbefinden schlug ich Räder zwischen Wolken und Himmel. Kopfgigel im Hirnflug. Wofür brauchte ich da den Himalaya? Ich segelte mit ausgebreiteten Ärmeln eine große Fuge über dem See. Und stürzte ab. Ich blieb ein Furz im Wind. Es war alles eine Augentäuschung. Die Augen waren an allem schuld. Die Augen waren maßlos, sie spiegelten, so schlecht sie auch waren, eine Weltbeherrschung vor, die es nicht gab. Gierig bedienten sie sich mit allem, nah und fern. Die Augen waren die Kopfverdreher. Ohne Augen gäbe es auch in Australien wenig zu erleben. Ich schloß die Augen und hörte den heiseren Hund, das Posaunen der Pöstler, ich spürte den Wind in den Brauen, ich roch den Duft des Elisabethenbergers aus dem Viertelsglas, in das ich des Mercedes wegen Wasser goss. Ich war ein Flüchtigkeitsmoment; abgelutscht, ausgespuckt. Wie viel Zeit ich schon erlebt hatte, sah ich an der Stadt Singen unter mir, die ich schon anders gekannt hatte. Wie wenig Zeit ich erleben würde, sah ich am Alpsteingebirge, das seinerseits auch nur ein versteinerter Furz im All war. Die ingeniöse, aber nur irdische Natur hatte per trial and error ihr System ausdifferenziert, das mich für ein paar Jahrzehnte benutzte und – schwerer Fehler – mit Selbstbewusstsein ausstattete. So wurde man zur Murmel, zur Pusteblume in Gottes Zeitvertreib. Ich war nichts. Das war es, was Juliane an mir gehasst hatte. Die Einsicht in sein Nichts schien mir ein Anfang. Während die ehemaligen Pöstler für Südafrika sparten, trank ich noch einen kleinen Elisabethenberger, den ich mir wieder auslief zum nächsten Hügel, von dem aus ich dem See zuschrie: Ich bin ein Nichts. Dann in Richtung Köln: Ich komme.

Ich wusste ein kaum begangenes Bachtal, in dem wir oft gesammelt hatten. Amanda hingebungsvoll mit bösem Rücken. Die Kinder lustlos, bald waren sie zum Bach gesprungen, um das rote Wasserrad aufzustellen, das, ich hatte es gezimmert, schnell in seine Teile zerfiel, so dass ich alle naselang zum Bach musste und das Wasserrad zusammen stecken. Schon der Taleinstieg war märchenhaft. Oben stand ein Schloss, das stets frisch glänzte an Türmchen und Zinnen, Uhren und Toren. Nie hatten wir jemanden in dem wohlgepflegten schönen Schloss gesehen. Auch heute brannte nur im Nebenhaus ein Frühlicht. Ich packte aus dem Mercedes Messer, Tüten, Säcke, die Stiefel, mein zerfleddertes Bestimmungsbuch, das ich kaum noch brauchte. Unten im uralten Mühlenhof wurde schon kräftig hantiert. Rösser schnaubten, Kühe klirrten. Je heller es wurde, umso lauter brüllten die Vögel. Natürlich hatte mich der Eichelhäher längst ausspioniert. Ein schwarzes Eichhörnchen beobachtete mich hinter einem Stamm. Bärlauch roch. Bärlauch, den wir schon gepflückt hatten, als kaum jemand das Wort kannte, pflückte ich nicht mehr, seitdem das Bärlauchmenü serviert worden war: knuspriges Bärlauchbaguette mit hausgemachter Bärlauchbutter, Bärlauchsuppe mit Bärlauchnockerln, Bärlauchsalat an einer Sauce aus Bärlauchöl und Bärlauchsenf, Zuchtzanderfilet an Bärlauchschaum mit Bärlauchpasta, Bärlauchwaffeln mit Waldbärlauchkäse aus dem Bregenzerwald oder Bärlauchsorbet. Ich würde einen Löwenzahnsalat auftischen mit Glockenapfel und Wildkräutersauce. Eine französische Sauerampfersuppe. Löwenzahn hatte nicht die Karriere des Bärlauchs gemacht.

Meinen Gästen zuliebe würde ich dem Löwenzahn die Bitternis ziehen mit warmem Wasser. Auf die Sauce kam es an. Nie hatten mir dabei Amanda und die Kinder zuschauen dürfen (Juliane: der Zauberer der Jauche). In meinem schattigfeuchten Tal ließ sich noch junger Löwenzahn finden, unaufgeblühter Sauerampfer genug, hierhin verlor sich kein Güllewagen. Hier war alles ein wenig hinter der Zeit. Es war nun hell, ich schloss in Waldeslust mit den schwarzen Krähen einen Stillhalte-Pakt. Wie ein Wolfshund schnürte ich gesenkten Kopfes an den Rändern der Wiesen entlang. Stakte auf Storchenbeinen durch den Frühtau über Maulwurfsberge. Ein paar Löwenzahn-Knospen würde ich in den Salat geben, das Gelbe würde meine Gäste womöglich noch mehr abschrecken als Kuh und Gras. Aber es war mein

Fest. Es war unser Fest, die Kinder hatten den Salat ohne Widerwillen gegessen, auch die Knospen. Wir hatten mitten auf der Wiese auf einer Wolldecke gesessen und aus einer blechernen Schüssel den am Bach gewaschenen Salat gegessen. Natürlich mit Grillwurst. Für die Feigen, für die Bärlauchesser gab es ja noch Julianes, Amanda nachgemachter Kartoffelsalat und Ruccola mit Gran Panadino. Die Wiesen hin, die Wiesen her, von einer Bachseite zur anderen auf wackeligen Brückchen, es war ein kleines Stück vom Glück, schon damals gewesen, ich hätte eine Große Waldwiesensinfonie in Dur mir geigen mögen. Dann ging es an die Kräuterarbeit. Ich suchte, bog mich unter die Büsche, trat den schmatzenden Stiefel in das morastige Bachufer. Amanda war wegen ihrer Schlangenfurcht nie mit an den Bach gekommen, sie blieb in den trockeneren Wiesen stehen, und die Kinder spielten ihren Namenstausch und hatten gerufen: Sibylle Zagefuß, Birga Rührmichnicht, Amanda von Bangen, Rosamunde Fürchtegott. Hatte ich früher wendig wie ein Biber die bespießten Bachufer bejagt, so jetzt schnaufend wie ein Flusspferd. Aber ich fand: den bitterlichen Bachehrenpreis, Löffelkraut und Guntermann, Knoblauchsraute, des Bärlauchs verschämtes Bäslein, und ich fand tatsächlich Kresse im kalten murmelnden Bach, Wasserkresse, dunkelgrün, wurzelreich und wasserrattenscharf. Den auf schwachen Stängeln strotzenden Beinwell ließ ich links liegen; nahm vom nachgewachsenen Wiesenschaumkraut noch ein paar

Blättchen. Nun kamen die Trockenbödenkräuter an die Reihe. Nachdem der Schwabenweg das Bachtal gequert hatte, stieg er unterhalb der Burgruine an und verließ das Tal auf einem trockenen Steig. Man musste den Boden kennen, wollte man Pilze oder Kräuter ernten (Juliane: unser Waldschrat). Ich fand wilden Majoran, Bibernelle, Hirtentäschel oder Muttergottesbrot die Menge, auch viel Wegerich, der schmeckte mir nicht, und ich fand im Rausch des Sammlers tatsächlich wilde Rapunzel oder Nüssel, ein pralles Nest von Feldsalat am ungedüngten Ackerrand. Das würde nicht in die Sauce gehackt, das würde den Wildkräuterlöwenzahnsalat mit Glockenäpfelchen krönen. Ich müsste nur sagen, der Salat käme von Bio-Feinkost-Rapunzel, dann wären alle dafür. Im Findetriumph saß ich am Mauerrest der grauen Burgruine und verteilte die Kräuter in Papiertüten, die in Plastiksäcke. Hier hatten Juliane und Jakob mit den Stecken, an denen wir die Servelas gegrillt hatten, Rittersfrau und Rittersmann gespielt, und wenn es dabei Blut und Tränen gab, war es Zeit gewesen, nach Hause zu fahren, wobei die Kinder auf dem Rücksitz eingeschlafen waren. Weil wir das rote Wasserrad vergessen hatten, durfte ich anderntags wieder ins Tal; niemand begleitete mich. Da hörte ich durch den noch immer frischen Morgen im Tal Trappen, Wiehern, Hufeklappern. Über den Wiesengrund ritten, unsichtbar für mich, zwei helle Kinderstimmen unter dem Baldachin der Blätter, sie sangen, sie sangen wahrlich das Lied »Let it be«.

Daheim begann der lange Kochtag. Zum Küchentisch stellte ich Amandas Tisch, was mir etwas schwer fiel, weil ich mir beim Krauchen unter den Sträuchern die linke Schulter gezerrt hatte. Über beide Tische rollte ich eine weiße Eintagesdecke aus Papier. Auf Amandas Tisch breitete ich mein Sammelgut aus. Ich las Ästchen und Blättchen aus den Kräutern. Dann gewaschen, noch mal verlesen und geseit. Als ich die ältesten Familientöpfe, die schönsten aus beiden Linien vererbten Schüsseln vom Schrank auf den Tisch hob, zog der Schmerz aus der Schulter in den Arm hinab und in die Brust. Ich hatte wieder Zug bekommen! Mit Amandas Salben und Wickel würde da was zu machen sein. Dann reihte ich meine Bestecke auf den Tisch, die Stahlsiebe, den Stahlmesserblock, das Stahlwiegemesser. Löwenzahn, Sauerampfer, Kresse und Kräuter sorgfältig abgetrocknet und auseinander sortiert. Erst die französische Sauerampfersuppe, dann die Kräutersauce, die Salatblätter kämen samt Glockenäpfelschnitten etwas eingesäuert in den Kühlschrank. Das Abschmecken würde eine Messe sein. Ich öffnete eine Flasche süßen Most vom Markt. Ein Gewittertierchen hatte sich aus den Kräutern unter die Zeitung gerettet und krabbelte zwischen Tellern und Schüsseln. Als ich es aufzupicken versuchte, schlug der Schmerz wieder ein. Das Gewittertierchen in der losen Faust, öffnete ich die Balkontür und dachte, als ich sackte, noch: Polier dir jetzt bloß nicht noch die Birne.